大
方
sight

彼得罗夫流感

Петровы в гриппе и вокруг него

[俄] 阿列克谢·萨利尼科夫 ——著　李春雨——译

中信出版集团 | 北京

图书在版编目（CIP）数据

彼得罗夫流感 /（俄罗斯）阿列克谢·萨利尼科夫著；
李春雨译 . -- 北京：中信出版社，2023.7
ISBN 978-7-5217-5645-6

Ⅰ.①彼… Ⅱ.①阿…②李… Ⅲ.①长篇小说－俄
罗斯－现代 Ⅳ.① I512.45

中国国家版本馆 CIP 数据核字 (2023) 第 108370 号

© Alexei Salnikov, 2017
The simplified Chinese translation rights arranged through Rightol Media
（本书中文简体版权经由锐拓传媒取得 Email: copyright@rightol.com）
and Banke, Goumen & Smirnova Literary Agency (www.bgs-agency.com)
ALL RIGHTS RESERVED
本书仅限中国大陆地区发行销售

彼得罗夫流感
著者：　［俄］阿列克谢·萨利尼科夫
译者：　李春雨
出版发行：中信出版集团股份有限公司
　　　　　（北京市朝阳区东三环北路 27 号嘉铭中心　邮编　100020）
承印者：　浙江新华数码印务有限公司

开本：880mm×1230mm 1/32　印张：10.375　字数：208 千字
版次：2023 年 7 月第 1 版　　　　印次：2023 年 7 月第 1 次印刷
京权图字：01-2023-2715　　　　　书号：ISBN 978-7-5217-5645-6
　　　　　　　　　　　　　　　　定价：69.00 元

版权所有·侵权必究
如有印刷、装订问题，本公司负责调换。
服务热线：400-600-8099
投稿邮箱：author@citicpub.com

献给我的妻子

——阿列克谢·萨利尼科夫

目录

001_ 第一章　阿·伊·德
040_ 第二章　彼得罗夫的梦
081_ 第三章　新年枞树联欢会
120_ 第四章　彼得罗娃发疯了
154_ 第五章　彼得罗娃平静了
188_ 第六章　彼得罗夫也不是个省油的灯
226_ 第七章　小彼得罗夫的流感
261_ 第八章　成年期待者剧场
299_ 第九章　雪姑娘

第一章
阿·伊·德

每次彼得罗夫一上无轨电车,立刻就会冒出一大群神经病,拼命往他跟前凑。只有一个人例外——一个安静的、胖乎乎的、胡子刮得干干净净、像个挨了欺负的小男孩的小老头。反倒是彼得罗夫,每次一见到这个小老头,都忍不住想从座位上站起来,再狠狠地欺负他一顿。这种野蛮的无从解释的冲动将他攫住,如同蓬勃的达尔文之力与陀思妥耶夫斯基习气的紧密结合。每每觉察到彼得罗夫逼视的目光,小老头便会怯生生地别过头去。

偏巧小老头这个神经病是个固定角色,彼得罗夫打小便隔三岔五碰见他,甚至不只在电车上。其他神经病都只是偶然地闯入彼得罗夫的生活,就好像他们三十年来唯一一次从西伯利亚大道八公里街冲出来,跳上3路无轨电车,只为了向彼得罗夫骂两句好的,然后永远消失。

有过一个老婆子,非要给彼得罗夫让座,坚称他是残疾人,胳膊腿儿都是木头的,还得了癌症。有过一位大叔,酷似苏联电影里的铁匠,厚身板、大嗓门,说起话来整个车厢的铁皮都嗡嗡震颤,如同半空的敞口玻璃瓶近旁轰然驶过了一辆重型卡车。这位大叔用一扇膀子将彼得罗夫抵在电车皮上,竟给售票员大婶朗诵起诗歌来——真想不到,在浸透着铁屑味、汽油柴油味的棉袄底下,居然埋藏着一颗温柔的诗人心脏:"岁月飞逝,我们的年华如鸟群飞过。"大叔将"年华"和"鸟群"读得尤为深情。售票员大婶则温顺地微笑倾听。

有过很多次,坐到彼得罗夫身边的人似乎也并没有多大年纪,却一个个如同得了老年消瘦症,他们跟彼得罗夫随便打声招呼,便开始喋喋不休,什么神秘失踪的苏共黄金啊,什么以前年年发放免费疗养券啊,什么如今当官的没一个好东西啊。每次听到这话,彼得罗夫脑海里便浮现出那些五花大绑等待枪决的贪官。他们脸上仍是之前现身电视屏幕时的那种神情,有的和蔼可亲,有的道貌岸然。

有一次,彼得罗夫眼睁睁看着两位退休的老大爷差点动起手来。二者的立场其实是相同的,连政治阵营都大差不差,却仍旧争得面红耳赤。彼得罗夫不禁怀疑他俩是不是脑袋有毛病,因为他们对很多问题的看法分明是一致的:诸如叶利钦是被别列佐夫斯基搞下台的;诸如塔吉克人太多了;诸如从前才是真正的民族友谊,如今只剩下了犹太人;诸如叶夫图申科被提名诺贝尔文学奖只是因为他谴责了大屠杀;等等。这一情形动摇了彼得罗夫全部的逻辑认知,他想破脑袋也想不通,他们怎么会梗着脖子朝对方喊叫。他觉得自己也快疯掉了。眼看俩老头就要大打出手,终点站到了,二人下了车,气定神闲地各自散去,仿佛根本没有发生过争吵似的。两人到了也没能辩论清楚，到底哪个时期的苏联最幸福：是勃列日涅夫时期，还是勃列日涅夫时期。

这一次，彼得罗夫得了流感，自觉颇有些神志不清。他晃晃悠悠地站在车厢后部，使劲抓住扶手。车上人并不算多，但座位都被占满了。司机每到一站都重复着同一个玩笑：

"小心，门不关了。"

从建筑学院站上来一位老干部模样的人，穿着一尘不染的灰大衣、裤管笔挺的灰西裤，手里拎着一个公文包，胡须几分像列宁，几分像捷尔任斯基，几分像利莫诺夫。他撩起暗红色方格围巾的一角，擦拭起镜片上的白雾来。一个七八岁的小姑娘起身给他让了座。老干部道声谢，坐下了。

沉默片刻，老干部按捺不住，问小姑娘："今年几岁啦？"

"九岁。"小姑娘说着，不自然地抖了抖背上的书包。

"你知道吗，在印度和阿富汗，女孩子七岁就嫁人了。"

彼得罗夫心想，老头儿肯定是在说胡话，要么就是自己听错了。他看向老头儿，只见后者继续嚅动嘴唇，发出声音。

"你想想看，你都已经结婚两年啦，"老头儿促狭地眯起眼睛，"已经跟自己男人滚了两年床单，没准儿都给他戴过绿帽子啦！你们女的呀，都一个贱样。"他说完这话，依旧和善地微笑着，促狭地眯缝着眼，抚摸着小女孩的书包。

"高尔基站！"司机边喊边打开了车门。老头儿正待继续，坐他身边的一个十七八岁的、苍白瘦弱的、此前一直透过车窗冰花上的指甲刮痕欣赏郊外景致的小伙儿，像被突然惊醒了似的，猛然转向老头儿,拿掉他的眼镜,照他脸上来了一拳。这一拳虽来得突然,却轻飘飘的,似乎都没怎么用力。一个垫圈似的东西骨碌碌滚到彼得罗夫脚边——是老头儿的假牙套。

"嘿,你!"老头儿恼羞成怒,"我为了你在安哥拉待了十五年——"

"小心,门不关了。"司机又提醒道。

小伙儿揪住老头儿的围巾,像拽一条撒泼抵赖的老狗一样,三下两下将他拽下了车。彼得罗夫弯下腰,从湿漉漉的网纹塑胶地板上捡起假牙套,扔到了正在进行体罚的街面。车门关闭,电车继续前行。小女孩若无其事地坐到了空出来的靠窗位置上。彼得罗夫不知怎的,不敢和她挨着坐,径直走到了电车尾部。后挡风玻璃大体干净,没有冰花。玻璃外侧贴着一张广告宣传画,上面写着一个缩略语——Росгосстрах,从外面看去自然是指"俄罗斯国家保险公司",但从里面看去就变成了一串荒诞无意义的字母。宣传画上还莫名其妙地画着一头斗牛犬,从外面看得很清楚,从里面看去却略显惨白,酷似那头隐在迷雾中的巴斯克维尔猎犬。透过玻璃,彼得罗夫看见几个警察把小伙儿和老头儿一并带走了,老头儿还在反抗,甩着公文包连番攻击警察,后者则毫不客气地以拳头和警棍做出回应。"也许真的是安哥拉吧。"彼得罗夫漫不经心地、用彻底被流感高烧占领的那部分大脑想着。

殴斗场景逐渐从彼得罗夫的视野中隐去,他又端详起保险公司的广告,心想,也不知道中国人有没有缩略语,还是说只用汉字就够了。他每呼出一口气都觉得鼻咽部火烧火燎,空空荡荡的。

真想来上一大瓶冰镇汽水，再抽上一支烟，吃上一片阿司匹林，再来上一瓶冰镇汽水，然后倒头睡上一大觉。

"这样的人以前被尊为圣愚，"一个老太婆的声音在彼得罗夫身后以教训人的口吻说道，"人们敬重他们，专门寻访他们，如今却成了这个样子。"

"……"彼得罗夫漫不经心、混混沌沌地想。

"养老金，"那个声音继续说，"你看看如今电视上播的那些个破事，可却连一句话都不让人说。"

彼得罗夫不无快意地想，要是他一回头，发现身后的车厢空空如也，而声音却仍在继续，那可就真的太搞了。但想归想，他却并没有回头。他垂着眼皮，盯着路面从电车屁股底下没完没了地滚将出来，不由得一阵头晕恶心。他抬眼去看路面上的车辆，发现一辆灵车正紧跟在电车屁股后面。那是一辆绛红色的瞪羚[01]，车前盖上有两道黑色竖条纹。副驾驶上的人正兴奋地挥舞手臂。并非彼得罗夫的眼睛，而是他滚烫的大脑缓缓聚焦到挥手者脸上，半响才反应过来：那是他的一位老熟人，伊戈尔。伊戈尔使劲儿朝他招手，意思是叫他过去。彼得罗夫真后悔没坐到小女孩旁边，因为上次碰到这个伊戈尔，彼得罗夫跟他，两人趁着酒劲儿，差点儿没跑到两百多公里以外的伊尔比特去。好在伊戈尔还在去火车站的路上就冲着行人骂骂咧咧，又赶上空降兵日，这场说跑就

---

01 1994年由俄罗斯高尔基汽车厂推出的一款小吨位面包车。——译者注 （全书脚注均为译者注）

跑的旅行才以斗殴和醉酒狂欢收场。在乌拉尔国立农学院[01]附近的小岛上，伊彼二人跟一群古铜色皮肤的、满是文身的、仿佛从"蓝蚝酒吧"[02]里拥出来的肌肉男干了一架，继而与之一起狂饮，齐声高唱蓝色贝雷帽。

彼得罗夫也冲伊戈尔打手势，意思是叫他自己找乐子去。彼得罗夫整个表情都写满了拒绝：不了，不了，我没空，我不舒服。何况他也的确不舒服，一见到伊戈尔就更不舒服了。可伊戈尔却跟没看懂似的，要么就是将彼得罗夫的决绝当成了故作姿态，因为他没来由地将后者当成了开心果。其实彼得罗夫也知道，打手势也是白搭：但凡伊戈尔需要谁的理解和陪伴，还从来没有人能躲得过，简直邪门。更有甚者，有一回，他俩被一队巡警给拦下了，伊戈尔眨眼的工夫就把巡警们全灌趴下了。当他举杯祝愿他们"像联邦安全局一样横行无忌"时，一位好动感情的巡警差点儿没以佩枪相赠。不消说，一分钟以后，彼得罗夫和他的无轨电车就被拦下了，而彼得罗夫本人则心不甘情不愿、脸上笑得难看、嘴上期期艾艾地被拽到了灵车上；七八分钟以后，彼得罗夫已经举着一次性塑料杯跟伊戈尔在棺材盖上碰杯了。每次瞪羚炝蹶子时，伏特加就会洒到棺材盖上，司机就会忧心忡忡地问："没洒上去吧？你俩小心点儿，别再整出什么幺蛾子来！"司机显然已经后悔让彼得罗夫上车了，要没他，伊戈尔一个人也不至于喝

---

01 位于叶卡捷琳堡，创办于1940年，起初名为斯维尔德洛夫斯克农学院，1995年更名为乌拉尔国立农学院，2013年改称乌拉尔国立农业大学。
02 华纳喜剧电影《警察学校》中的一家男同酒吧。

得这么凶。而此时的彼得罗夫却已悔意全无,早把有言在先("就一杯,然后你们就把我顺路丢下")抛在了脑后。伊戈尔又劝司机也一块儿整两口,但司机坚决不肯,继续装出一副一本正经的样子。

司机说:"先把死人搞定,然后再痛痛快快地喝。"

"咳,你还怕他跑了不成?"伊戈尔说,"再说了,你一个送棺材的,谁会拦你的车?"

司机终究架不住堵车的郁闷和伊戈尔的蛊惑,喝了一杯。随后他又喝了一杯,但已经是自愿的了,并随即打开了话匣子,说他在苏联时期上过航海学校,还拿过全苏拳击亚军。从未来的海员、未来的拳击冠军沦落到如今的灵车司机的曲折经历,像一柄大锤敲击着彼得罗夫混沌不清、疼痛不已的脑袋,迫使他的思绪同时朝两个方向裂开:一面感叹于司机的讲述,并为其感到淡淡的忧伤;一面为自己感到心安理得——他这辈子从未有过任何非分之想,因此也从未体会过失望。自然,他也有些小小不言的麻烦,但都不至于为他的生命插上十字架,像他青年时代的朋友谢尔盖那样。他也可能会遭受一些严重损失,比如儿子也许会出什么事,前不久不就有个跟儿子差不多大的小男孩,带着冰鞋出了门就再没能回来吗?妻子也许会另找个男人,不过这也正常,毕竟妻子跟他已经离了婚。除此之外,还能出点什么事呢?彼得罗夫只顾审视自我生命的周遭,但竟对眼皮子底下的危险熟视无睹:他很可能是在参与偷运遗体的勾当,甚至已经干出了亵渎尸体的行径,为此,他很可能会被判为伊戈尔和司机的共犯。

司机仍在絮絮叨叨。他说，他们殡仪馆里几乎全是他这样的。有个从前的歌星，六岁就开始学音乐，最后却一路从天上掉到地下，全是因为愚蠢，其实也不光是愚蠢，准确地说是好运和背运的交替。很多亲人都在他身上寄托了希望，但与此同时，显然也向他遗传了一些不良基因。这位前歌星不过是普通工人家庭出身，还在幼儿园时音乐老师就发现了他的天赋，青春期变声时嗓子也没坏，上中学时被老师们当成宝，后来考上了音乐学院，却只待了半年不到就被劝退了。再后来进了部队音乐连，一度名声大噪，可没过多久就因为酗酒被踢到了基建工程营。再后来他换过很多份工作，组过好几支乐队，换了好几任老婆，一人一笔赡养费，就这么的，二十年不到，前歌星已经在乌拉尔挖坟坑了。

"嚯，比小说还带劲儿。"伊戈尔听完，满不在乎地说。彼得罗夫真恨不得扇他一巴掌。

伊戈尔又问："你们那儿还有些什么人？比方说作家啊，画家啊什么的……"

彼得罗夫心里一颤，仔细地打量着伊戈尔，后者却直勾勾地盯着手里的塑料杯底，连眼皮都懒得抬一下。居然真让他给说着了，殡仪馆还真有一位作家和一位画家。那位作家，更准确地说是诗人，长久以来总去一个名叫"诗河"[01]的文学小组，据说就设

---

01 原文Строка，这既是本地一条河的名字（斯特罗卡河），又有"诗行"之意，用作文学小组的名字有一语双关之妙，故译为"诗河"。

在乌拉尔重机区[01]的图书馆里。

彼得罗夫说:"好像就在我老婆上班那地儿。我老婆说,她觉得那些人很可怜,每周都要在会议厅聚上一次,她恨不得把他们一个个敲昏过去,再一把火点了图书馆,省得他们再遭罪了。"

伊戈尔又问:"那个画家呢?"

画家嘛,司机说,其实并没有那么差劲,只不过他除了乌拉尔的森林,别的啥也不画,而且还不是一年四季的森林,光画秋天的,顶多偶尔画个静物画,美其名曰"大自然的馈赠",也全是乌拉尔森林里那些东西,什么蘑菇啦,花楸果啦。画家总说,乌拉尔之秋是画不完的。他在殡仪馆的本职工作是木工,负责钉棺材板儿。听到这儿,彼得罗夫不由得萌生了一个疑问:自己上小学时经常拿着母亲的工厂饭票去吃饭的那个食堂里的画,该不会就是这人画的吧?那家食堂四面墙上都钉着窄窄的板条,用木纹漆做成了橡木效果。墙上挂了很多幅秋季风景画和静物画,全是装满蘑菇的篮子,最顶上一嘟噜花楸果。唯一与众不同的是入口处的一幅大型临摹画《三勇士》[02],以及一个标语条幅,标语原话彼得罗夫记不清了,总之是呼吁杜绝酗酒的。在彼得罗夫的童年记忆里,这个条幅和三勇士仿佛连为一体了,三勇士像是标语的

---

01 叶卡捷琳堡市的一个闻名遐迩、毁誉参半的居民区。20世纪30年代伴随著名的乌拉尔重型机械厂兴起,形成了独特的城市建筑风貌和工人文化底蕴。20世纪90年代至21世纪初,该区聚集了规模庞大的有组织犯罪集团,枪战、抢劫、买凶杀人等暴力犯罪层出不穷,一度被称为"俄罗斯犯罪之都"。
02 俄罗斯著名巡回展览画派画家瓦斯涅佐夫(1848—1926)于1898年创作的名画。描绘的是俄罗斯民间勇士歌谣中的三位传奇英雄——伊利亚·穆洛梅茨、多布雷尼亚·尼基季奇和阿廖沙·波波维奇。三人在旷野上勒马眺望,似乎在为俄罗斯寻找出路。

插图：阿廖沙·波波维奇微微瘫软在马鞍上，显然是喝醉了。如此一来，《三勇士》就变成了一幅讽刺漫画，告诫人们莫要学他。不知不觉间，越发东倒西歪的彼得罗夫已经颇有几分醉勇士的神韵了。

伊戈尔让司机停车，说他没酒了。彼得罗夫感觉司机如释重负地长舒了一口气，开始找地方靠边停车。

"咱们都干掉一瓶了？"醉意和惊奇之下，彼得罗夫的问话声很大。

"没，"伊戈尔说，"多半儿是我自己喝的，我都快喝完了你才来。我建议，咱们再整点儿。"

伊戈尔一把剖开瞪羚的肚子，一股新鲜空气立刻迎面扑来。彼得罗夫这才觉出车厢内是何等憋闷，还有股甜腻腻的尸香气。他同时发现，自己的熟皮短袄不知何时已经敞了怀，浑身上下都在淌汗，像刚冲完澡还没擦身子似的。

"我跟你一块儿。"彼得罗夫对伊戈尔说。

"去吧，伙计们，下去转转。"司机连忙表态赞成。

"走吧！"伊戈尔愉快地同意了。

彼得罗夫知道伊戈尔耐不住寂寞，要让他一个人去了，回来时肯定有人陪着；甚至干脆一去不回头——假如被他碰上了更好的乐子。而较之于司机，彼得罗夫情愿跟伊戈尔待在一块儿，尽管他对司机的情况已经一清二楚，而对于伊戈尔他至今仍知之甚少，甚至除了名字之外一无所知。

彼得罗夫从瞪羚的肚子里钻出来，畅快地来了个深呼吸。

"瞧你,脸蛋红扑扑的,简直像个严寒老人。"伊戈尔看着彼得罗夫的气色,赞许地说。

"这不快新年了嘛,"彼得罗夫觉得这话多少能够解释自己的状态,"加上又感冒了。周五还得带我儿子去砍枞树呢,状态如何,到时候再说吧。"

两人踩着人行道上咯吱作响的积雪,缓缓朝街对过的小超市走去。伊戈尔若有所思地提拎着空酒瓶,他用两根手指夹住瓶口,任由瓶身不停地晃来荡去。彼得罗夫很想叫他把空瓶子随便放在地上,可伊戈尔却极有素质地走到了附近的垃圾桶旁。垃圾桶里空空如也,周围地上却满是烟头,好像是垃圾桶自己在等待幽会时抽的闷烟。伊戈尔扬手一丢,空酒瓶在空垃圾桶里铮鸣良久,倒像是掉进了九层楼高的垃圾管道似的。

"原来你在殡仪馆上班?"彼得罗夫问。

"不是,熟人,半道上碰见的。"伊戈尔漫不经心地说,接着深吸了一口气,像要说出自己的真实身份似的,却没了下文。

过红绿灯时,彼得罗夫左右无事,鼓足勇气问:"那辆车上真有死人,还是你们串通好了想吓唬我?"

"回头你自己看吧,"伊戈尔微微一笑,又说,"里面真有一具男尸,穿着西装寿衣。我要是他,我也乐意像这样在人间多耽搁会儿。你难道不想?"

"我不知道,"彼得罗夫迟疑道,"真到那个时候,我反正是无所谓了。关键是他的亲戚朋友,会因为他的失踪不安吧,他们大概会不太好过,毕竟一切早都安排好了。"

伊戈尔坦承道："我要是能做主，就把他扣留到31号，我倒要看看，他们怎么在31号把他埋了，然后迫不及待地赶去庆祝新年。"

这时他俩发现，一个女人正瞠目结舌地望着他们，支棱着耳朵听他们说话。女人牵着一个六岁光景的小男孩，也在等红灯。

伊戈尔颇为恼火地说："喂，你傻愣着干啥，走哇，别挡着路。没见都绿灯了吗？"

女人忙拉着小孩跑开了。在斑马线的中间位置，伊戈尔，外带彼得罗夫，追上了他们。"我说，"伊戈尔没头没尾地冲女人来了这么一句，不知道的还以为他刚才正跟女人聊着什么，现在又重归话题似的，"要是您还单着，那就另当别论了，刚才纯属玩笑，真的。"

女人慌慌张张地将孩子拽进超市，尽量靠近人群和保安，可伊彼二人却紧随其后，一直跟到蔬菜区，二人才放过女人，拐到了酒水部。在酒水部，一瓶瓶原封未动的烈酒闪烁着诱人的光泽，但百无聊赖的黑衣保安的目光却也尤其狐疑，比澡堂子里的桦树叶子还要黏人[01]。

"别这么瞅着我。"伊戈尔对保安说。

"又来了。"彼得罗夫心底涌起一股难以言喻的郁闷，简直比他刚从电车上被拽到灵车上时更甚。

"瞅你咋了？"保安说。

----

01 俄式澡堂习俗，用桦树枝条扎成浴帚，蒸完桑拿之后将桦条帚蘸水，用力抽打身体，可舒筋活血，类似刮痧之功效。

"据统计,"伊戈尔解释说,"从超市里偷东西最多的恰恰是超市保安。别看你表面上一副尽忠职守的样子,心里边恐怕整天都在盘算着,怎样既能把东西偷出去,又能将其列入自然损耗。"

保安不以为然地冷笑一声作为回应,但还是把视线移开了。

这是一家神奇的超市。音响里单曲循环着法兰克·辛纳屈的那首 *Let It Snow*。角角落落挂满了枞树枝条编成的桂冠,像是献给长眠地下的众地精们的。枞树挂饰随处可见:吊在天花板上的,摆在伏特加酒中间的,放在其他酒水货架上的。还有一口大箱子,里面堆满了八十卢布一瓶的"苏联香槟"。彩灯绳一刻不停地闪烁着,酷似一长队荧光蚂蚁川流不息。这一切本可以营造出十足的新年气氛,只可惜,到处充斥着大煞风景的洋葱味,连酒水部也不例外。

"难不成洋葱小子[01]死他们这儿了?"伊戈尔不满地嘟囔道。

伊戈尔的快活劲儿在超市里消失殆尽。无论在酒水部还是肉类熟食部,他挑选商品只用眼看,而绝不上手,甚至还眯缝着眼往后躲,仿佛他是一位球队教练,眼前的酒肉全是他的队员,马上就要上场厮杀,而他身为教练,必须做一番振奋人心的阵前动员。当他俩拎着购物篮沿着货架缓慢移动时,伊戈尔仿佛一直在酝酿讲话稿。这让彼得罗夫再次浑身燥热,又找到了冲澡的感觉,只不过这次是刚搓完肥皂,浑身泡沫还没冲的阶段。直至挪到收银台前,面对身穿血污色围裙(超市统一制服)的女收银员,伊

---

01 意大利童话作家贾尼·罗大里(1920—1980)名著《洋葱头历险记》(1951)中的主人公。

戈尔的讲话才喷泻而出。

话虽然是冲着女收银员说的,但伊戈尔的部分心思却放在了过马路时碰见的那个牵孩子的女人身上。后者此刻就站在伊彼二人身后,因为除了这条付款通道之外,其余三条都暂停服务了。看来,伊戈尔打算一石二鸟。

"新年好啊!"趁着装有酒和香肠的购物篮还在传送带上,伊戈尔对女收银员说。

"您也是。"女收银员例行公事地回了一句。

伊戈尔又说:"你们店里要过的好像并非黄土鼠年[01],而是不知道什么年,您闻着这味难道不头疼?"

女收银员说:"我头疼是因为顾客,就像您这样的。请不要影响我工作。"

伊戈尔听到这话,暂且放过女收银员,扭头在收银台旁边的货架上挑起奇趣蛋来。伊戈尔问小男孩想要哪个系列的,带小男孩的女人没好气地瞪了伊戈尔一眼。伊戈尔若无其事,彼得罗夫却窘得要死。

"哪种更好卖?"伊戈尔问女收银员。

"都好卖。"女收银员嘟嘟地扫着条形码说。

"你想要哪个?"伊戈尔又问小男孩。

---

01 中国的生肖纪年在当今俄罗斯也颇为流行,而且俄罗斯人通常将其与中国传统哲学中的五行五色联系起来,每种生肖年份各有五种:白金×、绿木×、蓝水×、红火×和黄土×。此处的"黄土鼠年"当为戊子鼠年(2008)。但俄罗斯没有农历,他们仅以公历作为生肖纪年的切分。小说中即将到来的公历新年当为2008年1月1日,而真正的戊子鼠年是从2008年2月7日开始的,2008年1月1日至2月6日尚属丁亥猪年(红火猪年)。

"他哪个也不要。"小男孩他妈（又或是他姐，他姑，他姨）抢着说。

"不，我要小汽车的。"小男孩高兴地说，手腕子立刻被女人掐了一下。

随后伊戈尔又接连问了女收银员好几遍同样的问题，后者每次都以同样的音调做出回答，但并没有像彼得罗夫预料的那样逐渐提高调门。

"他就是有意胡闹，让他由着性子来，过会儿就消停了。"彼得罗夫一遍遍地暗自宽慰，可心里却兀自没底。

彼得罗夫没有料错：付完账，伊戈尔又给小男孩买了一盒奇趣蛋、两三枚金币巧克力，随即便像消失在了迷雾中一般，对两个女人一下子没了任何兴趣。带小男孩的女人一面把东西塞进旁边的购物袋，一面催促小男孩说谢谢，可小男孩就是不说，也不知道是犯倔，还是兴奋得喘不过气来了。彼得罗夫转过身背对众人，生怕冲谁呼出带有流感病毒的气体——万一把谁感染了，那就无异于把谁的新年像砍枞树那样齐根砍断了。

伊戈尔像有意跟带小男孩的女人比赛似的，以更快的速度把自己的东西一股脑塞进印着血污色字母的白色购物袋，一声不吭地走进了玻璃门外暮色渐浓的街头，沿原路朝斑马线疾步走去。彼得罗夫小跑着追上去，气咻咻地问："你又抽啥风？"

伊戈尔以天神俯视凡人的姿态望着彼得罗夫，无从分辨他是彻底醉了，还是完全清醒（反正彼得罗夫已经有点醉了），红灯的暗红色反光映照着他那头稠密、乌黑、利索的短发以及黑色大衣的肩头，脸上一副"你是何许人也"的疑惑表情。

愣了半晌，伊戈尔才道："我突然想到，咱俩还在超市磨叽，瓦西里没准儿已经开车跑了。"

"还没准儿啥呀，"彼得罗夫笃定地说，"换做我，咱俩一下车我就一脚油门蹽了。"

二人朝来时的方向过了斑马线。伊戈尔似乎还在思忖彼得罗夫下的定论，他虽说一时半会儿难以接受，却也找不出反驳的理由。果不其然，瞪羚车已经不在他俩之前下车的地方了。

"这个笨蛋，"伊戈尔顿时泄了气，"他一个人跑哪儿去了？没我他搞得定吗！"

伊戈尔瞥了彼得罗夫一眼，又说："赶紧把棉袄扣起来，这样可不成。你咋出这么多汗？"

"我不是感冒了吗，"彼得罗夫扣着熟皮短袄上的粗笨纽扣，说，"我好像也差不多该回家了。你可以到我家去，就在附近。"

伊戈尔撇嘴皱眉，一脸嫌弃。不知道的还以为他已经去过彼得罗夫家，而且遭遇不堪回首似的。

"不去拉倒，我走了。"彼得罗夫说。

"你要丢下我吗？"伊戈尔说得可怜巴巴，俨然一个在冰天雪地的原始森林里摔断了脊椎的同伴。

"那不然怎么办？"彼得罗夫登时没了主意。

"去埃尔马什区[01]吧，拦辆车就去了。"伊戈尔说。

---

01 位于叶卡捷琳堡市东北部的一个居民区，20世纪30年代伴随乌拉尔电器厂出现。

"好嘛,我大老远从埃尔马什来的,现在又回去?去那儿能干啥?"

"那你在家里又能干啥?一个人等死吗?"

"没准儿我儿子会来呢,或者我老婆,"彼得罗夫一边说,一边寻找托词,"我病了,得好好休息,过完年且得忙活呢,累死累活的。"

"过完年所有人都得累死累活,"伊戈尔说,"我那边有个熟人,正写哲学博士论文呢,只要咱俩能把他灌醉,听他说醉话,比嗑药还来劲儿呢!当然,前提得是他眼下还没和当地人喝趴下。而且,他说的那些话,过后你跟人聊天还能显摆显摆。不然在你们修车行里,整天钻地沟,能知道个啥?"

"别说了——"彼得罗夫刚想出言反驳,伊戈尔已经站到了马路边上,平直伸出拎着购物袋的手臂,竖起大拇指,开始拦车了。

"你倒是说说,你们修车行有啥好玩的?"伊戈尔第二次这么问时,两人已经坐在一台暖和的伏尔加车上了。彼得罗夫一上车就去解袄扣,以免再次热汗淋漓。伊戈尔将购物袋放在膝头,双手抱着,袋子窸窣作响,里面的酒瓶相互磕碰,像冰天雪地里抱着的一捆劈柴,发出高脚杯般悦耳的叮当声。车厢里起初洋溢着两人从街上卷进来的凛冽空气和靴子上的融雪气息,但很快就被坐垫的皮革味、副驾驶座上的枞树味和车厢里的烟味盖住了。彼得罗夫想起来,他已经好久没抽烟了,还在电车上就想抽了。

司机的身子随着车厢上下颠簸,眼睛从后视镜里审视着彼得罗夫。彼得罗夫从侧旁看去，只见司机脸上一根胡茬都没有，不知是刮得足够仔细，还是压根儿没到长胡子的年纪，但后视镜里的那双眼睛却分明像个胡子拉碴的老货车司机。车厢里很暗，但街上的霓虹灯和前车的尾灯却足以照出司机脸上的不快。彼得罗夫心想，好好看路吧你，嘴上却问："车上能抽烟吗？"

面对彼得罗夫的询问，司机不屑于从喉咙里发出一丝声音，只漠然地摇了摇头，随即扭开了收音机，里面立刻飞出了关于新年玩具、蜡烛和鞭炮的歌曲。

"你们修车行到底有啥好玩的没有？"伊戈尔不依不饶地问。

"那边到底有没有人接待咱们哪？"彼得罗夫反问伊戈尔。修车行的事他实在懒得提，再说一时半会儿还真想不起来有什么好玩的，"别大老远到了那儿，还得在街上冻冰棍！"

"原来你是担心这个？"伊戈尔欠欠身，腾出一只手来，在黑色大衣里四处翻腾，像抓跳蚤一样，好半天才掏出肥皂块似的一只手机。"对了，你有手机吗？"伊戈尔用大拇指盖戳点着手机按键，问彼得罗夫。

"没有。"彼得罗夫撒谎道。

"你肯定有，"伊戈尔识破了，却一点儿没恼，"你就是不愿意我打手机找你。"

"对，可以这么说，"彼得罗夫坦承道，"在大街上碰见你是一回事儿，总跟你保持联络就完全是另外一回事了。"

"我又不是狗皮膏药，"伊戈尔漫不经心地说着，把手机凑到耳边，留心着听筒里的动静，"喂，维佳，是你吗？"一听到对面的回应，伊戈尔便立刻与车厢内的空间隔绝了，进入了另一个彼得罗夫无法进入的空间，里面容纳着所有打电话者的灵魂。"我是伊戈尔。"听伊戈尔的语气，仿佛全宇宙只有他一个伊戈尔似的。"这不是吗，我跟一哥们儿打算到你家里去坐坐，聊聊你的博士论文。"伊戈尔说着，短暂地放开购物袋，冲彼得罗夫挑了挑大拇指，以毫不惊讶的语气问："已经博士后了？……不值一提？那我们就更得过来帮你把把关啦，旁观者清嘛，给你分析分析。……没错，就这么高尚。……你有啥可忙的?"伊戈尔听对面说了一阵儿，粗鲁地说："忙工作？维佳，你也太搞了吧？你能有啥工作？我哥们儿生着病大老远跑过来看你，你却跟我说你要忙工作？我看你是忙泡妞呢吧？……我不滚，你跟我说实话。我就不滚。你才去死。你去，你去，你自己去死。我说，真泡妞呢？靓不靓？真的？那我们现在过来，帮你把把关？好了，总之，我们已经在路上了。"

听着这些话，彼得罗夫又开始冒汗，尽管短袄已经敞着怀。他不敢设想，假如电话那头的人是自己又会如何。伊戈尔从不顾及任何人，他只一厢情愿地声明自己即将出现的事实，并宣布纵情狂饮的夜间聚会即将开场，而根本不管对方是否乐意。

"我看哪，维佳，你肯定是在吹牛，"伊戈尔慢声细语，却丝毫不留情面，"你身边一个人也没有。一般女人，你一张嘴就给吓跑了；女大学生嘛，又懒得折腾到埃尔马什去找你。上帝保佑，千万别让你在哲学的自我鞭挞中，在禁欲主义或者其他什么思潮，又或者在酒精的影响下，沉迷于古希腊哲学的本体论，干出蛊惑人心的勾当来。否则当地的无产阶级可不答应。"

在关于博士后论文和女大学生的言论之后，彼得罗夫突然注意到，伊戈尔至少要比自己老上十到十五岁，继而感觉自己与他格格不入。他本就搞不懂，伊戈尔为何要来纠缠他，眼下更是疑惑不解。他同样搞不懂，在听了那么多明嘲暗讽的侮辱之后，对面的维佳为何没有挂掉话筒，而是继续和他通话。直到他听见伊戈尔下面这番话：

"反正我就是不挂。我还不知道你嘛，只要有人抬杠，你就会奉陪到底。电话费我有的是，我现在就是先跑一趟塔吉尔[01]，然后再上你家去，只要我不挂电话，你就得继续站在电话柜前，唾沫星子乱溅。"

伊戈尔听着电话那头的维克多[02]的反驳，像马戏团的马儿一样不住地深深点头，最后叹口气道："好吧，不是就不是。我们现在过来，没准儿你会改变想法呢……那我们就站在你家门口，像卖火柴的小女孩一样，把脸贴在你家窗玻璃上，往冰花上哈口气，窥探你的幸福生活……二楼？二楼咱也不怕，你还不了解我嘛。你自己别害怕就成。"

挂断电话，伊戈尔把手机揣回大衣兜里，双手抱住购物袋，心满意足地扭头看向彼得罗夫。彼得罗夫心想，这人少说也得四十了。而他自己才二十八。

---

01 可能为上塔吉尔市或下塔吉尔市，二者分别位于叶卡捷琳堡市南北两侧，距离分别为105公里和143公里。
02 维佳是昵称，维克多是大名。

"他自然是不同意,可谁管他呢?"

"要是他就不开门呢?"

"那咱就一直敲,敲到他开为止。"

"他也可以趁我们还没到,锁上门出去呀。"

"他没地儿可去。总之,他今天这场醉是跑不了了,开弓没有回头箭。"

"那你还打电话干什么?"

"为了预先把他激怒,知道吗,就像迷宫里的弥诺陶洛斯一样。"伊戈尔说着,又将一只手暂时抬离购物袋,在头上比了个牛角,挤眉弄眼地模仿暴怒的牛头怪。

彼得罗夫刚才只顾着听伊戈尔打电话,这时才发现,伏尔加已经开到了市郊。此地的布局白天或许能看清楚,但在迫近的黑暗和刺目的车灯中却无从分辨。很快连车灯也看不见了,伏尔加蹿上了一条长得望不到头的弧形公路。道路两旁竖立着低矮的条纹界桩,界桩后面是被积雪压弯枝桠的针叶林。随即闪过一块锈迹斑斑的道路标志牌,右下角凹下去一块,提醒前面不远处有加油站。再往前一百米又有一块警示牌:"小心砾石飞溅"。接连两块标志牌让闷声不吭的司机不得不收敛思绪,加了小心。前面果然有家加油站,加油站近旁有棵枞树,上面挂着彩带和彩灯,不知是原本就长在这儿的,还是专程从别处移过来的。过了加油站,又开了几分钟,针叶林便开始退却,道路两旁逐渐被市郊的景致占据:公路桥下面的铁轨,门窗皆无的库房,远处拥挤又寂寥的楼群。一辈子住在市区的彼得罗夫从未到过此地,也不曾从这个角度看过城市，搞不清楚这里是哪儿。随后连市郊也几乎看不见了，伏尔加挤进了一条窄巷，在两堵相向倾斜的水泥墙之间小心穿行。围墙顶上装了铁蒺藜，墙后是些黑砖建筑，窗户很窄且落满了灰尘，但仍可依稀看见建筑内部的某些情形，里面放着些庞大的重型机器，看得见机器的棱角。伏尔加开得极慢，慢得和旋转舞台一样，他们清楚地看到：一个男人和一头牧羊犬站在雪堆旁，男人正旁若无人地往雪堆里撒尿，牧羊犬则聚精会神地从旁观摩。一根粗壮的工厂烟囱高耸如电视塔，喷出的白色烟柱在黑色天幕上清晰可见。

过了工业区，开始出现一些黄色的二层小楼，还有些黑黢黢的木头房，同样是两层的。伏尔加在小楼之间穿来穿去，楼前院落的全部隐秘便随着路上的沟沟坎坎，颠颠簸簸地映入彼得罗夫眼帘，包括只有当地住户才知晓的小卖部，以及藏在某栋楼一层的一家儿科诊所或者幼儿园（里面亮着灯，可以看见墙上画着嬉戏玩耍的卡通野兽）。有那么短暂的一瞬，伏尔加恍惚开上了一条街道（而且还是十字路口），但天色太黑，彼得罗夫无法确定那是真的街道，还是看走眼了的园区设计。汽车开始爬坡，坡顶有家"基罗夫斯基"连锁超市，随即又在灌木丛、密集的单元楼和水泥路墩之间兜来转去，搞得彼得罗夫晕头转向，几乎怀疑车在往回开了。

"对，就是这儿。"伊戈尔说。

停车之后，伊戈尔没从自己那侧下车，而是先把彼得罗夫推下车，然后从他这侧钻了出来，拽着他绕过了一小段木头栅栏。

栅栏里面有只烤炉，炉上覆满了积雪。被抛弃的伏尔加几乎被困在了原地，想在这儿掉头可没那么容易，何况道上还满是积雪。伊戈尔差不多是牵着彼得罗夫的手走到了一扇门前。门被包裹得柔软厚实，门板用咖啡色人造革，边框用黑色粗毛毡。伊戈尔将彼得罗夫引到门灯下，将购物袋交到他手上，自己走上前敲门。敲门声很响，却很软；没有任何回应，只有风在栅栏木板间吹着尖厉的口哨。

"这可好。"彼得罗夫系着袄扣抱怨道。

就在这时，木器的吱嘎咿呀声在屋子的几个角落同时响起，响了好一阵儿，门被拉开了。站在门口的居然是维克多·米哈伊洛维奇——彼得罗夫所在修车行的前顾客。尽管他最后一次来修车行已经是三年前，但彼得罗夫对此人仍记忆犹新。他开的是一辆老掉牙的国产车，行里给他换了变速箱。让这人掏钱给他那辆老爷车更换零件简直比割他的肉还难，连人工费都得从他的牙缝里往外抠。或许是为了惩罚他的悭吝，车开出修理厂还不到几个小时，发动机就罢工了。维克多·米哈伊洛维奇便苦苦央求，许下金山银山，但本地几家修车行都知道他的德行，不再信他的鬼话，他只好悻悻回家，跑到外地不认识他的修车行找冤大头去了。

维克多·米哈伊洛维奇在彼得罗夫的印象中本就是个大块头，三年不见，似乎更肥硕了。彼得罗夫暗自惊奇，这门洞又窄又矮，真不知道他是怎么钻进去的。维克多·米哈伊洛维奇下身穿着棉裤，上身穿着芥末黄的土耳其绒线衫——如今恐怕只有大冷天侍弄菜园子才有人这么穿了。绒线衫胸前绣着两个单词"Team boys",每个字母都被那身肥肉撑得滚瓜溜圆。维克多·米哈伊洛维奇显然醉得不轻,身子晃晃悠悠,鼻子里呼呼噜噜,似乎随时准备一"吐"为快。

"还是来了,那就进来吧。"维克多·米哈伊洛维奇说着,大费周章地在逼仄的门洞里掉了个头,沿着对他而言过于狭窄的楼梯朝楼上走去。

伊戈尔拿过彼得罗夫手上的购物袋,钻进了屋。彼得罗夫跟在伊戈尔后面,关上门,门锁咔嗒一声便撞上了。门洞里冷飕飕的,堪比农村的木屋,门口靠墙倚着几柄板锹、一柄雪铲和一把扫帚,旁边地上躺着一柄尖锹,锹上还有一坨土,想必还是秋天的存货。墙上挂着一只电表,嗡鸣不已,酷似正在行刑的电椅。

"把灯关了!"维克多·米哈伊洛维奇在楼上喊了一句。

彼得罗夫好不容易才在墙上找到一个土黄色开关,其样式无比老旧,他上次见到这种开关还是在他姥姥住的公共住宅里,算来已经是二十年前了。开关上方拴着一根长绳,像是寻常的晾衣绳。彼得罗夫扳下开关上的刀闸,眼前立刻一团漆黑,足足过了好几秒钟,楼上的门才吱呀一声,泻出若干经由墙壁反射的昏黄光线。彼得罗夫以伊戈尔的大衣和他手中的购物袋的窸窣声为指引,跟着伊戈尔朝楼上爬去,始终没能摸到楼梯栏杆。他窘迫地将一只手撑在胸前,以免撞上某个埋伏着的老古董。

一楼和二楼之间的楼梯转台处挂着一只脸盆,借助从二楼门缝里挤出的光线,已经能够看得比较清楚。门后还有一个过厅,但已经是暖和的了。彼得罗夫本以为会看见一个乱糟糟的熊窝，一看之下却颇为惊讶：只见一个带镜子的衣橱嵌在进门左侧墙壁，地面贴了胶合板，两道带绒线球的绛红色门帘分挂在两扇门上，一扇显然通往厨房，另一扇则通往客厅。维克多·米哈伊洛维奇用他那双贼大贼亮（大是天生的，亮是酒精所致）的眼睛凶巴巴地瞪着来客，不由分说地扒下两人的外套和帽子，挂到衣帽架上，又一把抢过伊戈尔手里的购物袋，走进了正对门口的那道门帘后面。伊戈尔大衣下面是身西装，瞅着很像寿衣，就像是从瞪羚肚子里的死人身上扒下来的。彼得罗夫则穿着牛仔裤、绒线衫，浑身汽油味。他感觉自己的衣着很像维克多·米哈伊洛维奇，这令他很沮丧，他可不想日后发胖，更别说如此之胖了。

伊戈尔脱掉靴子，放在鞋架上，冲主人喊："你拖鞋还没买？"

"等一下，我让我的狗狗给你叼过来。"听维克多·米哈伊洛维奇阴阳怪气的腔调，伊戈尔就知道，拖鞋肯定是没指望了。

"喂，我说老兄，你该不会还在为上次的事生我的气吧？"伊戈尔叫道。

"不光上次，还有上上次。"维克多·米哈伊洛维奇说。听声音，他正在开酒瓶，往几只杯子里倒伏特加。

伊戈尔没有急着去厨房，而是等着彼得罗夫脱鞋。流感发作令彼得罗夫慢吞吞的，伊戈尔斜眼睨着他，有点儿不耐烦。

"对了，就算你不帮忙，我也给我侄子安排了，安排得妥妥的。"伊戈尔冲维克多·米哈伊洛维奇喊。

"妥妥的？"维克多·米哈伊洛维奇惊讶地问，"你侄子不是个笨蛋吗，我记得清清楚楚。"

"笨不笨蛋也大三了。"伊戈尔说。

"这也是你侄子？"维克多·米哈伊洛维奇从门帘后面探出半张脸，斜了一眼彼得罗夫，狐疑地问。

"差不多，我朋友，达洽[01]邻居。有一回，在青少年剧场门口，俺俩差点儿被一群空降兵揍了。"

"不是差点儿。"彼得罗夫插话道，他好不容易搞定了靴子，直起身来，险些被呛得一阵猛咳。"不是差点儿，就是被揍了。"

伊戈尔扭头看向彼得罗夫，脸上颇有些疑惑不解："你得了吧，无非就是推搡了几下，唠了唠嗑。只要没人躺地上，就算不上打架。反正我是这么认为。"

彼得罗夫想起自己受的皮肉之苦，不由得咕哝了一声，表示难以苟同。

维克多·米哈伊洛维奇问："那是怎么一回事？没谈拢？"

伊戈尔耸了耸肩："就那么回事呗。总之，我还得说，我俩并没有挨揍。唯一我能允许揍我的人就只有矿工。还得是错在我这儿。而我永远正确。"

伊戈尔和彼得罗夫依次在卫生间洗了手，走进厨房，在一张小方桌前坐下。桌上铺着硬塑料桌布，硬度堪比小时候的《小圆

---

01 俄文为дача，指位于郊外用于休闲、小住、耕作的简易木屋，通常为成片群落，是独具俄国特色的文化和建筑学现象，也是当今俄罗斯及独联体国家广泛流行的一种诗意田园的生活方式。该词在本书中屡有提及。国内多译为"别墅"，但二者的语义内涵及文化联想无疑相去甚远，故本书参照英文（dacha）将其音译为"达洽"。

面包》[01]杂志里附赠的蓝色唱片。彼得罗夫一碰到桌布边角,嗓子眼里便一阵火辣辣地疼。彼得罗夫看着日久发黄的半球形茶壶底下的蓝色火焰,忽然感觉自己也被屋内的热气烧得发烫,就像那把茶壶一样——不,他体内的热并非液态的,不像茶壶里的水,而像火炉里的砖,热得干燥、沉重、持久。伊戈尔和维克多·米哈伊洛维奇刚一落座,便像刚才打电话时那样,开始唇枪舌剑,互相放毒。彼得罗夫没有别的可做,只有忍受煎熬,但求一醉。伊戈尔和维克多·米哈伊洛维奇针尖对麦芒,都来找彼得罗夫评理,而他只能哼哼哈哈,因为他对二人互相攻讦的背景顶多一知半解。比方说,彼得罗夫已经知道维克多·米哈伊洛维奇是教哲学的,却不知道他在哪儿教;他大致明白,伊戈尔为何会质问,怎么可以一面捣毁教育体系,从而在一定程度上损害国家性本身,一面又自称土壤派[02]。但维克多·米哈伊洛维奇的回应却令彼得罗夫一头雾水,他反复宣称:若论起解体、基础、国家性和土壤这些,又有谁能比你伊戈尔门儿清呢。而伊戈尔听到这话,却露出了邪恶的微笑,讲起了阿廖沙和《妒忌》[03]。维克多·米哈伊洛维奇则说他并不妒忌,有的只是对伊戈尔这种行径的合情合理的惊讶。

过了二十分钟,在碰杯的间隙,维克多·米哈伊洛维奇几乎

---

01 苏联于1968—1991年间发行的一本面向儿童的音乐文学插画杂志。
02 俄国自19世纪60年代兴起的一种文学流派和社会思潮,以陀思妥耶夫斯基为代表,主张俄国人民肩负着拯救人类的特殊使命,号召知识分子在宗教伦理基础上靠近人民。
03 指苏联作家尤里·阿廖沙(1899—1960)于1927年创作的长篇小说《妒忌》,讲述知识分子在十月革命后的俄罗斯沦为"多余人"的故事。

已经在冲着伊戈尔咆哮了，他的脸因用力过猛而涨得通红，还伸出食指戳戳点点，以增强说服力：

"中东地区的文明，萌芽时什么样，如今还是什么样！就不该放北方的野蛮人进来！那里本来就是一口大锅，欧洲人还非要去浇油！一切靠北边的全是垃圾，垃圾！中东原本产生了文明所需要的一切，后来都被野蛮人给糟蹋干净了！你们也是好样的！发了疯似的宣扬你们的一神教！你们这是在谁面前显摆呢？你们打算给谁吃现成的、一两千年宗教思想结出的果子呢？而且，注意，就连阿拉伯人，被全世界驱逐的阿拉伯人都明白，什么是一神教！阿拉伯人！因为那很简单，说不定，在那些沙粒里面真的有神！可只要思想一传到北边——完了。我们如今信什么？没错！圣父、圣子和圣灵，这不就等于朱庇特、赫耳库勒斯、墨丘利三位一体吗？换作希腊神话，那就是宙斯、赫拉克勒斯、赫尔墨斯！当然啦，肯定有人会反驳我，说不对，不对，神学思想不能这么简单类比。胡扯！对于普通人来说，就是这么回事。所谓一神教，无非就是剔除掉一部分神话，假装不再是多神教，可实际上还是一回事。别看神学思想千方百计想要绕开简单的类比，可实际上呢，所有那些个圣徒啊，保护神啊什么的，根本就是多神教。何必死乞白赖地宣扬一神教呢！古希腊罗马的万神庙，谁爱拜谁就拜去呗！应该跟阿拉伯人达成和解，各过各的！"

"你别这么激动，小心中风！"伊戈尔劝道，不知是真心担忧，还是有意挖苦。

"至少不该打来打去！"维克多·米哈伊洛维奇像没听见似的，

欠了欠身，用大肚腩顶住桌沿，继续说，"至少不该打仗！明白吗？！你明不明白？哎呀呀，我们有教堂，你们却没有！哎呀呀，你们有教堂，可我们不是牲口！这正常吗，啊？邻国一拥而上，把一整个族群驱逐了两千年！"

伊戈尔哈哈大笑，好一阵才说："要是我叔叔在这儿就好啦！他肯定会用你自己的大国沙文主义来堵你自己的嘴！当然，前提得是你的'圣经简史'没把他气昏过去。"

"你就该带你叔叔来，而不是这个——"维克多·米哈伊洛维奇瞅着彼得罗夫，一时找不到合适的形容词，便秘似的皱紧了眉头。"……这个闷葫芦。他到底是你什么人？秘书吗？"

伊戈尔说："我不说了吗，一朋友。干什么的我不知道。"

彼得罗夫留了个心眼，说自己是水暖工，但维克多·米哈伊洛维奇仍旧一脸狐疑地打量着他，眯缝着眼，左右端详。

"你之前没在修车行干过？"维克多·米哈伊洛维奇问。

"没。"彼得罗夫说。

"可别跟我耍滑头。"维克多·米哈伊洛维奇摇着食指威胁道。

总的来说，彼得罗夫被认出来的可能性微乎其微，因为一切因素都于他有利：衣服换了，声音也被流感改变了，更何况又过去那么久了。但彼得罗夫至今仍清楚地记得那辆饱受摧残的国产老爷车，车主人一坐上去，车身左前部便随之塌陷。保险起见，彼得罗夫垂下眼皮，避开维克多·米哈伊洛维奇的死亡凝视。在维克多·米哈伊洛维奇心目中，混蛋的修车工们想必给他留下了深深的伤痕，自己的相貌说不定也还刻在他的记忆里。而跟这样一个庞然大物展开贴身肉搏，彼得罗夫一无意愿，二无气力，三无空间。

"我的邻居们全是混蛋，"维克多·米哈伊洛维奇盯着彼得罗夫的愁眉苦脸看了半天，突然转换了话题，"要是抬头不见低头见也就罢了，可我们这儿根本不是这么回事。二层是我的，楼道口也是我的，另一侧有户人家住一楼，他们有自己的出口。我可犯不着为了跟他们说句话绕楼一整圈。左边的邻居也不是省油的灯，他们把雪铲到一起，往我这边一堆就走了，每次我都得从雪堆里蹚过去。他们家的狗也该死，汪汪汪，汪汪汪。汪汪个屁啊汪汪：冲人汪汪，冲狗汪汪，冲猫汪汪，赶上月圆之夜，它他妈的还学狼叫。要是没月亮，它就拖着锁链走来走去，来回巡逻！它那条锁链也是，也不知道是不是刻意定做的，哗啦啦，哗啦啦，烦死人了。真他妈见鬼！"

从"被拴在锁链上的狗"，维克多·米哈伊洛维奇的思维做了一个鲜明的联想跳跃，谈到了"被拴在物质上的人"。其实，当他从端详彼得罗夫讲到自己的混蛋邻居们时，所做的同样是联想跳跃，只不过彼得罗夫不愿意承认罢了。

"咱们都是被拴在物质上的，伙计们。"维克多·米哈伊洛维奇说，"不管怎么说，连信息都完全是物质的，同样无法摆脱物质的束缚。就拿书来说吧。光子从书页上跳开，对大脑的神经元产生一定的影响。老师波动他所栖身的介质，借助声带，通过鼓膜影响学生的神经元。同样是这本书，一不用油，二不用电，就这么放在桌子上，却拥有几乎取之不尽的信息性资源。一代又一代的人可以从中获取知识，直至书页化为齑粉。说出的话语在人体介质中能像生命体一样繁殖，究其实质，词语就好比光量子，同时拥有几种属性。光具有波粒二象性，而思维，正是神经元当中的一串具体的分子，当你将自己的思维说出来时，便会呈现为具体的、可测定的空气介质的波动。而反映在纸页上的思维，则更是形象识别机制与形象本身之间难以想象的联系，光子在这二者之间像乒乓球一样永不停歇地往来穿梭。说来也有趣，要知道，在量子层级，说得难听点，脑袋和屁股没啥两样，我们生活于其中的介质和我们自身也没有区别，我们呼吸的空气，我们吃的食物，变成了我们，我们与介质之间的界限又在哪儿呢？我们在本质上就是一团抽象的基本粒子，可为什么我们能够移动我们自身这团基本粒子，却没办法移动山体呢？当然，借助工具，我们也可以移动山体，但为什么我们没法将我们的意志赋予山体，从而移动它呢？要知道，任何界限都是不存在的。"

"我说，你家里现在能抽烟了吗？"伊戈尔打断了维克多·米哈伊洛维奇的宣讲，问出了彼得罗夫早就想问的话。

"不行，"维克多·米哈伊洛维奇斩钉截铁地说，"你们会把整个屋子染上烟臭味的。"

"得了吧你，"伊戈尔说，"两天才通一次风的主儿。"

"要抽到外面去抽，"维克多·米哈伊洛维奇吩咐道，"烟头别往菜园子里扔。扔到邻居家去，照着那条狗扔。"

伊彼二人穿好衣服鞋帽，下楼来到屋外。维克多·米哈伊洛维奇显然夸大了邻居家的狗制造噪音的能力，因为跟来时一样，除了风在栅栏木板间的呼哨声，便再无任何声音了。维克多·米哈伊洛维奇虽然对吸烟深恶痛绝，但没过一会儿也钻到了门廊，略带轻蔑地看着两位烟民吞云吐雾。他自己手里拿着一瓶酒，不时喝上一小口，像在咂摸滋味。

一支烟吸完，两人决定多吸几支，作为储备。在厨房坐了那么久，彼得罗夫感觉自己身体内外都被烧得火烫，维克多·米哈伊洛维奇将茶壶开来关去，却不知为何，既没给客人冲咖啡，也没泡茶。这会儿，彼得罗夫畅快地大口大口呼吸着户外清凉的空气，但偶尔空气会进错了气管，呛得他一阵猛咳。

"别再抽了。"维克多·米哈伊洛维奇冲着频频咳嗽的彼得罗夫说。

"好像也没听见你说的那条狗叫啊。"伊戈尔说。

维克多·米哈伊洛维奇没接茬，他瞅着伊戈尔身上的黑西装和披在肩上的黑大衣，像受到了启发似的，转而炮轰起国内政治来。

"总的来说，这些都是没必要的。"维克多·米哈伊洛维奇用食指戳点着伊戈尔的深灰色领带，"选举制度早已声名狼藉。没有任何保证，当选者会履行自己的承诺。应该换种方式——抽彩票。从公民当中随机抽选。反正也没法保证，选举出来的人是否全仗着公关团队的运作。其结果，选出来的人不是'能'管理国家的，而是'想'管理国家的。这二者之间天差地别。问题的实质在于，政权被提升为绝对值，一切都得围着政权转。如果改为抽彩票，就没必要再去控制媒体、买选票、爆黑料了,这些都将成为无稽之谈。至于投票,应该挪到任期末,总统干得好,就让他光荣退休,干得不好,就请他吃牢饭。当然,坐牢也许有点过了,但追责是必须的。要把干总统变成保卫祖国的神圣职责,让每个人从小学起就知道总统的位子意味着什么。"

伊戈尔反问:"那议会呢,怎么产生?要么就全改成抽彩票,要么,就不知道了。"

"议会这面也能想出法子来,同样需要追责,免得一个个的,都把议会当成了度假村。"

伊戈尔和维克多·米哈伊洛维奇争执起来,伊戈尔站在他那莫须有的高位,略带讥讽,而维克多·米哈伊洛维奇则仗着愤青的热血,努着本就不小的一对大眼,提高调门,扯着嗓子喊。彼得罗夫环顾四周纷纷扬扬的雪花,望着街对过的一栋五层楼房,突然想起,在儿时的一次新年枞树联欢会上,扮演雪姑娘的那个女人或者姑娘,怎样牵起了他的手。雪姑娘的手冰凉冰凉的,彼得罗夫不由得心想:"是真的。"维克多·米哈伊洛维奇和伊戈尔吵得越发热火朝天,彼得罗夫也越来越热,但不再是先前那种热了,这种热已经游走在冷的边缘,仿佛儿时的那位雪姑娘将她的冰手塞进了他的后脖领子,甚至将那只冰手从他衬衣底下钻了进去,冰在了他的肋骨上。彼得罗夫当年之所以认定雪姑娘是真的,不光因为她那只冰手,还因为她那张苍白的脸。如今彼得罗夫自然知道那只是化妆的结果,但在懵懂的儿时,那种苍白给他留下了极其深刻的印象。

"是吗？难道以'大多数人不会错'作为出发点就不是乌托邦了吗？如今的民主制度以'算术平均值即真理'为基础，但事实并非如此。如今的民主制度同样寄希望于'真空中的球形选民'！"维克多·米哈伊洛维奇歇斯底里地嚷叫，"你就拿我姐姐来说吧。她可了不得，这哪儿是选民，根本就是个疯子。她年轻时被人搞大了肚子，在我们老家涅维扬斯克[01]被一帮老太太说三道四，我妈终日酗酒，瘫了，后来又死了，那时候我正在部队。你想想看，我姐整天被人戳着脊梁骨，床上有个瘫痪的老娘，还一把屎一把尿拉扯着一个孩子，可你猜怎么着，她居然还学完了函授。后来，她趁着改革那些年，带着儿子去了澳大利亚，我到现在都不知道她是怎么办到的。现在我们通邮件，她总跟我说，澳大利亚就是一个大涅维扬斯克，说她特别想念家乡的小白桦。你说，能指望像她这样的吗？连她自己都不知道明天她会在哪儿！再说了，那个大多数又在哪儿呢？难道所有人都会去投票吗？不是，根本不是！如今的选举制无非就是对于参与国家事务的幻想，而很多人连幻想都懒得幻想。去投票的只是一部分人，在这一部分人中间又只有一部分人会投给特定的候选人，这大多数又从何说起呢？从幻想的社会精英中间诞生政权，这难道不是幻想？对政权的神圣化，跟大型魔术有什么区别？将对国家财产的重新分配抬举到神学高度，不正是魔幻现实吗？议会又是什么呢？从各个地区选出来的人的议事平台，这些人理想上本该关心

01　位于叶卡捷琳堡市以北77公里。1701年建城，为乌拉尔地区最古老的城市之一，因建于18世纪的涅维扬斯克斜塔而闻名。

地区福祉，但这只是理想上，事实上呢，无非就是游说一些狗屁倒灶的破事儿，满口道德，邀买人心罢了。议会的席位根本不该按地区分配，而应该按照不同社会阶层的人口数量来分配。这套体系早就该彻底改革了，要不然，上帝知道我们会沦落到什么田地。"

伴着维克多·米哈伊洛维奇的这段独白，三人重新回到屋里，那把无用的茶壶里又装满了水，壶底又燃起了无用的火，主客三人又各自饮了两杯酒。

"不过，这当然纯属闲扯淡，"维克多·米哈伊洛维奇疲惫地总结道，"得再来一场革命，就像十月革命那样的，可又不大情愿。但总的来说，还是有点愿意，心里边总想看看，这一切将如何灰飞烟灭。"

彼得罗夫走进卫生间，想用冷水给脑袋降降温，反倒把热劲儿引到脸上来了，于是他就请主人把炉火关掉，可关了还是不管用，他就问有没有阿司匹林或者泰诺林。泰诺林没有，只有阿司匹林，维克多·米哈伊洛维奇找出一整板用药纸包着的，从上面撕下两片，彼得罗夫接过来，抠出一片，又去了卫生间——在厨房里当着外人的面吃药他觉得不雅。剩下的那片未拆封的阿司匹林被彼得罗夫塞进了裤兜。当他强撑着回到厨房时，茶壶底下的火又烧上了，维克多·米哈伊洛维奇又在给众人倒酒，伊戈尔则拿着被瓜分的阿司匹林"母板"，眯着眼阅读包装上的说明。彼得罗夫感觉他兜里那片阿司匹林，特别是他胃里那片，似乎都在蠢蠢欲动，想要重新回归母板。

"维佳,你脑子是从橡树上摔下来了吧?"伊戈尔骂道,"这阿司匹林是七九年的,还能吃吗?"

"等着瞧吧。"维克多·米哈伊洛维奇说,"再说你算老几,敢教训我?你是医生吗?这是我从老家涅维扬斯克带过来的,家里备着的,我都吃了一辈子了,回回管用。你是医生吗你这么问?就算你是医生,我也有的说。"

"我是此地的神灵,"伊戈尔一本正经地说,并没有抬眼看维克多·米哈伊洛维奇,"《一千零一夜》里头是怎么说的来着?"

"好像不是这么说的,"维克多·米哈伊洛维奇说,"那里头说的好像是'我是此地的精灵'。此地,此什么地?我看是菜地吧?"

伊戈尔郑重答道:"我是斯维尔德洛夫斯克[01]全市乃至全州的精灵!"

"得,精灵不能再喝了。"维克多·米哈伊洛维奇不容置疑地说,把本就离他没法再近的酒瓶又往自己跟前挪了挪。

"我说真的。"伊戈尔说。

"你又要说你那些屁话了吗?"维克多·米哈伊洛维奇说,"说什么你全名叫阿尔秋欣·伊戈尔·德米特里耶维奇,首字母合起来是阿·伊·德——冥王的意思[02]。这算个屁呀!"

彼得罗夫抬眼看看伊戈尔,当即明白大事不妙。即便没上过

01　叶卡捷琳堡市在1924—1991年间的旧称。
02　伊戈尔全名为Артюхин Игорь Дмитриевич,首字母合起来为Аид,在俄语中恰好是冥王的意思。

医学院，彼得罗夫也看得出来，伊戈尔似乎真把自己当成了冥界的主宰者。这种稀奇古怪的念头彼得罗夫以前从没在电车以外的人身上发现过，因此，对于事态变化的忧惧一下子攫住了他的心脏，仿佛正当他上着没完没了的轮胎螺丝时突然心绞痛发作，随时有可能挂掉似的。

"你不能再喝了。"维克多·米哈伊洛维奇又对伊戈尔说。

这句话听上去狂妄自大且侮辱至极，因为维克多·米哈伊洛维奇看上去比伊戈尔醉得还厉害，而伊戈尔却像滴酒未沾似的。在彼得罗夫的修车行，要是有人在酒桌上说出这种谁谁不能再喝了的话，肯定会干起架来。彼得罗夫斜愣着眼四下望了望，看看四周有什么能伤人的家伙，万一真打起来，他好抢先拿走这些凶器，以免血溅当场。他只担心一样：万一维克多·米哈伊洛维奇被逼急了眼，抓起茶壶朝伊戈尔泼开水可就难办了，上去夺茶壶非得烫伤自己不可。可真要到那时候，也就只能豁出去了。

"再给我来一杯总可以吧。"彼得罗夫说罢，喝下一杯酒壮了壮胆，讲起了自己的故事。"我有个朋友，在修车行上班，"彼得罗夫故意绕着弯子说，"他们那儿也有个精灵，但不是斯维尔德洛夫斯克的精灵，而是修车地沟里的精灵。这人名叫季蒙[01]。他每次喝醉总会掉进地沟里去，而且每次都是后背朝下，无论怎么盯着他，怎么在他身边转悠，他总能掉进去。也真是邪门。一秒钟不见，他就掉进去了。好在沟底总垫着锯末。可锯末又能软和到哪

---

01 原文为Димон，与демон（恶魔）音近。

儿去呢，真搞不懂他是咋活到现在的。"

彼得罗夫边讲边转动酒杯，盯着透明而凸起的杯底，觉得很像他小时候看完少年侦探电影，用来假扮侦探的放大镜。彼得罗夫顿了顿，又想起了这个季蒙的另一桩事：有一回，他又掉进了地沟，沟上停着一辆车，也不知怎么的，他把油箱底部的塞子拧下来扔了，然后站在油嘴下面，冲起澡来了。大家七手八脚把他拽上来，正准备修理他一顿，可他却蹿到一边，擦着了打火机威胁大家。

彼得罗夫本想讲讲这件事，可他瞅瞅两位听众，立刻明白了：伊戈尔拽着自己到这儿来绝非平白无故，看来，伊戈尔的确是全市乃至全州的精灵，知晓所有人的所有事，他大概很想知道，彼得罗夫被维克多·米哈伊洛维奇认出来之后会发生什么。而维克多·米哈伊洛维奇显然已经认出了彼得罗夫，当两人四目相对时，他对于彼得罗夫来自混账修车行这点已经确信无疑了。

"好哇，混蛋，"维克多·米哈伊洛维奇缓缓站起身，咬牙切齿地说，"到了老鼠向猫索债的时候了。"

听到这么一个大块头将自己比作老鼠未免太过滑稽，彼得罗夫在慌乱之余仍忍俊不禁。维克多·米哈伊洛维奇对他的笑会错了意，从喉咙里发出一声短促的低吼，俨然一头狂怒的大象。两人谁都不想赤手空拳跟对方搏斗，便不约而同地抓住了桌上的酒瓶，往自己这边拉扯。伊戈尔则上前一步，挡在了二人中间。

匪夷所思的是，五分钟后，三人又重新落座，心平气和地说起话来。彼得罗夫想讲讲季蒙淋汽油的故事，伊戈尔却让他讲另外一个故事，可彼得罗夫不知道他指的是哪一个。伊戈尔便说彼得罗夫没良心，说自己几乎是从地狱里给他找了个老婆，可他却装模作样。他还坚称，彼得罗夫曾经救过他儿子的命，而且仅仅像耶稣那样触碰了一下；说他专程把这一神迹的见证人召集到一起，他很感激这些人，希望这些人对他也能心存感恩。伊戈尔开始说些令人恼怒的不清不楚的暗示，倘若他再多说几句，彼得罗夫一定会忍不住跟他扭打起来。可就在这时，维克多·米哈伊洛维奇不知为何，从客厅里拿来了一台收录两用机，将麦卡特尼放到最大声，又咒骂起国家新政和邻居家的狗来。彼得罗夫则一直听着音乐喝酒，直至黑暗将他连同那首 *Hope of Deliverance* 一并吞噬。

第二章
彼得罗夫的梦

彼得罗夫醒来时，天色尚未大亮。起初他感觉自己是被寂静吵醒的。意识一块一块渐次苏醒，像拼凑起了一张九宫格拼图。彼得罗夫最先觉察到的是寂静，他以为自己之所以醒来，是因为维克多·米哈伊洛维奇关掉了那台收录两用机。接着他感到彻骨的寒冷从四面八方将他攫住。再接下去，他发现自己被安全带绑在汽车座椅上，而在前面，透过前窗玻璃，他看见了静止不动的路面，上面覆满了被轮胎碾压得脏兮兮的青灰色的晨雪。道路右侧有道低矮的黑色护栏，像一排被无限复制粘贴的字母H。街对过，在昨晚被他看成了维克多·米哈伊洛维奇的窝棚周边唯一一栋五层楼的地方，分明是几栋零零落落的二层小楼。还有一栋楼，的确是五层，却在离道路很远的山坡上。再往前是一片耕地，高高的围墙圈住了一户户人家，房屋形形色色，密密麻麻，一直延伸到了地平线的森林边上。在自建房和彼得罗夫所在的汽车之间站着几个人，其中两个彼得罗夫认出是伊戈尔和维克多·米哈伊洛维奇，另外两个他不认识，但一看警服就全明白了。

　　看见警察,彼得罗夫猛然回想起昨晚他跟伊戈尔干的那些事、坐的那辆车,心里登时一阵发凉。他四下张望,这才发现,自己仍坐在昨晚那辆灵车上,那具棺材也还停在车里,也就是说,尸体到现在还没还给家属;这下,彼得罗夫觉得该轮到自己脊背发凉了。脊梁骨的确应该,甚至已经滚过了一股凉意,只是彼得罗夫无法察觉,因为他全身都已经凉得像根冰棍,想必还在昏睡中就被冻得硬邦邦的了。连一直火烧火燎的鼻咽部都已经没有了一丝热气。彼得罗夫用冻僵的手指捅开安全带按扣,捆绑他的束带应声向右弹开。

　　街上的行人丝毫没有留意彼得罗夫的举动。去你们的吧,彼得罗夫想着,小心翼翼地推开车门,钻出车厢,用两条几乎毫无知觉的腿勉强撑住身子,转身关好车门,贴着车身,悄悄向反方向走去,慢慢远离那个惹是生非的伊戈尔。彼得罗夫将手揣进冰窟窿一般的袄兜里,以车身作为掩护,一瘸一拐地趔趄着随便什么交通工具。他很好奇,伊戈尔昨晚把他带到了哪个城区,但最近一堵墙上的蓝色标牌未能给他任何提示。他只看到"扎米亚京"四个字,心想:也不知道是那个写《我们》的作家,还是哪位革命家[01]。积雪上的车辙勾勒出道路的轮廓,在另一栋五层楼后面向右拐去。彼得罗夫老老实实地跟着车辙,终于走上了一条像样点的下坡路,路两旁栽满了白杨,不知通往何处。街面上别说人,

---

01　反乌托邦名著《我们》的作者是叶·伊·扎米亚京(1884—1937),这里应是著名革命家尼·尼·扎米亚京(1877—1927),在叶卡捷琳堡市有后者的故居。

连条狗都没有。彼得罗夫在白杨树下踽踽独行，东张西望，想找条更宽阔的街道，却只在道路尽头发现了另一片圈着围墙的自建房和几间车库，车库和房屋的前方和右侧又都是森林，而在左侧，在对于冻僵的彼得罗夫而言过于遥远的地方有条街道，驶过了一辆蓝色无轨电车。

彼得罗夫向着街道上的电车站台缓慢移动。站台长凳上坐着几个跟本地居民难以区分的流浪汉，又或是几个跟流浪汉没啥差别的本地居民，总之，是些社会边缘者，一个个面红耳赤，不知是冻的还是醉的。令人惊奇的是，他们在喝着手中的"777"波特酒[01]或者"波罗的海"9号[02]时保持着绝对的寂静，仿佛这寂静令严寒中的酗酒变得深沉。彼得罗夫这才发觉，自己竟然丝毫没有醉酒后的难受，除了意识稍微有些游离于身体之外；但并非完全的游离，不是的，而是灵与肉之间隐约有道间隙，这间隙通常只有在恶心难耐或者头痛欲裂时才会扩大。彼得罗夫心想，不管咋说，伊戈尔是真行。这么想着，昨晚发生的一切，从喝到醉，从刚坐上棺材车直到在棺材车里醒来，全部蒙上了薄薄一层怀念的轻烟，像周围的寒雾一样，只在彼得罗夫的记忆里留下了美好和愉悦。

除了坐在长凳上喝酒的人以外，马路边还站着一个背黑色双

---

01 波特酒原指产自葡萄牙的甜型强化葡萄酒。"777"波特酒（又名"三斧头"）则是苏联仿制的一款国产烈性甜葡萄酒，酒精度高达17%～19%，价格低廉，在俄罗斯至今仍广受欢迎。
02 "波罗的海"啤酒是俄罗斯最流行的啤酒品牌，产地圣彼得堡，自1992年投产，目前共有0到9号10个系列。其中9号为烈性啤酒，酒精度高达8%，号称"啤酒中的伏特加"，远销全球48国。

肩包的年轻小伙儿，没戴帽子，两只耳朵在寒风中冻得通红，看上去跟小猫爪子上的肉垫一样软和，口鼻被一条挂了霜的黑围巾蒙住。彼得罗夫不好意思靠近小伙儿，生怕自己身上的酒气熏到对方，何况小伙儿显然刻意跟周围人保持着距离，无论是那群酒鬼，还是彼得罗夫。用彼得罗夫修车行同事巴沙的话说，这小伙儿就属于典型的"没事找抽型"。你说你站就好好站着吧，可他偏不，时不时地就瞟一眼那群酒鬼，接着又鄙夷地扭过头去，然后又瞟一眼彼得罗夫，搞得彼得罗夫觉得自己也像个流浪汉似的。

彼得罗夫不由得想起，巴沙（此人说话的派头活像个度量衡鉴定所的小律师）曾经解释过，他为何从来不吼自己的子女，更从未打过他们一巴掌。当然，首先是因为巴沙的妻子独自包揽了父母双方的责任，但其次，巴沙说，在打骂中长大的孩子容易产生负罪感，当他们在街上被人欺负了，总会觉得那是自己的错，是自己说错了话、做错了事。总之，暴力的受害者会认为是自己招致了暴力，这就是小时候挨打挨骂的惯性思维的结果。这种条件反射将伴随孩子们一生。

"我后来明白了，"巴沙说（巴沙经常这么说，每结识一个人他都会这么说，竭力想把自己的理论发扬光大），"根本没有什么乖孩子坏孩子，没有什么对话错话，就算你是个总说对话的乖孩子，就像我小时候那样的，如果你被两个人揍了，大家也都会说，你不该抽烟喝酒，而应该从小练习拳击；假如我是个女的，人们就会说，你不该大晚上的穿着短裙在外面闲逛。"

接着，巴沙讲到他如何将一群街头混混痛打了一顿，却丝毫没有觉得痛快，而只为悲哀的现实感到苦涩和失望。每到此时，彼得罗夫就感觉一道明亮的光从天而降，照在巴沙身上，光柱里还飞舞着雪花或者灰尘——具体是啥取决于巴沙布道的季节。

"咯吱吱，咯吱吱……"冻硬的靴底摩擦着瓷实的积雪，几个大约六年级的小学生，从站着的彼得罗夫和小伙儿以及坐在长凳上的酒鬼们中间走过。与站台上的人形成鲜明对比的，是他们的衣服和书包的鲜亮颜色：红的、蓝的、绿的、黄的、紫的、天蓝的。小学生们也都一言不发，假装沉稳老成，但每次遇到雪路上被磨出的冰道便会自动排成一列，依次从冰道上溜过去，然后再继续走路。出于百无聊赖，小伙儿、酒鬼们还有彼得罗夫都不约而同地注视着小学生们逐渐缩小的背影。

等彼得罗夫再回过头眺望路面时，发现一辆黄色小公交正停在十字路口。风是朝彼得罗夫这面刮的，因此小公交排气管喷出的白烟一个劲儿地绕着右侧轮胎打旋儿，像条猫尾巴。十字路口太远，看不清楚是几路，等开近了才看出是8路。彼得罗夫一下子就知道自己在哪儿了：原来，脚下这条路自己天天看，每次从修车行出来抽烟时都能望见，包括这个电车站台，只不过平日里远远望去，站台只是一团蓝，而挤在站台上的人只有火柴棍大小。昨晚游历的整个路线图立刻清晰可见，他像高空鸟瞰一样看到了路线中的自己。驶近的公交车丝毫没有进站停车的迹象，直至看到潜在乘客才慢慢减速。车屁股后面的烟柱被空气卷成了一团，变成了兔子尾巴，继而在右轮胎处扩散为散发着浓郁汽油味的烟圈。

透过被严寒染白的前窗玻璃看不出车上有多少人,而从车厢内的座位上又看不到公交车走过的路。彼得罗夫坐在取暖器边上,热气先烤热了他的脚踝,继而渐次向上,等到身体暖和过来了,流感症状也随之出现,肺里呼哧呼哧的,鼻咽部虽然化冻了,却依旧干燥,而鼻子里,特别是靠近鼻孔处,吧唧吧唧的。公交车开了还不到两站地,彼得罗夫已经瘫软在座椅上了,呼吸只能靠嘴巴维持,而他嘴巴里呼出的气味直接把坐他前面的女人熏到了车厢另一头。女人这么做无可厚非,彼得罗夫自己也有过类似遭遇。今年三八节刚过完,他坐在了两位体面的大婶对面,从聊天的内容判断,两人都是小学语文老师,可从她们身上却散发出如此令人作呕的酒臭味儿,好像她俩头天晚上合伙干掉了满满一缸足以闷倒驴的家酿酒似的。

"买票!"女售票员冷冰冰地说,怨怼的声音乃至整个相貌都像极了苏联食品商店的女售货员。

看样子她似乎早已料到,浑身酒气的彼得罗夫会胡搅蛮缠,或者插科打诨,说些不着调的笑话,好省下车票钱。她那张五十开外的死板脸,她的肥硕体格,裹在她身上的羽绒服和绒线裤,她脚上那双沉重的靴子,无不透露着丘八气,让人立刻联想到越战电影《野战排》和《全金属外壳》。彼得罗夫唯恐自己钱包里没有零钱,从而被人视为坐公交车不带零钱、专带千卢大钞的人。再加上他不时喷出的酒气以及瘫软的坐态,极易给人造成坏印象,让人怀疑他先是在小酒馆里摆阔,把原本可以用来买车票的零钱全当小费打发了,然后大模大样地坐在公交车上,故意用找不开的大钞捉弄女售票员。更糟糕的是,彼得罗夫的钱包居然找不到了,他开始挨个翻兜,他从不知道自己身上居然有这么多兜。他翻得越久,女售票员的目光就越沉重。

"要是没钱买票,下站就麻利下车!"

在此之前,彼得罗夫并未留意车上有几个人,眼下他立刻看清楚了:一共五个,包括背双肩包的小伙儿和被他熏跑的妇女。此外有个老妇人,拉着辆带轮子的买菜车。还有个小伙子,看着比"双肩包"大几岁,体格敦实健硕,像个举重运动员。这类人通常自诩罗宾汉,喜欢维护世界正义,比如在地铁上逼人给老太太让座,督促乘客调低耳机音量,制止逃票行为,等等。更要命的是,这人旁边还有个跟他一样年轻力壮的,看似他的同伴,两人已经在用不满甚至挑衅的目光频频扫视彼得罗夫了。也别说他们了,就连被他熏跑的妇女和拉着买菜车的老妇人都以同样的眼神瞪着彼得罗夫。这灼灼的目光令彼得罗夫更加燥热,简直比取暖器和流感加起来还要厉害。彼得罗夫上一次有这种感觉还是在小学的少先队纳新仪式上,当时叫了一个又一个预备队员的名字,彼得罗夫心里一个劲儿打鼓,生怕叫到他的名字时人们会对他的预备资格揪住不放,指指点点。

钱包终于找着了,在绒线衫下面的衬衫的胸前口袋,而彼得罗夫一般是不会往那儿放的。彼得罗夫暗自吃惊,感觉像变戏法似的:刚才他隔着熟皮短袄,明明摸到钱包就在他总放的那只袄兜里,可等手探进去,钱包却不在。彼得罗夫手指哆嗦着,抠出一枚五十戈比硬币，递给女售票员。

"臭酒鬼。"女售票员脸冲着过道骂了一句，数出找给彼得罗夫的零钱，又厌恶地撕了半张车票，带着毫不掩饰的不满塞到彼得罗夫手里。看样子，她似乎专等着有人跟她对骂几句呢。接着她又以同样的态度去招呼比彼得罗夫晚一站上车的一对夫妇。那个丈夫受不了，质问她为啥这么凶巴巴地塞车票。结果，女售票员一甩手，一把钢镚儿直接摔他身上了。此女绝对属于售票员族群中的濒危物种，珍稀保护动物，像她这样的彼得罗夫已经很久没见过了。如果说彼得罗夫在无轨电车上遇到的乘客十有八九都是神经病，那么售票员则无一例外彬彬有礼，有位女售票员甚至记住了他，还问他怎么老不坐她们的车了。"谁说不坐，我这不是来了嘛。"彼得罗夫回答说。总之，粗野的女售票员几乎已经绝迹了，应该珍惜她们，把她们展览给游客。只不过，被摔了一身钢镚儿的男乘客可不这么想。他用隐忍克制而微微颤抖的声音和华丽的辞藻向众人宣告，他严重怀疑女售票员已经很久没有过床笫之欢，无论跟异性，还是跟同性，并且暗示，女售票员大概从未享受过男欢女爱，如果有，那她的性伴侣一定是瞎了眼。

"什么——！"女售票员拖长声音叫嚷道，声音尖细得令人意外。按照彼得罗夫的希冀，女售票员会委屈得大哭起来，男乘客则会道歉。然而，在长长的"么"音发完之后，女售票员说了一句话，逼得彼得罗夫下意识地开始寻找急停按钮或者弹射手柄，只求尽快逃离车厢。

女售票员说："你也不瞅瞅自己的娘们儿。"

这一切之所以令彼得罗夫如此窘迫,是因为他的母亲跟这个女售票员很像。他母亲也是什么话都说得出口,不管在厂里听到学到了什么脏话,她都能现学现卖地用在任何公共场合以维护正义,声如黄钟大吕,调似鬼哭狼嚎,听得当年还是个孩子的彼得罗夫总恨不得从排队的人群中间、从公共交通上、从商店里、从学校里钻进地缝里去。对彼得罗夫的任何一位小学老师,他母亲从不会客客气气地尊称"您",而总是理所当然地以"你"相称,而这简直比公众场合的叫骂更糟糕。每次电视上播放街头采访,看见受访的路人在话筒前支支吾吾、手足无措,母亲就会说:"咳,要是采访我就好了,我得让他们瞧瞧!"彼得罗夫每次听到这话,都忍不住发抖。他毫不怀疑母亲会让人们"瞧瞧",他怀疑的是,如果她真让人们"瞧瞧"了,自己今后还怎么出门。当然,长大后的彼得罗夫也不是只小羊羔:顾客质疑他要价高,他会说"去你妈的";顾客怀疑他的技术,他会说"去你妈的";附近超市的保安嫌弃他满身油渍,他也会说"去你妈的";他还跟同事合伙捉弄过隔壁消防队里那个笨手笨脚、经常向他们求助的钳工。但这些脏话从他嘴里说出来似乎再正常不过,毕竟,没有人会指望他一个修车工开口说拉丁语。倘若彼得罗夫掀开发动机罩,而没有懊恼地叹口气,说上一句"我×",顾客们反倒会不知所措;假如他在修车费用产生争议时辩解说"您说什么呀,您没有搞错吧,这点钱显然是不够的呀",大多数顾客甚至会认为他软弱可欺。不过,彼得罗夫和同事们自有其轻易不肯逾越的红线,比如,与顾客争吵绝不牵涉与其同来的家人或朋友,再比如,除了国骂以及把车推出修车行以外，再不能有任何其他的出格举动，至于把零钱摔到顾客脸上则更是闻所未闻。

倘若女售票员也只是来句国骂，男乘客顶多礼尚往来地跟她对骂几句，随后双方便可偃旗息鼓。可她偏偏捎上了女乘客。女乘客立即出言自卫，彼得罗夫只得用指甲划破窗玻璃上的冰花，透过缝隙观察路面，沮丧地确定：到地铁还有四站地。

"咋着，野男人没钱打出租呀？避孕套总买得起吧？要不然以后还得带着一群小崽子来挤公交。"

彼得罗夫这时注意到，如坐针毡的不止他一个，还有"双肩包"。

"科利亚，停车！"女售票员冲司机吩咐道，可司机却没听她的，乘客夫妇趁机尖刻地予以嘲笑。

是啊，科利亚，你倒是停车呀！彼得罗夫也想让司机停车，同时却又十分纠结：要是真停车了，自己是立即下车呢，还是勉强撑到地方？

"科利亚，把车停下！"女售票员的声音提高了八度，脸也变成了猪肝色。

"这儿能停吗！"科利亚也叫道。

"我们是不会下车的，"男乘客说，"我们买了票，凭什么下车？"

"你们不下，小伙子们就把你们轰下去。"女售票员扭头向两位运动员请求支援。两位运动员一听，也立刻跟彼得罗夫和"双肩包"一样如坐针毡了。其中一个诧异地问："关我们啥事？"

这下，女售票员展开了一对四的骂战，让人不由得想起施莱德大战忍者神龟四兄弟的名场面。在骂战过程中，男乘客和女乘客都因愤怒而涨红了脸，继而传染给了两位运动员，他俩也各自面红耳赤地应付着女售票员的辱骂。彼得罗夫不禁觉得，坐在灵车里守着棺材都比在这趟公交车上舒坦。

司机也实在看不下去了，停下车，将前后两扇车门通通敞开，似乎急于散去应急阀里积蓄的高压。彼得罗夫急忙就近从后门下了车，"双肩包"则从前门下了车，两位运动员也鱼贯而出，两人都像刚跑完步一样喘着粗气，脸上潮红得像刚蒸完桑拿，相同的黑色针织帽下面滚出大颗大颗的汗珠。"双肩包"则恰好相反，脸色煞白。

"靠，简直了！"一位运动员扯下帽子，擦着脸上的汗。两位运动员这会儿不像刚蒸完桑拿了，倒像是刚喝完一大壶热茶的小贩儿。

"下去——！"女售票员歇斯底里的喊叫声从公交车上传来，"车不走了！"

"凭什么？"男乘客喊，"除非你把钱还我！"

"噎不死你！"女售票员的话掷地有声，彼得罗夫依稀听见了硬币散落在橡胶地板上的声响。

"先把门关上行吗！"是拉着买菜车的老妇人的声音，"这大冬天的！"

公交车门缓缓关闭，似乎有些犹疑，如同幕间休息过后第二幕开场时的剧场幕布。从车上下来的四位乘客各自散去：两位运动员朝街对过走去,"双肩包"进了小商店,彼得罗夫则点着一根烟,沿着公交车路线朝前走去。嗓子眼里一夜之间堵满了流感制造出来的脏东西,第一口烟酸臭酸臭的,像一块变质的生肉。彼得罗夫四下望望,确定没有人看到自己这副衰样,厌恶地朝人行道边的雪堆里啐了一口。

到地铁的路显得比以往更直,因为彼得罗夫知道该往哪儿走,大致要走多远。他还在指望着那辆倒霉的公交车能从后面赶上来,却一直没见着影儿。当然,公交车很可能已经开到前面去了,趁他拐进药店的工夫。那家药店开在街道深处,在一处落满积雪、形似喷泉的设施旁边。彼得罗夫原本尽量集中精神走路,却不由自主地被药店里排队买药的两位老妇人吸引了。

两位老妇人很难不被人注意:一个买了一大堆药,久久地与一张手抄的价目表相对照,价目表的纸页是从方格本上扯下来的,已经破破烂烂;另一个也买了一大堆药,手里却没有价目表,只得与自己的记忆相对照,因而耗时更久。两位老妇人相继走出店门之后,药店闻上去立刻不再像个药店,而像个普通的日用品商店了;换言之,两位老妇人之于药店一如枞树造型的空气清新剂之于小汽车。

一瞥见彼得罗夫,坐在售药窗口的女营业员立刻声明:注射器和"可待拉克"[01]没处方不卖。

....
01 俄罗斯生产的一种含可待因成分的止咳口服液。可待因是从罂粟属植物中分离出的一种天然阿片类生物碱,是强效的中枢性镇咳药,但与吗啡一样具有致幻性和成瘾性,因此常被吸毒者用作替代毒品。

彼得罗夫当下愣住了。显然，这个长着一副苏联小学女教师般严厉而公正的面孔的女营业员是把他当成吸毒者了。他又想到，自己似乎总被人当成吸毒者；看来，整天钻车底盘的不健康的工作方式多少反映在了他的外表上。他很想把这桩误会编成一个搞笑段子，为此他甚至挤出了一个相应的表情来酝酿情绪，直至他发觉，自己已经带着这种表情呆立了好几秒钟，而这一定会令女营业员觉得，他是在反思自己不幸的吸毒者命运，或者在寻找什么借口，好让她卖给自己注射器和另外某种可待因类药物，某种她还不晓得的。（不过，既然她是卖药的，又怎么会不晓得呢？）彼得罗夫慌乱起来了。虽然已经不是头一回了，但每次都事发突然，人们断定他是吸毒者时总是直言不讳，直接得令他吃惊。连他姑妈有一回都说，他把挣来的钱都买了海洛因。每次彼得罗夫都像今天这样呆若木鸡，无言以对。小时候，有一回父亲让他去买溶媒，他就去了，买完以后不想用手拿着，就买了个袋子装着，结果女售货员就指责他小小年纪不学好，沾毒品，说她现在就上他家去告诉他家长，彼得罗夫呆愣在原地，小脸涨得通红，泪水在眼睛里打转。

买完泰诺林，彼得罗夫走到地铁站，在售货亭买了瓶汽水，喝下一片药，下到地铁，走过几个身穿橙黄色马甲、正弯腰从石头台阶上刮去残雪的女清洁工，又走过一个警察，后者显然也把他当成了吸毒者，正要朝他走来，却又发现了另一个生着亚洲面孔的更加明确的目标，这才放过了他。直到排队买地铁币时，彼得罗夫仍在生药店女营业员的闷气，好像自己没能想出俏皮话来全是她的错。直至看见坐在售票窗口的女售票员,看见她那头被染成火红色、紧紧扎成马尾辫的头发时,彼得罗夫才灵光一闪。

"刚才就不该那么尿包,直接跟她要三瓶山楂露酒[01]、一块牛血巧克力[02]。"彼得罗夫不由得一阵懊丧:当时咋就没想到呢。只可惜,没办法时光倒流,再重来一遍了。

彼得罗夫几乎总是这样的。直到坐在地铁车厢里,他的脑海才浮现出修车行里的趣事,就是昨晚伊戈尔非要他讲的那种。当然,这些事也许并不怎么好笑,也不知道伊戈尔会作何评价。倒有一桩事委实好笑,那就是他们这些整天像个陀螺一样穷忙乱转的修车匠们,居然也有了专门送饭的,有时候居然还能吃到饺子。但往往直到第七个饺子下肚,他们才会吃出来是白菜馅的——所有人都饿疯了,忙晕了。还有一件事,一位瞪羚车车主,车臣人,抱怨说他手下一个开车的如何酗酒无度,他把所有招数都用尽了:又是揍他,又是把他扔到林子里,又是揍完之后再扔到林子里,又是逼他限期还债,又是跑去向他的母亲告状,可酒鬼就是死性不改。有人建议车臣人干脆解雇这个屡教不改的司机,司机瞬间脸色煞白,说这不人道,接着便无助地嚎啕大哭。彼得罗夫怀疑,这些事只在发生的当下才会有趣,而在他乏味的转述中必然会流失大部分趣味性,但无论如何,总比避而不答强得多。不然伊戈尔肯定会以为,他们修车行里一点儿人情味都没有,只有一群没

---

01 以山楂果肉和酒精制成,可用于改善心脑血液循环,调节心率,缓解头晕。
02 一种以干牛血粉为主料的预防药,富含铁,可增进造血功能。由于添加了炼乳、糖、维生素C等成分,深受孩子们欢迎,被称作"药店里的巧克力"。

心肝的人整天拧着没灵魂的螺丝帽。

彼得罗夫对面是整整一个班的小学生和一位女教师（或者家长委员会主席），后者长得像极了药店里的女营业员，简直让人怀疑是同一个人，而且她也正用同样谴责的目光瞪着彼得罗夫。这目光令彼得罗夫的思绪从汽车螺丝上游移开去，让他不禁想到：真是奇怪，从他上小学那会儿直到今天，国内的一切几乎都改头换面了，唯独药店、诊所和女教师还跟从前一模一样。时尚完全没有波及女教师们的化妆品及化妆方式，也丝毫没有改变药店的装潢和装饰，无非多了些感冒药的彩色宣传画而已。就连那个有机玻璃隔板都得到了传承，依旧绕着药店内墙围上一整圈，将顾客与药品隔开，而那些最紧俏的药总是紧贴着玻璃摆放，跟商店橱窗里一样。隔板中间依旧留着一扇半圆形窗口，里面的营业员依旧总穿着白大褂（莫名其妙），窗口上方依旧总挂着一块牌子——"收银台"（这不废话吗，除了收银台还能是啥？）。

和每次坐地铁时一样，神游的彼得罗夫猛然一惊：没坐过站吧？此时，列车正行驶在机械工人站与乌拉尔站之间的漫长区间，那里有一段略微弯曲的路，令人不禁浮想联翩：假如透过车厢之间的玻璃看后面的车厢，会透视出怎样的效果？这让彼得罗夫想起了他小学同学的那本厚厚的美术教材。彼得罗夫从同学那儿借过几次，但前面关于透视和色彩的章节他总是草草翻过。关于色彩，他只记得些冷暖色调、饱和度什么的，别的什么都不记得了。接下来的章节是太阳神阿波罗的石膏头像、石膏正方体、石膏球体（准确地说，应该先是正方体和球体，随后才是各种角度的阿波罗头像），这些才是令彼得罗夫痴迷的，他一钻进去就出不来了。后面还有专门讲眼睛的、讲鼻子的、讲耳朵的，也全都是石膏画像，彼得罗夫同样钻得很深。再接下来便是人物肖像，其酷似照片的逼真和出神入化令彼得罗夫惊诧不已，他想破脑袋也想不通，如何能从呆板的石膏练习奇迹般地跨越到传神的人物肖像，寥寥几笔而栩栩如生。他所学到的仅仅是捕捉形似之处——他意识到，一切头颅本质上都是阿波罗的头颅，无非是加了些变化而已。而这已经是彼得罗夫的天花板了，对此他心知肚明，无论班上同学怎样夸他。

这就是为何伊戈尔在灵车上提出的那个关于作家和画家的问题会令彼得罗夫如此不快。对于历来羞于承认自己的绘画爱好的彼得罗夫而言，这无异于某种无心甚或有意的挖苦。每当有人以不可思议的直白谈论私己之事时，彼得罗夫都会惊诧莫名，有些作家的描写简直令他寒毛倒竖。比如，斯捷潘·特罗菲莫维奇和小斯塔夫罗金的亲密关系令他反胃[01]，而利莫诺夫的《这就是我，爱迪奇卡》[02]则令他毛骨悚然，不能卒读。利莫诺夫的叙述让他联想到了连环变态杀人狂魔奇卡季洛临刑前接受的采访。纵使严刑逼供，也撬不开彼得罗夫的嘴巴，让他坦白自己在奔三的年纪仍偷偷画着日系风格的漫画。彼得罗夫很清楚，假如他画的是怪兽

---

01 二者皆为陀思妥耶夫斯基长篇小说《群魔》中的人物。斯捷潘·特罗菲莫维奇是一位无病呻吟的知识分子，他在给小斯塔夫罗金做家庭教师时，时常在深夜将他叫醒，对其倾吐心扉，与其相拥而泣。
02 爱德华·利莫诺夫（1943—2020），俄罗斯作家、诗人，反对派政治家。《这就是我，爱迪奇卡》是利莫诺夫1976年于纽约创作的首部长篇自传体小说，为其带来了世界性声誉。

出没的情色漫画，男人们也许会喜闻乐见，他自己说起来也不至于难为情。可他画的偏偏是未来战警题材，关于机械战警和邪恶的网络罪犯，关于摩天大楼、爆炸、飞行汽车、突变体、四处飞溅的玻璃碎片——所有这些令彼得罗夫感到俗不可耐，平庸至极，而亲儿子的喜欢只令他更觉得糟糕透顶。

彼得罗夫又是猛然一惊，以为坐过了站。好在还没有。女教师正要求学生们保持安静，并提醒他们做好准备，再有一站就下车了。她还专门点了几个淘气包的名，唯恐他们下错了车。在坐车的这段时间里，这群捣蛋鬼已经搞出了几场恶作剧：一个小男生冲着全车厢人叫了声"屁股"，女教师气得大骂，其余孩子们则赞赏地嘻笑；另一个小男生怂恿班上同学走到竖立的扶杆前，用它当钢管跳脱衣舞，女教师便说，你这已经不是头一回了，是不是想让老师特别记住这个玩笑，好在家长会上宣扬宣扬，说不定你爸妈也会欣赏你的幽默感；小男生们还去骚扰了班上那个只顾埋头摆弄手机的书呆子；随后他们又包围了一个看电子书的男人；又冲着因流感而呼吸粗重的彼得罗夫嘿嘿窃笑；又提醒班上一位小女生，让她小心别又抽起了羊角风，并且惟妙惟肖地模仿了一段。

其实，几乎全班人都很安静，发疯的刨去女教师只有三个，但却足以令彼得罗夫在列车进站后如蒙大赦般逃出车厢，跳上了1905年广场站的花岗岩站台，扭头向继续留在车厢里的乘客们投去同情的目光。他毫不怀疑，自己的儿子要比这群兔崽子规矩得多，他儿子恰恰属于那类要么低头摆弄手机，要么埋头看书，要么满眼幻想的书呆子，时常因为动作迟缓、耽于幻想而被班上同学推推搡搡，揶揄挖苦。也正因如此，彼得罗夫才对那个低头玩手机的男孩和他那些调皮捣蛋的同学心生厌恶。

站台上人不多，大部分在原地跺着脚，或者坐在长凳上，望着彼得罗夫刚刚坐车驶来的方向，那里有火车站、长途汽车站和市场。闪耀的金属圆柱间回荡着提前录制好的广播，提醒人们不要捡拾无主包裹。两个警察背对彼得罗夫而立，从他们身边经过时，彼得罗夫短暂地羡慕起了女人们——她们一般不会被拦住检查，除非做出异常举动。搭乘公共交通出行时，彼得罗夫经常不带证件。虽然他总被人怀疑吸毒，但在他身上从未发现过毒品，再加上他手机里还存着一位警署官员的电话号码，后者的德国车不止一次在他们店里换过发动机油、刹车片、离合器片，因此，就算他被警察拦住盘查身份，一般也不会太久。

彼得罗夫无法理解巡警们的工作。他无法想象，整天在站台上或者大街上走来走去，寻找违法乱纪者，或者拦住行人盘问。这简直枯燥难耐。在他的印象里，有一回，他窝在地沟里一连几天没见着太阳，天还没亮就来了，天黑透了才走；另有一回，他蹲在修车行里一连几天没着家，而且那些天恰好赶上极昼，夜里就睡在修车行：他感觉，那些日子悄无声息地飞走了。对他来说，这才是真正的欢欣，但他没法向伊戈尔讲述，就算讲了他也不会懂，怎么会凌晨一点半不睡觉，从几个修车行里叫来一大帮同行，一群人（连同车主在内）挤在顶起的发动机罩下面，瞪着迷迷瞪瞪的双眼，试图搞明白车子为啥打不着火。伊戈尔同样理解不了，何苦一天到晚义务修车，给亲戚修，给朋友修，给熟人修，给认识的交警修，给认识的巡警修，完事还会以共青团积极分子的欢欣口吻相互打趣："彼得罗夫，今儿个咱又是星期六义务劳动日，跟妓女一样，白嫖！"

刚想到这儿，同事巴沙就心有灵犀地打来了电话。彼得罗夫恰好走出地表，手机也有了信号。听声音就知道，巴沙也病了。

"你咋样？"巴沙问，"你说你，昨天干吗非得来上班？我今天也去了，干了一会儿就不行了，我心想去他妈的吧，把车交给别人，就爬回家了。"

彼得罗夫心说，我还不如留在修车行呢。他对巴沙说："我真不该搭那辆出租车，他在青少年剧场就把我扔下了，我只能等无轨电车。回头再跟你说吧，省点电话费。"

"行吧。回头用家里座机打吧，就怕我到时候没力气聊了。我今天真是见了鬼了。刚一睡着，就梦见上语文课，我站在讲台上，背一首什么狗屁长诗，我哪儿会背呀，只好挖空心思临场瞎编，还得合辙押韵。真是完蛋。关键是啥药都吃了，就是不见好。"

"好在不是胃肠型流感，否则连安安生生躺床上都别想。"

"这倒是，得了，回聊吧。"

电话挂断之前，听筒那头传来汤匙磕碰马克杯的声音，接着巴沙像在蚕茧里一样翻了个身，发出毛皮所特有的舒适的沙沙声。

离家越近，彼得罗夫越觉得难受。他感觉像在爬一座大山，越到山顶就越缺氧,越寒冷彻骨。站在冷风呼啸的街头和玻璃站台里头,巴沙那头毛皮的温暖舒适越发显得诱人——玻璃站台虽然挡风,却不知怎的,比风里还冷,好像站台收纳了周围的全部寒冷似的。站台内侧贴着一张旅行社的宣传画,爸爸妈妈和女儿穿着泳衣在踏浪。彼得罗夫感觉他们身后的海水酷似一大块冰坨,而他们裸露的身子看得人直起鸡皮疙瘩。电车也是故意刁难,光17路,一辆接着一辆,过了四辆17路才来了一辆3路,但已经塞得满满当当,再也挤不上去了。3路电车例行公事地打开车门,只为了展示一下被挤成鲱鱼罐头的乘客脊背,然后又吃力地闭拢车门,继续朝前开去,真搞不懂它何必停下。

过了几根烟的工夫,在几阵穿插于轻微咳嗽之间的经久不息的剧烈咳嗽之后,在几趟空的但不顺路的电车和几趟顺路但人满为患的电车之后,在彼得罗夫反复琢磨、信口哼唱随即忘却了的几句歪歌(诸如"电车开往马加丹,可惜与我不相干")之后,终于来了一趟空的3路。它紧跟在一趟满的3路后面。两趟车同时进了站,可前车乘客宁愿受挤,也不肯换到后面的空车上来,这令彼得罗夫心生疑窦,怀疑后面这趟车是不是开往某个公园的。但他还是决心赌上一把,朝后面的空车扑了过去。

"你们是去公园的吗?"他问女售票员。

"不是。"女售票员说。

"那前车的人咋不坐到你们车上来?"

"我也纳闷了好几站了,喏,只有这个小姑娘坐过来了。"

女售票员抬手朝旁边座位一指,彼得罗夫一看,顿时心头一紧：那正是昨天那个小女孩，老头儿和小伙儿为她打起来的那个。小女孩看了彼得罗夫一眼，向他问了声好，彼得罗夫慌忙机械地回了一句，随即满脸通红，好像昨天跟小女孩分享民俗差异的人是他似的。

吸取了昨天的教训，彼得罗夫挑了一个既不会从街道方向被人认出，又能不看见小女孩的座位，他坐到了前面给带小孩的乘客及残疾人乘客预留的专座，背对小女孩，还不是司机那侧，而是靠门的一侧。这个位置坐着并不舒服，因为台阶前的塑料隔板顶着他的膝盖，更准确地说，是他的膝盖顶着塑料隔板，而塑料隔板则危险地变了形，随时可能彻底碎裂。（隔板上已经有了一条裂隙，想必是带小孩的乘客，或者小孩，或者残疾人乘客弄出来的。）

车厢里也冷，但在寒冷的街道之后已经感觉不出了。透过挡风玻璃可以看见前车乘客的脸，彼得罗夫好不容易才克制住自己，没冲他们在太阳穴旁摇动食指[01]并做出邀请的手势。

彼得罗夫的注意力从倒霉的乘客们身上转移到了沃尔洪卡剧场[02]旁边的狭小站台，那里贴着剧场跨年演出的海报，想到自己已经买了青少年剧场的票，彼得罗夫不免有些幸灾乐祸。他座位旁的窗玻璃上贴着一张公告，说12月31日晚上11点电车将开往公园。不知怎的，这张公告给予彼得罗夫的新年气氛要比挂满全城的彩灯绳以及电视上播放的所有新年广告加起来还要充分。彼得

01　俄罗斯人的习惯性手势，意思是说人糊涂。
02　沃尔洪卡剧场始建于1986年，是一家仅能容纳38名观众的室内剧场，但相当有名。

罗夫想起来，两年前的新年之夜，家里的香槟喝光了，他便跑到附近的小商店里去买，回来时已经11点45了，有个人被困在电梯里头，一边哐哐砸门，一边发出醉酒的哀嚎，知道凌晨1点之前是不会有人来解救他了。

东张西望之际，彼得罗夫错过了女疯子的登场。从莫斯科高地酒店[01]到中心体育场[02]的这段路很难不令人心塞，拜蹩脚的立交桥和相交的两条窄路所赐，这里总会堵车，不是大堵，也是小堵。到中心体育场的多半是些乡下大婶，她们背着印有方格图案的编织袋，喘着粗气，每隔一分钟就问一遍站点，忐忑不安地向窗外张望，唯恐坐过了站。她们自然不是去看球的，而是去探监的。体育场对过是一座监狱，这些大婶都是去探望在那儿坐牢的儿子们的。彼得罗夫不忍心去看她们，他自己当年也完全有可能因为年少鲁莽栽进去，他完全可以想象，自己的母亲也会像她们这样，在儿子服刑的陌生城市追赶公交车，焦虑不安地询问站点，因此，这些乡下大婶的手足无措令他心生嫌恶。每次看见她们头上被挤歪了的，或者滑到脖子上像系了条红领巾似的方头巾，每次看见她像刚在大街上打完雪仗似的从棉帽下面淌出热汗，彼得罗夫便会扭过头去，或者挤到角落里。他看不得她们脸上那种愧疚表情，因为他仍记得从前那些在修车行里大吵大闹、以黑帮丈夫相威胁的悍妇们。如今这类情形已不多见了，而在二十世纪九十年

---

01 莫斯科高地酒店是叶卡捷琳堡市最豪华的商务酒店之一，坐落于该市西部最著名的历史文化城区——莫斯科高地区。
02 中心体育场建于1957年，为叶卡捷琳堡市最大的体育场，2018年世界杯在此举行，此后更名为叶卡捷琳堡体育场。距莫斯科高地酒店约两公里。

代末，彼得罗夫刚开始拧螺丝那会儿却司空见惯。他不难设想，在眼前这群乡下大婶中间，没准儿就有这么一位曾经大闹修车行的主儿。就像莎士比亚的李尔王一样，读剧本就够难受的了，看演出更受不了；设若车厢里一下子挤进来好几个这样的，简直堪比连刷三遍催泪电影《白比姆黑耳朵》[01]。

彼得罗夫错过了女疯子的登场，否则一眼便能猜到她脑袋有病，也就决不会跟她说一个字，因为话语之于疯子恰似腐肉之于秃鹫。

彼得罗夫感觉肩膀上被人推了几下，这才将目光从窗外收回，扭头看去，只见一个年轻女人，穿着蓝色的秋季尼龙雨衣，戴着毛线无指手套，较之于天气，这身衣着未免太过单薄了。但女人脸上却浓妆艳抹。彼得罗夫的妻子从不用化妆品，因此年轻女人的妆容在他看来尤其扎眼，何况那还是二十世纪八十年代末流行的风格——带闪片的浓重眼影，用以凸显颧骨的深色粉底，嘴唇上厚厚的一层口红。女人的头发被烫成了蓬松的波浪卷，又染成了各种颜色，既多且杂，显得花里胡哨。

好一个小丑，彼得罗夫不由得暗自发笑，可这笑意瞬间掉落，因为小丑开始了她的表演。

"你知不知道这座位是留给带小孩的乘客的？"女人的音调里倒也没什么特别的征兆，尽管有些奇怪——车厢里明明还有很多

---

01 苏联作家加·特罗耶波利斯基（1905—1995）于1971年出版的中篇小说。讲述一条毛色不正的赛特猎犬比姆与孤寡老人伊万·伊万诺维奇相依为命，比姆为了寻找失散的主人而遭遇各种磨难，最后惨死在流浪狗收容所的悲惨故事。1977年被搬上银幕。

空位，她为何非要来纠缠彼得罗夫。

彼得罗夫猜测，这个位置也许会比其他位置要暖和些，因为离女售票员的供暖的座位最近，而女人手上牵着的小孩子自然更需要温暖。那是个四岁左右的小男孩，身穿橙黄色的秋季棉服，头戴针织帽，脚上是雪青色的橡胶雨鞋。虽然小男孩看上去并不像被冻坏了的样子，也未见得有多么畏冷，可他的嘴唇却呈现出跟橡胶雨鞋一样的雪青色。彼得罗夫道歉不迭，忙从座位上站起来，坐到别处去了。

但女人却并未就此饶过他。她把小男孩摁在夺取过来的座位上，两步跨到彼得罗夫跟前，摇晃着他的肩膀，不依不饶地质问：

"你还有没有点羞耻心，啊？你知不知道我儿子（她伸出食指，冲着她的宝贝儿子用力戳了几下）是人类的未来？地球最后的希望！"

又来了……彼得罗夫无可奈何地想。

这时，像提前排练好了似的，乌云背后钻出了太阳。窗户上挂满冰霜、地板上积着残雪的车厢刹那间变成了一间冷冻室，太阳的光线与黄色扶手的蓝色阴影驳杂交错，令女乘客的狂躁行为越发寒气逼人。

女人说，她儿子体内的查克拉[01]已经打通了，说普通人的气场都是白色的，她儿子的却是蓝色的。女人又说，她儿子已经能读

---

01 在印度瑜伽的观念中，查克拉是指分布于人体各部位的能量中枢，尤其是指从尾骨到头顶排列于身体中轴者。也译为脉轮或气卦。

会写，能从0数到1 000再从1 000数到0，还知道很多英文单词和德文单词。女人还说，她儿子患有先天性心脏瓣膜缺损，还被诊断为弱智，但这纯属胡扯，因为邻近村子的巫医婆早就给他治好了，她儿子还在全市少儿作文比赛上得了第一名，但评委们全被集体收买了，硬说那些诗是她代写的。彼得罗夫只得不住地点头，身子紧贴窗户，好尽量远离义愤填膺的女人。好在女人并没有在他身边坐下来。彼得罗夫不敢有任何多余的动作，脸上摆出一副"知错了"的表情，好像一只因为弄脏了地板或者偷吃了餐桌上的东西而被主人训斥的狗狗。他想到，他朋友谢尔盖的父母就是这样对待谢尔盖的，铁了心要让他登顶珠穆朗玛峰，逼着他取得一个又一个的成绩，不断抬升虚拟横杆的高度，可事实上呢，谢尔盖连体育课上实实在在的横杆都跳不过去，生怕把杆碰掉了在班上出丑。其实他未见得就真跳不过去，可他却连试都不肯试，直接请老师给他打不及格，扭头就走。这个患有弱智的小男孩自然未必有机会经历这种失望，可他却委实有夭折之虞，要么死于伊万诺夫修炼体系[01]引发的肺炎，要么死于素食疗法、饮尿疗法，或者他母亲随时可能迷信上的其他什么乱七八糟疗法。他母亲也许会加入邪教，或者进了女修道院，而他就会变成东正教电视频道里那些领受圣餐的孩子们中间的一员，他们目光谦卑，面容像被打了镇静剂一样，平静得令人心惊（尤其是那些小女孩，明明只

---

01 由波尔菲里·伊万诺夫（1898—1983）创建的一整套身心疗法，强调与大自然融为一体，在苏联和独联体国家颇为流行。其锻炼方式包括：洗冷水浴，打赤脚，戒烟戒酒，间歇性禁食，放空负面情绪，等等。

有三四岁,却戴着老太婆式的头巾)。彼得罗夫继续点头不止,女人则兀自喋喋不休,说她儿子已经能够治病祛邪,预言未来。彼得罗夫很想说,他也能预言她和她儿子的未来,却没敢吱声,因为他撞见了女人那彻底野化的目光,知道哪怕一个怀疑的字眼都将招致不堪设想的后果。

电车停靠在终点站时,女人的演说也达到了癫狂的顶点,她向彼得罗夫宣称,她在怀孕期间遭到了外星人的反复劫持(她说外星人根本不是灰色的,而是蓝色的,就像电车外皮的颜色),还说小男孩也已经被外星人劫持过好几回。彼得罗夫跳下电车,疾步前行,企图甩掉女人,可女人却拽着儿子穷追不舍。小男孩脚上的橡胶雨鞋磕磕绊绊,试图为终结谈话提供合理依据,可女人却将他拽得死死的,使得小男孩每次都绊而不倒,而是吊在了女人的胳膊上。彼得罗夫无奈地目送昨天那个小女孩坦然离去,嫉妒她今天没有受到任何疯子的纠缠。

彼得罗夫给小男孩买了一块巧克力,女人却一把从小男孩手里抢了过去,说她儿子乳糖过敏。小男孩一直呆呆地目视前方,彼得罗夫将巧克力塞进他手里时他是这样,妈妈从他手里抢走巧克力时他还是这样。彼得罗夫又给小男孩买了一兜橘子,可他妈妈又说,他有过敏性皮炎。彼得罗夫又给小男孩买了一把香蕉,可他妈妈连香蕉也夺过去了,说香蕉里全是钾,吃香蕉等于慢性辐射。就在彼得罗夫认定,女疯子是不打算放过他了,也许会一直纠缠到他家门口,甚至会闯到他家里去时,女疯子突然被另一个女疯子截住了,后者身穿秋季风衣,手里牵着不止一个,而是两个孩子，都比小男孩稍大些。两个疯女人兴奋地大笑，像苏联领导人与东欧国家领导人会晤那样相互亲吻了三次。三个孩子相互望着，眼神呆滞——不，不是呆滞，是僵死。

"柳布什卡，我同在基督里的姐妹！"当彼得罗夫从会晤现场逃之夭夭时，听见半路杀出来的女疯子兴奋地喊了这么一句。

彼得罗夫想起自己昨晚在电车上对于充足的汽水和睡眠的憧憬，便又折回了小商店，就是刚才他给小男孩买巧克力的那家。

"您又来了，"女售货员毫无恶意地评论着彼得罗夫的去而复返，"啥东西忘买了？"

这位女售货员令彼得罗夫心生好感。首先，她身边没有孩子，其次，她跟自己一样，说话也是囔鼻的，显然也感冒了。她身边的柜台上放着一只玻璃杯，杯底有些粉末，杯旁有个撕开了的感冒冲剂包。安静的音乐广播之外是电茶壶越发清晰的嗡鸣。女售货员脖子上缠着一条厚围巾。

"您怎么生病了还坚持上班？"彼得罗夫问道，接过一桶两升装的可乐，看上去就像打击流感的一枚炮弹。

"大家都病了，都请假了，而我是最后一个才病的。老实说，这实在不应该，因为我会把感冒传染给顾客。您前天不是来我这儿买过烟吗，没准儿就是被我传染的。"

女售货员居然记住了彼得罗夫，这实在令他受宠若惊，忙点头哈腰地说不是，不是她传染给他的，他早就病了，还在单位就病了。

这番对话让两人都不由得深感快慰，女售货员于是预祝彼得罗夫新年快乐,彼得罗夫却说现在祝贺还为时过早,他还会再来的,也许还不止一次,然后便像拜别女沙皇那样,一步一鞠躬地退出了店门。女疯子及其孩子们都已经不见了,彼得罗夫四下张望了一番,四周白茫茫一片,并没有她们身上那些抢眼的鲜亮服色。宽阔的街道上少有行人。在隔开两侧车道的人行道上,只有一个遛狗人在长凳与灌木丛之间奔突。他牵的狗如此之小,小到只见狗绳不见狗的地步,但从他忽而奔向这丛,忽而奔向那丛灌木的踉跄步态足以断定,此人确在遛狗。其余行人则更像是楼盘模型里的小假人。总的来说,冬天几乎从城市景观中清除了一切多余之物和人的痕迹,只留下了赏心悦目的街景和建筑师的最初意图:人行道旁没有垃圾和狗屎,也看不出通往古尔祖夫大街的路面每逢下雨或融雪都会灌满齐膝深的浑水,而通往三八大街方向的路面则总是干燥的。运动酒吧门外,用装饰板条隔出的咖啡长廊空空荡荡,如同创世第一天。

彼得罗夫口鼻并用地呼吸着,试图感受从小就熟悉的雪的气息,却只徒劳地喷出一团团白气。他朝自家所在的九层楼走去。白天,所有店面看上去都比夜里更加萧条。每家店面都挂着彩灯绳,但没有点亮,像坏了似的。那些不亮的小彩灯,那些被缠成枞树造型的导线,以及那些"新年快乐"的标语,都让人感觉新年已经过完,而彩灯串还没来得及拆掉似的。彼得罗夫想到,他应该再吃上一片退烧药,这样等他走到家药效刚好发作。可袄兜里的泰诺林却不见了,想必是掉在地铁上了,要不就是当他从车厢一头换到另一头时,掉在电车上了。家里好像还有几片退烧药,他也实在懒得去买了,因为最近的药店也隔着两条街。这条回家之路未免太漫长了,他从昨天就开始走,直到现在还没走完。彼得罗夫心里越急,腿上就越急不起来,只得抄近路向单元楼门口走去。

理论上楼门应该上着磁锁。开发商承诺更新门禁系统,安装呼叫器甚至可视对讲系统,可事实上,这磁锁如此不中用,那些懒得掏钥匙的半大孩子们抓住门把手猛地一拽,门就开了。加之楼里的老人孩子轮番生病,门底时常会塞块砖头,门上贴张手写的告示:"别关门,等医生。"楼里还隔三岔五有人搬家,这时又会有块砖头把门抵住,门上又有一张告示:"别关门,等中介。"楼里还三天两头坏东西,这时门又会被一块砖头抵住,门上是从作业本上扯下来的一块纸:"别关门,等维修工。"不消说,每到此时,一楼都是一片狼藉:灯向来不亮,地下室旁边的角落里总有人偷偷撒尿,有时还会撒在电梯间或者垃圾管道靠墙的空地上。垃圾管道已经荒废许久,每层楼的倒垃圾口总是堵着的,也许会一直堵到人性改良为止,有些急懒的住户直接把垃圾袋扔在楼门口。讽刺的是,楼门口挂着一块锈迹斑斑的正方形铁牌,上面用黯淡无光的字母声明:此楼乃模范居民楼。加倍讽刺的是,当彼得罗夫还是个小孩子的时候,这块牌子就已经像现在这样锈迹斑斑了。从他记事时起,楼门内通往电梯的那几级台阶的中部位置就有了豁口,像是拖拽沉重的钢管时留下的。在彼得罗夫的记忆里,楼道内部粉刷过好几次,外面也油漆过好几回。二十世纪八十年代中期,一楼和二楼之间的楼梯平台上的信箱全换了新的，可刚过一天，二楼的一个小流氓和他那群狐朋狗友就照着信箱们一顿猛踹，打那以后，信箱们便一直塌胸瘪肚、愁眉苦脸地挂到了今天。一九九七年，这个小流氓被人打死了，就在那些中部有豁口的台阶上。那天彼得罗夫下班回家，看见小流氓躺在警察的包围圈里面，像极了被他踹瘪的一只信箱。小流氓的同伙企图将模范居民楼的光荣牌换成小流氓故居的纪念牌，还说下塔吉尔市就有过这样的先例。后来，小流氓的同伙有的被关进了局子，有的也被人打死了，此事才不了了之。台阶上的血迹很久都抹不掉，总能依稀看出轮廓。直至千禧年前夕，一楼的一个男住户（彼得罗夫对他印象很深，他家从前有只会蹲马桶的猫，还有一只总在笼子里爬轮子的小松鼠）开始疯狂酗酒，年前买回来一大抱白的啤的，准备大醉一场，结果全打碎在楼道口的台阶上了。新鲜的啤酒印迹终于覆盖了陈旧的血迹，也盖住了楼道里的其他一切气味，长久地留下了苦涩的混杂着酒精味的啤酒花气息。

当彼得罗夫走到被砖头抵住的楼门前，从张贴的告示中得知楼里有人在等医生时，从楼道里闻到的自然已经不再是啤酒花的气息，而是寻常的掺杂着地下室潮湿气息的厕所味。走向电梯（爬到五楼他实在是没力气了）之前，彼得罗夫朝停车场望了一眼，见自己的车依旧寂寞地停在前天的位置，车身蒙了一层冰霜，像撒了一层糖霜似的。

楼里的电梯间也没的说：胶合板的四壁上歪歪扭扭刻了很多署名的题词，是记号笔问世之前用钉子刻上去的，此外还有些与记号笔同时出现的题词。楼里的小年轻们最喜欢用粗一号的黑色记号笔在老一辈人钉刻的题词上面创作，有"HSH"，有"Prodigy"，还有几段隐晦的告白。还有人画了一个火车头并发起倡议："不是基佬请接龙。"结果在这个火车头下面画了那么多节车厢，比全楼的总人数还多。还有人声明：说唱是坨屎；有人提到了叶戈尔·列托夫和他的公防乐队[01]，自然也绕不开维克多·崔[02]，后者一直活在彼得罗夫心目中，哪怕他早已确凿无疑地死在了车轮下。还有人以特别的爱意和细心圈出了几个名字，并附上了对其拥有者的负面鉴定。还有一个带边框的通告，说五年级某女生是个婊子，愿意给流浪汉吹箫，并留了电话号码，有意者敬请自行联络。

　　电梯间的涂鸦平缓地流淌到了楼道的墙壁上，主题内容没变，规模却更为宏大，因为艺术家们不必再受到画框的局限。在电梯间，艺术家们顶多只能笔头宣告某某与某某的亲密关系，而在楼道里则大可充分施展自己的解剖学知识和想象力，为这种关系配上丰富多彩的插图。

　　彼得罗夫还在电梯间就摘掉了帽子，并伸手去解熟皮短袄的扣子。那些扣子是褐色的，光滑，坚硬，像一排太妃糖。彼得罗夫家的房门则像一板巨型巧克力，他在门前站定，将炮弹可乐桶夹在腋下，另一只手伸进牛仔裤兜里去摸房门钥匙。他的指尖触

01　叶戈尔·列托夫（1964—2008），诗人、歌手，1984年于西伯利亚组建了公防乐队，成为全国最具影响力的摇滚乐队之一。
02　维克多·崔（1962—1990），韩裔苏联籍摇滚巨星，诗人、电影演员，著名的KINO乐队的创建者及领袖。1990年死于车祸，KINO乐队随之解散。

到了一片带包装纸的阿司匹林,维克多·米哈伊洛维奇送他的那粒。

五楼和六楼之间的楼道窗户明明关得紧紧的,却不知从哪儿吹来一股新鲜的冷气。大概是因为外面那层玻璃上有道直直的裂纹,从中挤进了很多雪花,积存在两层玻璃中间,很像彼得罗夫小时候,母亲往客厅和他卧室的窗玻璃裂纹里塞的棉絮,只是积雪的量更多些。窗户右侧的宽阔窗台上放着两个空啤酒瓶。说是"空"的其实并不准确,右边那个的确是空的,左边那个却被烟头填充了三分之一。

从外面回来想上厕所的人,不知为何,从不上到自己家里,而更乐意在一楼解决,因此楼道里总有一股刺鼻的尿臊味。说到气味,有段时间,整个楼道里都飘荡着大麻味,在此之前有段时间,一楼以上全是酒曲味。还有一段时间,每次从楼道经过,准能踩碎一两个注射器,而在此之前又有一段时间,楼道里到处都是空酒瓶。眼下,空瓶子又回来了,除了玻璃啤酒瓶之外,还增加了塑料的鸡尾酒瓶和汽水瓶。从前人们在楼道平台留下空咖啡罐充当烟灰缸,如今空咖啡罐几近绝迹,取而代之的是空汽水罐和空能量饮料罐。人们似乎嫌能量饮料对心脏的刺激还不够,每喝完一罐还要像刚做完爱那样来上一支烟。

彼得罗夫沮丧地跌进屋门。汤的味道从厨房飘来。玄关里亮着灯,鞋架上坐着附近儿科诊所的女医生,正在拉第二只皮靴上的长拉链。彼得罗夫的妻子彼得罗娃站在女医生旁边,绅士地为她撑着浅绿色大衣。妻子身后,儿子正一脸漠然地向外张望,看到父亲回来，脸上并无丝毫波澜。在彼得罗夫小时候，每次感冒，区段医生也会登门，那是一位男医生，人们给他取了个响亮的绰号——"阿苯氨"（阿司匹林·苯海拉明·氨基比林）。

"咋了，病啦？"彼得罗夫勉强从身体里榨取最后一点精神，努力塞到声音里以示关爱，儿子却只哑着嗓子咕哝了一句什么，看样子是肯定的回答。

"快回房间去，"妻子对儿子说，"别再被穿堂风吹着喽。"

儿子慢吞吞地回房间去了。

其实，彼得罗夫与妻子的离婚反倒让儿子得了实惠——他在两套房子里分别拥有一整个属于自己的房间。彼得罗夫夫妇无意在儿子面前开展慷慨竞赛，但儿子却自然而然地拥有了双份的玩具和绘本，双份的游戏机和双份的衣服。

"总之，你都明白了吧？"女医生说着钻进了大衣，一面寻找彼得罗娃的目光。彼得罗娃拿起女医生的挎包，挂在她的臂弯："明白，又不是头一回了。"

彼得罗夫一屁股坐到鞋架上女医生空出来的位置上，低头去解鞋带。他这才想到，昨天在维克多·米哈伊洛维奇家缺的就是这个，能让他舒舒服服地坐在上面，而不必弓着身子，勉力维持平衡，或者气喘吁吁地蹲在那儿，感觉血液和热气直往脸上涌。彼得罗夫脱鞋时，女医生的羊毛呢长款半身裙的下摆一个劲儿在他眼前晃，女医生又跟彼得罗娃叮嘱了一遍，买什么药，怎么吃。

"现在人啥都知道，"女医生说，"遇事都开始查电脑了。可还是有人照着土法子，给孩子喂一分钱一片的阿司匹林，虽然有那么多新药，效果好，孩子们也爱吃。旁边小区有位老太太，健忘症，给个一岁的娃娃接连吃了三片阿司匹林。另一位老太太，往孩子身上擦酒精，结果酒精中毒了。还有一位老太太，给孩子熬草药，结果误服了白屈菜[01]，也就是断肠草。总之，老太太的话要少听，要是你们家也有老太太的话。"

"全家人都在这儿了，"彼得罗娃宽慰女医生说，"没有老太太。"

这个女医生跟彼得罗夫在过同一所学校（比他高几个年级），跟彼得罗娃也拐弯抹角认识，因此，无论她如何伪装成不偏不倚的观察者，彼得罗夫夫妇的全部故事她都了如指掌，包括离婚在内。

偶尔从旁观者角度审视自己的婚姻生活时，彼得罗夫也会感到惊讶：他和妻子虽然已经离婚了，却仍时不时住在一起，仿佛将彼此的关系退回到了恋爱阶段。只不过上次恋爱时，彼得罗娃还是个毕业不久的女大学生，还没有儿子，彼得罗夫也还没有儿子。这绝非重温旧爱的尝试，而是别的什么，彼得罗夫说不清楚。离婚是彼得罗娃提出来的，出于她自己的某种考虑，彼得罗夫完全无法理解。他最担心的是妻子有了外遇又不敢承认，出于负罪感才搞出了这场闹剧。这是彼得罗夫最难以接受的，一想到他亲吻的女人不久前被别的男人吻过，他就浑身难受。那是些愚蠢且

01　白屈菜属罂粟科植物，入药可镇痛止咳、利尿解毒，但有毒性，又名断肠草。未开花时易与泥胡菜、蒲公英混淆，后二者无毒，泡水喝皆有清热解毒功效。

下流至极的念头，像极了腻腻歪歪的低俗情歌，但彼得罗夫却难以抑制。

彼得罗夫脱掉鞋子，站到妻子身旁。彼得罗娃双手插在腋下，像冻坏了似的。女医生看了他俩一会儿，仿佛在期待他们的表演，看来，她很好奇，一对离异夫妇的对话将如何开场。但彼得罗夫夫妇没给她这个机会，心照不宣地等着，直至三人之间的沉默开始变得尴尬，女医生才带着精心掩饰的失望走出了屋门。

"我去，你身上这个味儿哟！"彼得罗夫刚把短袄挂在衣帽架上，彼得罗娃就嚷嚷起来，"你该不会是在停尸房喝了一夜大酒吧？"

"差不多，"彼得罗夫对妻子嗅觉之敏锐暗暗吃惊，"说来话长。跟伊戈尔有关。"

"又是伊戈尔。他到底是个真人，还是你想象出来的伙计？"

彼得罗夫偶尔也会问自己同样的问题，但却从未当真过，毕竟他对自己的理智还是有信心的，完全无法将自己和伊戈尔与《搏击俱乐部》[01]里的主人公联系到一块儿。反倒是妻子和儿子常令他觉得是自我想象的幻影。他跟他们在一起如此自在，他们在他的意识里日渐丰盈了各种细节：儿子添了这样或那样的怪癖，比如睡觉喜欢跷着二郎腿，或者将被子横着盖，头和身子蒙在被子底下，膝盖以下则露在外面；他还发现，妻子对儿子的教育观完

---

01 由大卫·芬奇执导，爱德华·诺顿、布拉德·皮特主演的电影，1999年上映。讲述循规蹈矩的公司小职员人格分裂为痞子英雄的故事。

全停留在史前穴居时代，她在两处房子里都给儿子安装了单杠，挂了拳击训练用的梨形球。可问题是，小彼得罗夫岂止没有运动天赋，简直毫无运动细胞，与其说是他打球，不如说是球打他。彼得罗夫时常感觉，不是儿子大了或者妻子变了，他怀疑，妻子和儿子的这些新细节都是他臆想出来的。

  可问题是，有些细节绝非他的想象力所能企及的。比如说，他完全不了解鞑靼人，除了看电视时偶尔会拨到鞑靼频道，所以他根本无从想象他的妻子是鞑靼族，还会说鞑靼语，也绝无可能给妻子臆造一个鞑靼名字，更别提父称[01]了。可他们的确去过一次鞑靼斯坦，妻子的娘家，还参加了妻子堂弟的婚礼。在鞑靼斯坦乘车或走路时，从来没有人用鞑靼语和妻子攀谈，因为妻子完全长着一副斯拉夫人面孔，反倒总对彼得罗夫说鞑靼语，每次都弄得他面红耳赤，好像他真是个数典忘祖，连母语都忘了的鞑靼人。最后的最后，彼得罗夫绝对幻想不出妻子的祖母——一位头戴花头巾的胖老太太，总缠着彼得罗夫不放，忽而俄语，忽而鞑靼语，不停地追问，他这个斯拉夫姓氏的人怎么会这么像鞑靼人。"都是我奶奶造的孽。"彼得罗夫很想这么回答她，因为他奶奶当年的确跟波罗的海舰队的一位潜水员（也就是他爷爷）私订了终身。爷爷是在保育院长大的，"彼得罗夫"这个姓氏是国内战争时期保育院的一位员工给他取的。显然，这位员工的想象力也不咋地。

---

01 俄罗斯人名由名字、父称、姓氏三部分构成，其中父称由父亲的名字构成。

妻子给儿子准备的单杠安装在玄关与浴室之间的墙壁上，进出厨房必然经过。妻子考虑到了全家所有人的大致身高，却忽略了常在彼得罗夫家厨房聚饮的工友们。高个子巴沙有次喝得五迷三道，跑去厕所呕吐，一鼻梁怼在了单杠上，后来见着自家厨房门都不自觉地弯腰了。彼得罗夫倒从来没有被单杠撞过脑袋，却时常感觉它在抚摸自己的发梢，仿佛一位守护天使。

　　在体味遭到妻子指摘之后，彼得罗夫无法再过浴室而不入，也不得不从洗脸池上方的镜子里审视自己那张阴沉晦暗、两天没刮过胡子的嘴脸。妻子把自己也安排得不赖，镜子下方的搁板上放着她的牙具和瓶瓶罐罐的脸霜、手霜（可妻子的住所里就没有彼得罗夫的牙刷和剃须刀）。洗脸池旁边的洗衣机发出类似歼击机涡轮发动机的轰鸣。伸进马桶的洗衣机出水管正汩汩流出泡沫水，是亮粉色的。

　　彼得罗夫扭头冲门外喊："你洗衣机里没放白的吧？"妻子双手插在腋下走过来，也看着亮粉色的水。彼得罗夫说："别又学了上次。"

　　就在一年前（现在想来仿佛已经很久了），小彼得罗夫刚上一年级时，他们把给儿子新买的粉红色连裤袜和自己的衣服一块儿洗了。其实他们早该想到，那条粉红色连裤袜不会带来好事，不该把它和其他衣物混洗，因为还没洗连裤袜就掉色了，将小彼得罗夫的两条小腿从上到下染得分外均匀，而且还说不上到底是个什么色，彼得罗夫说是粉红，彼得罗娃却说是淡紫。洗过之后，连裤袜的确变成了淡紫色，可彼得罗夫的白T恤、彼得罗娃的白袜子、小彼得罗夫的白汗衫和蓝汗衫却全染上了扎眼的粉红色斑块。

"是我的大衣。"妻子解释说。

彼得罗娃的那件红色大衣也总掉色。那件大衣已经穿了三年,彼得罗夫好多次说要扔掉这件"从地狱来的"衣服,因为它不但总掉色,还超级不爱干。彼得罗娃却总说大衣她穿着合身。彼得罗夫说光合身有什么用,冷飕飕的,还不如绒线衫暖和。

彼得罗夫将衣服从身上扒下来,也没清兜,就扔进脏衣篓,开始洗澡。彼得罗娃仍站在那儿,熟视无睹地看着赤条条的彼得罗夫。自打儿子出生以后,彼得罗夫夫妇之间就不再有任何隐私可言,上厕所或洗澡也不再关门了。时常有这样的情形:彼得罗夫在洗澡,小彼得罗夫坐在马桶上,一边挖着鼻孔,一边单腿晃荡着退到小腿的裤头,而彼得罗娃在往洗衣机里塞脏衣服;又或者,彼得罗娃坐在马桶上,彼得罗夫在给小彼得罗夫洗澡,彼得罗娃叫彼得罗夫从她手提包里给她拿包卫生巾,彼得罗夫就去了,回来时发现儿子和妻子正气定神闲地聊天,好像两人都穿着衣服坐在客厅里似的。

"你大概不想吃东西吧。"彼得罗娃说,她见彼得罗夫也在浑身打颤,热水澡似乎令病情加重了。

"不吃,"彼得罗夫发出浓重的鼻音,这令他感到奇怪,因为他的鼻子本已经完全堵住了,"我今天就算吃,也只吃药片。"

妻子被逗笑了:"就跟未来的六十年代似的。我前不久重读了库巴列夫[01]……"

彼得罗夫不解地望着妻子。

"就是写《哈哈镜王国》的那个。他还有本《晨星游记》,那里面的外星人虽说不是光吃药片,但也差不多。"

彼得罗夫喜欢眼前如此平静的妻子。对此他是有所参照的。彼得罗娃似乎有个狂躁周期,类似于母猫的发情期,每到此时她便坐立不安,心神不定,暴躁易怒,对彼得罗夫也变得百般挑剔,吹毛求疵。有一回她冲彼得罗夫大喊大叫,说他呼噜声太大,把电视机的声音都盖住了。又有一回她大吵大闹,只因为彼得罗夫将一杯茶水放得太靠近桌边了。每到这些日子,她的身体里就像有个电焊机,嗡嗡直叫。换作寻常日子,碰上彼得罗夫打鼾,她顶多会让他翻个身,可要是赶上发作期,她会不厌其烦地跑到厨房,接一杯冷水,兜头浇在彼得罗夫脸上。这还不算最狠的,她甚至会一巴掌呼在彼得罗夫脸上或者后脑勺上,喝令他闭嘴。在这些疯狂的日子里,连夫妻房事也变得危机重重。彼得罗娃时而大骂:"靠,你往哪儿摸呢!"时而笑个不停:"瞧你那丑样!"时而将彼得罗夫掀翻,自己翻身上去,深恶痛绝地大叫:"还不完!还不完!"同时一手死死掐住彼得罗夫的脖子,直令他眼前发黑。

妻子若在平静期,没有任何事能让她出离平静。可问题是,

---

01 维·库巴列夫(1912—1981),苏联儿童作家,代表作包括《哈哈镜王国》和《晨星游记》。前者讲一个苏联小女孩奥莉娅在娅莉奥(奥莉娅的镜中影像)的帮助下,通过在哈哈镜王国的历险改正自身缺点的故事。后者是讲述星际旅行的科幻童话。

乍一看去，并不总能够准确判断妻子处于何种状态。有一回，彼得罗娃切洋葱时被呛出了眼泪，彼得罗夫被妻子抬手拭泪时的温文尔雅所迷惑，忍不住从背后去抱她，结果，妻子像无聊时打哈欠那样张了张嘴，抬手便在彼得罗夫的小臂上划出了一道又深又长的口子。当时最令彼得罗夫吃惊的，并非妻子的举动，而是家里居然有如此锋利的刀子。

只有一个百分之百准确的标志能够证明妻子处于平静期——假如她聊到图书馆的事，或者谈论起书籍。此中最令彼得罗夫印象深刻的是一位五十岁的大叔。他在图书馆拜读了情色大师萨德侯爵的全部作品，接着又转向了所有能找到的集中营文学，随后又开始攻读妇科学、外科学和解剖学著作。彼得罗娃有一次不是在图书馆，而是在一家书店撞见了这位大叔，当时他正在翻阅一本照片插图版的印度《爱经》。彼得罗娃说，假如重机区开始有女人相继失踪，犯罪嫌疑人一定立刻就能锁定。

彼得罗夫就着热茶，将退烧药、止咳药喝下去，接着便讲起了自己昨天的种种遭遇。这时，病恹恹的儿子走进厨房，扭开水龙头，直接把嘴凑过去喝凉水，妻子见状连忙厉声喝止，声音如同海鸥的尖鸣。

"我热。"儿子摩挲着无名指上的创可贴辩解道。

"热就喝凉水呀？大街上有雪你吃不吃？那不是有浆果汁吗。"

儿子不满地嘟囔了一句，转身要走，彼得罗夫想起来，自己买的可乐还放在玄关的鞋架旁呢。小彼得罗夫给爸爸倒了一杯，然后把整桶可乐抱进了自己房间。彼得罗夫受不了厨房里太阳的强光,而且再也撑不起身子坐着,便起身挪到卧室,拉上窗帘,一头栽到床上。入睡之后,他什么梦都没做。取代梦境的是一团漆黑,像一本完全由漆黑的画面拼成的漫画。

第三章
新年枞树联欢会

彼得罗夫那年四岁。他先于父母醒来，不是因为今天有什么枞树联欢会，父母要带他去，而是因为四岁那年他总是醒得很早。天还黑着，房间里有股猫臊味，源自铺在油地毡上的一块条纹擦脚垫。那是祖母送他的，而祖母家有只猫。那只猫几乎从不着家，彼得罗夫总共只见过它一次。见着猫以前，彼得罗夫还期待着能跟它一起玩，没想到，那只猫简直是头小老虎，个头几乎跟彼得罗夫本人一样大。猫不想跟彼得罗夫玩儿，它只想在床上躺着。那床如此之高，彼得罗夫自己都爬不上去。擦脚垫已经洗过好多遍了，可猫臊味却有增无减。

下床后的头一件事——穿过又长又黑的走道去厕所。走道尽头是一扇门，一束路灯从侧面照进厨房，撞碎在窗玻璃上，变成黯淡的翎羽，纷纷散落在墙壁和地板上。当彼得罗夫穿过走道时，造访他的是一种堪称"哥特式"的感受，因为他自身的体量与走道的规模相比实在太微不足道了。这种哥特式感受滥觞于一切建筑出现之前的远古时代，当人们面对辽阔而空旷的空间时，正是这样一种既欢喜又恐惧的感受。卫生间的门板上钉着一个塑料小人儿，是一个快活的小男孩在撒尿，尿出了一道长长的弧线。彼得罗夫无法理解这种快活，更何况小男孩是面朝走向厕所的人们的，而且脸颊胖得近乎浮肿。彼得罗夫每次看见这个小男孩，都会下意识地伸出两根手指去摸自己的脖子，因为上回他淋巴结发炎，镜子里的自己正是这样浮肿的。

卫生间的灯父母一向不关，他们知道彼得罗夫怕黑，还不是泛泛的怕黑——自己房间里的黑他还可以忍受，唯独害怕卫生间（兼作浴室）里的黑。大概是因为那里面充斥着成年人的特殊气息，仿佛那是成年人的领地，被他们用气味做了标记，令彼得罗夫这头小兽感到害怕，以为误入了别人的领地。卫生间狭窄逼仄，让彼得罗夫联想到幽深昏暗的矿井。顶棚下方角落里定居着一只蜘蛛，亮着灯盯着它彼得罗夫还安心些，倘若黑着灯，他就疑心蜘蛛正顺着网丝向他爬过来，而他正坐在高高的、和区段医生的听诊器一样冰冷的马桶上。彼得罗夫还不会自己冲水——马桶是拉绳式的，绳头又挂得太高；此外他还害怕水流的咆哮声，一下子从四面八方涌起，仿佛清洗不仅仅发生在马桶内部，似乎整个卫生间都要被卷进泄水孔里去了。

彼得罗夫都没去父母房间看上一眼，径直回到了自己房间。他内心的那头小野兽极少渴望混入族群，安稳地躺在两个大人中间，以此满足自卫的本能。彼得罗夫甚至还没有把父母真正当成父母，而只把他们当成两个抽象的人，两座行走在屋子里的大山，偶尔会跟他游戏、说话，但基本上只是彼此交谈。而且，只要他俩一开始交谈，彼得罗夫就对他们失去了任何兴趣，他的听觉便开始自动将他已经熟悉的那些字眼与陌生字眼区分开，就像听广播、看电视时所做的那样。凭借陌生字眼中夹杂着的熟悉字眼，他偶尔能大致猜到谈话内容。比方说他听到"库尔兰"，接着又听到"公爵""军队"，听到军队入侵了库尔兰的领土，他便猜测，库尔兰大概是某个小国家。彼得罗夫知道他的祖国很大，因为周围人天天这么说。至于说"每公顷多少多少公担"之类的表达，彼得罗夫则完全不知所云，只好当成了耳边风。

上完厕所，彼得罗夫本想到外屋看会儿电视，但想到时间还早，肯定连一个台都没有，除了信号测试图和中央电视轨道四号卫星的信号，以及类似电话听筒里那种又长又吓人的蜂鸣声。父母在外屋摆了一棵枞树，为的是让他开心，可在彼得罗夫眼里，那还只是个奇奇怪怪的东西，上面挂着几只彩球，包着锡箔纸，还缠着一串小彩灯，未经允许不得擅自打开。倒是父母自己显得比他更开心。母亲还说要带他去参加什么枞树联欢会，说那里有真正的严寒老人和雪姑娘，可他对这个也提不起兴致。

彼得罗夫自己也不知道，该如何描述他所处的这种状态。事实上，由于他总是处于这种状态，这种状态于他便成了常态。但总的来说，在生命的头几年，他感觉自己像是失忆了。他时不时就感觉很想要回想起什么，可又实在没啥好回想的，于是内心便迫切地想要抓住点什么，虚假的回忆便趁机钻进了他的脑子里。

父亲的书架放在彼得罗夫的房间。彼得罗夫很是不解，为何大人们一拿起那些撒满黑蝌蚪的书本就埋下头去；他曾经故意将同一本书翻到同一页,交到不同的大人们手里,可大人们都像串通好了似的,无一例外地埋头读起来。父亲将为数不多的几本带插图的书放在了彼得罗夫能够着的地方。彼得罗夫将它们挨个抽出来,放在自己的小书桌上,打开台灯。台灯上有个小按钮,咔嗒一声便放出炽热的光,把灯罩都烤热了,这些带给彼得罗夫的兴奋,比外屋那棵枞树加上枞树联欢会还要多。其中有一本绿皮书,关于魔术的,彼得罗夫很奇怪父亲有这样一本书,因为他从未见过父亲表演任何魔术。彼得罗夫在电视上见过大锯活人,尽管父亲反复跟他解释,说箱子有两个,女助手钻进箱子以后会把腿蜷起来,魔术师锯的只是两个箱子之间的空隙,但彼得罗夫总不相信,因为父亲所说的跟他看见的完全是两码事。父亲还说电影《老头儿霍塔贝奇》[01]使用了特技摄影,里面的小学生们和老精灵并没有真飞,对此彼得罗夫倒是毫不怀疑,因为虽然飞毯后面的背景在移动,可飞毯本身却一直没动地方,这可绝对骗不了他。

彼得罗夫并不指望从魔术书里获知任何秘密,事实上,令他印象深刻的魔术只有一个,其余的都从他的注意里溜过去了。"消失的扑克牌"他在看的同时就忘了,因为他关注的不是扑克牌,而是手掌的翻动。当魔术师从帽子里取出小白兔时,彼得罗夫喜欢的不是魔术本身,而是那只被人拎住耳朵的小白兔。魔术书里彼得罗夫最喜欢的是那些简笔画的小人,线条普普通通,人物却

---

01 苏联1956年根据同名中篇童话拍摄的一部奇幻历险电影,讲述一位苏联少先队员将一个从罐子里跑出来的千年老精灵改造成一名合格的苏联公民的故事。

形象生动。彼得罗夫无法设想人能画得这么好,他想一定是某种机器,在印书的同时画了插图。彼得罗夫想象不出如何把寻常的图画搬进书里去,除非借助某种咒语。他设想,在印书的那个地方,插图都是自动浮现在纸页上的。

印书的过程本身彼得罗夫是知道的,父亲给他看过印刷机用的活字,说印书的地方也是这样的活字,有很多,把它们放进专门的盒子里,刷上颜料,再将纸压上去。彼得罗夫对此深以为然,这符合他对情理的判断,只有一点他想不通:印书的人怎么知道哪个字母该摆在哪儿呢?父亲解释说,每本书都有作者,一个大活人,还给他看了某些书里印着的作者照片,可彼得罗夫恰恰对于这一点——跟父母一样的大活人会写书——心存疑虑。在他想来,一定有一种跟普通人完全不一样的人,只有他们能写书,做音乐,做动画片。父亲看出了彼得罗夫的疑虑,便对他说:"等你长大了,你也能写书。"可这句话里一下子包含着两个令彼得罗夫怀疑的论断:其一,他能写书(怎么写?写什么?);其二,他能长大。自然,彼得罗夫并不反对变得和周围人一样大,但"再过二十年你就能像我这么大了"对他而言没有任何意义,反倒像在说"再过那么久你才能长大,像永远那么久,所以,你永远长不大"。

另外一本带插图的书是"莫斯科人"高级小轿车的修车指南。这本软皮书里一个人也没有,只有莫名其妙的电路图,但彼得罗夫还是翻看了。他在字母中间寻找他唯二认识的两个字母——他自己名字里的第一个和字母表里的第一个。彼得罗夫不喜欢他名字里的第一个字母,它看上去那么简单,只是一段弧线,就像半个面包圈。[01]字母表里的第一个字母看上去就气派多了。父亲反复给彼得罗夫解释,说字母表里的首字母其实有两个,一个大写,一个小写,大写的那个像屋顶,小写的那个矮小敦实、弯腰驼背,但两个字母代表着同一个元音。可彼得罗夫的幼小心灵哪儿能消化得动这么复杂的东西呢,更何况他自己名字里的第一个字母的大写和小写是一样的。彼得罗夫把书从头到尾翻了好多遍,但大部分时间都在盯着那辆完整的没有拆解的小汽车。他很遗憾那不是他有天在街上见过的那辆车,那辆车的车头上有一头鹿,犄角长长的,银光闪闪的,他真想把它掰下来揣进兜里。

最有趣的是,彼得罗夫其实并没有在街上见过这辆车头有鹿的车。他是在电视上看见的,之后他就做了一个梦,梦见街上在下雨,他穿着他那件黄色雨衣,见到了令他终生难忘的画面:那头鹿的身上流淌着那么多滚圆滚圆的水珠,雨滴一下下敲打在雨帽上,在被雨帽圈起来的封闭空间里尤其响亮。

彼得罗夫想起昨天夜里做了个什么梦了:他梦见自己跟一群小伙伴划着木筏游在平静的水面上,木筏拨开了一些类似芦苇的东西。这很奇怪,因为彼得罗夫眼下还没有可以一起划木筏的小伙伴,即使在梦里他们也只是沉默而模糊的影子。

还有一个经常重复的梦境,显然是由某部战争影片勾起的。

....
01 根据描述,彼得罗夫的名字(彼得罗夫是他的姓氏)的首字母是C。

彼得罗夫梦见自己猫在战壕里，正透过炮队镜向外张望，他看见白茫茫的一片空地，几处稀疏的灌木丛，远处是一片废墟。梦里冷得要命，彼得罗夫听见有人叫自己，那人把一个盛着热茶的绿色金属杯子递到他手上，杯子的热度立刻渗透了他的手套。每次一梦到这杯茶，彼得罗夫就会醒来。这个梦的问题在于，递给他热茶的人穿着德军制服，可彼得罗夫却觉得他很亲，跟自己人一样。问题还在于，尽管父亲总对他说德国人是坏人，说他的爷爷、奶奶、姥爷都跟德国人打过仗，但彼得罗夫仍对那些身穿黑色或灰色军装的人心存好感。（再说了，电视上我们的人不也是灰军装吗，黑军装好歹还能跟其他人区分开。）更何况，彼得罗夫也不大相信爷爷和姥爷真的打过仗——姥爷连话都说不利索，在家里走动都得拄着拐杖，这个样子咋打仗？爷爷就更别提了，完全跟彼得罗夫想象中的士兵形象不搭界，况且爷爷自己都不愿意承认他上过战场。每次父亲请爷爷亲口告诉彼得罗夫他是名真正的战士时，爷爷总会说："有啥好说的？我只记得，要么冷得要命，要么热得要命，要么淋成落汤鸡，而且总要赶路、挖土。"爷爷的这些话更加深了彼得罗夫的怀疑，他断定爷爷压根就没打过仗，全是父亲瞎编的。

除了积雪的战场和战壕里的炮队镜之外，还有两个不断重复的梦境。其中一个显然也是受了战争片以及对黑军装的好感的影响——彼得罗夫不知怎地，正朝某人的脑袋开枪。那其实都算不上一个梦境，而只是对其他梦境的点缀，彼得罗夫也不会就此醒来，梦境会照常继续。但另一个梦境则简直要让他从床上跳起来了:他梦见自己躺在一辆童车上,一个人大叫着冲过来,一下子将他连车带人撞翻在地。那才真的是糟糕透顶。

从父亲的书架上抽出来的另外一本书彼得罗夫完全看不懂,尽管里面有大量的人物和丰富的图画。其他书里的图画都得从文字当中去找,而这本书里的图画却是印在专门的插页上的,而且插页用的是另外一种纸,比印着文字的那种纸硬,还是白色的。这些插页上的图画完全是魔幻色彩的,与彼得罗夫所处的现实世界毫不相干,因而对他具有特别的吸引力。

其中有这样一幅:一个人站在山顶,正用望远镜观察脚下辽阔的山谷,在他头顶的天空上有两颗明晃晃的星星,彼得罗夫从未见过那么亮的星星。那人背着一杆长长的猎枪,在他身旁,一台线条浑圆的汽车悬浮在空中。这幅画散发出那样一种空旷而神秘的气息,令彼得罗夫内心的野兽不禁想要放声长嗥。

另外一幅图画的是一个宏伟的大厅,厅内耸立着数根粗大的圆柱,站满了列队整齐的士兵。从大厅中央向外延伸出一条路,直至天际,路上有几个人正相向而行。

接下来是两幅插图和两张照片,一张接着一张,真正激起了彼得罗夫的兴奋。第一幅插图是两个人手持光剑相互搏斗,一个穿着黑色密闭服,披着黑色斗篷,另一个戴着潜水呼吸器模样的面罩。第二幅插图是一枚小火箭,长着两对大翅膀,正朝一个红色光源飞去。

第一张照片上是个真真正正的小绿人,一对尖耳朵,毛发稀疏,头皮跟鳄鱼皮一样,也布满了小方格,但看上去却很温善。

第二张照片上也是一个小绿人,但和第一个大不一样,与其说他是个小人儿,不如说是个大活物,身体胖得流油,也披着鳄鱼皮,他旁边是一个身穿泳衣的阿姨,胸衣上带有金属配饰,而在他身后是个机器人,橙黄色眼睛,灰色肚皮。这些人是木偶吗?可为什么这么像真的?彼得罗夫看过很多木偶动画片,但里面从来没有过真人。彼得罗夫见过骑士用剑拼杀,可他们的剑从不会发光。彼得罗夫甚至知道,这些图画都跟太空有关,但宇航员从不会用剑拼杀。彼得罗夫并不打算搞懂这一切,令他痴迷的是这些惊心动魄的(尽管画面是静态的)场景本身。

彼得罗夫看得入迷,不知何时父母已经醒了,他只依稀听到了闹钟的丁零声。但这铃声对他而言尚无任何意义,他并不关心闹钟的用途,他只是喜欢闹钟浑圆的外形和凸起的玻璃,还喜欢闹钟指针的滴答声,比父亲的手表(更不用说母亲的小手表了)还要响亮。眼下彼得罗夫的时间完全由父母掌控,他只需服从安排即可:几点去幼儿园,几点去诊所,几点上床睡觉,读睡前故事或者听电影原声唱片——《不来梅的音乐家》[01]或者《"阿芙乐尔"号巡洋舰》[02]。

彼得罗夫的一切都在父母的掌控之下,甚至当浴室里响起流水声时,他都无法确定自己是否也会被带进去洗澡,因为他洗不洗澡全由父母决定。在浴室里待多久同样由他们决定,有时他可以在浴缸里跟塑料野兽一起可劲儿地扑腾,有时却被泡进水里,

---
01 根据格林兄弟同名童话改编的苏联音乐动画短片,1969年上映。
02 讲述"阿芙乐尔"号巡洋舰历史的苏联动画短片,1973年上映。

用搓澡巾胡乱搓上两把就被提拎出来，用毛巾擦干完事。

彼得罗夫听见等待洗漱的父亲咳嗽着走进厨房，刺啦一声划着一根火柴，点燃了煤气灶，又点着一根烟。顺带一提，父亲最令彼得罗夫佩服的并非他什么都能解释（彼得罗夫时常对父亲的解释产生怀疑，尽管嘴上不说），也不是他的力气和身量，更不是他认识字，而是他会吐烟圈，像天鹅绒一样洁白轻柔的烟圈。父亲还总爱跟朋友们在澡堂子里喝啤酒，彼得罗夫喜欢啤酒杯的样式和啤酒的气味。有一回，彼得罗夫哭着喊着非要从父亲杯子里喝了一口啤酒，喝完之后哭得更伤心了。喝之前他哭是因为委屈，喝完之后哭则是出于失望：那味道苦不拉儿，简直跟刷锅水一个味儿（虽然他并不知道刷锅水是什么味）。那时候，父亲每周都要去一次澡堂子，但这并非出于某种癖好，而是居住条件所迫——这栋带浴缸的房子是他们一年前才搬进来的，而在从前那栋房子里，别说浴缸，连煤气灶都没有，只有一个小火炉。洗衣房在地下室，厕所是好几家共用的，但这些彼得罗夫已经不记得了。

母亲一出浴室便趿拉着拖鞋，擦拭着湿漉漉的头发，来到儿子房间察看。

"呦，你都醒啦！"母亲抱住彼得罗夫亲了好几下，从头到脚抚摸了一遍，像在检查他夜里睡觉时有没有把自己伤到似的。

彼得罗夫不喜欢母亲又凉又湿的头发搭在自己脸上，便伸出双手轻轻推她。

"又乱动你爸的书了，不怕挨骂呀？"母亲漫不经心地问着，一面端详着梳妆镜中的自己——不知道为什么，母亲的梳妆台也放在彼得罗夫房间。如果将梳妆台两侧的镜子相对摆放，便会出现一个由无数面逐渐缩小的镜子构成的镜子长廊，里面还有无数个彼得罗夫，正从角落里向外张望。

母亲身上一丝不挂，但彼得罗夫无所谓，他还不大懂这些。假如有人把他光着身子带到大街上，只要不冷，那他很可能只会要双鞋子。在父亲常带他去的那家澡堂子里，他只注意到男人们粗壮的大腿，唯恐一不小心滑倒了被人踩死，又唯恐其他人一不小心滑倒了将他砸死。除此之外，他还害怕那些端着水盆的人，上回他就冷不丁地被人兜头浇了一盆冷水。唯一令彼得罗夫不安的是母亲那两颗硕大的红褐色乳头，有一回他在幼儿园流了鼻血，血迹在手帕上干掉以后正是这种颜色。

父母没有给彼得罗夫洗漱，直接把他带进了厨房。彼得罗夫想坐在靠窗的位子上，但母亲把他从那儿赶开了，说有穿堂风。彼得罗夫也感觉到有风，但他不明白，这么微弱的一股冷空气，轻轻地吹在脖子上，能有什么严重后果。外面还有点黑，母亲开了厨房里的灯，结满冰花的窗玻璃立刻不再是蓝幽幽的了，而被照成了亮白色。彼得罗夫模模糊糊记得，之前灯泡只是光秃秃地吊在灯绳上，如今灯泡外面加了个塑料罩子，里侧淡黄，外面浅绿。夏天，有只胡蜂从敞开的窗子外钻进来，在灯罩里面爬来爬去，肚子一鼓一鼓的。它后来怎么着了，彼得罗夫不记得了。

厨房里的餐桌很矮，彼得罗夫坐在凳子上，不费劲儿就能够到。之前那张桌子可不行，彼得罗夫在上面吃饭得跪在凳子上，

第三章
新年枞树联欢会

有一回，胳膊肘一不小心出溜下来，摔了个硬的。打那以后，彼得罗夫要么在自己房间吃，在放台灯的那张桌子上，要么就坐在父母腿上吃，直到买了这张新餐桌。新餐桌上铺着一张崭新的带白圆点的浅绿色桌布，还摆着一只电茶炊。茶炊嘴有点滴水，下面专门放了个茶碟接着。茶炊腿下面还特意垫了张报纸，以免刮花桌布。报名很短，只有四个字母（这个彼得罗夫已经数得过来了），但报名旁边却画着好多勋章和奖章，彼得罗夫总问父亲这是干吗用的，但无论父亲怎么给他解释他都想不通，报纸怎么会被授予勋章和奖章，又为啥要印在报名旁边。[01]爷爷也有一枚勋章和几枚奖章，但这也不能让彼得罗夫相信爷爷打过仗，他只是有些羡慕爷爷有那么好看的宝贝，铜的、铁的、花花绿绿的，用曲别针别在衣服上，别提有多神气了。

母亲给彼得罗夫拿了块面包，拨了点凉拌菜到餐碟上，又往他那只圆肚子的小杯子里倒了些热茶；父亲进来之后，她又依样给父亲弄了一份，只不过量更多些，热茶也不是倒在圆肚子的小杯子里，而是倒在装有金属杯托的大茶杯里。父亲跟母亲聊了几句工作上的事，接着母亲打开了收音机，父亲点着了一根烟。收音机里正在播放广播剧，总在重复同一个词——"伽弗洛什"，彼得罗夫慢慢听明白了，伽弗洛什是个小男孩，正在捡子弹，但广播里又说他"吹了段口哨"，彼得罗夫不知道什么叫"吹了段口哨"，就问父亲。

01　根据描述应为《劳动报》（俄文 Труд）。该报创刊于1921年，是苏联发行量最大的日报。至今仍然存在。

"就像这样，"父亲撮起嘴唇，吹了段口哨。

彼得罗夫不大信服：父亲展示的是"吹口哨"，可广播里分明说伽弗洛什"吹了段口哨"，想来，这个"段口哨"应该是某种特别的口哨，不然敌人为什么要朝他开枪呢？

母亲就说，家里不能吹口哨，不然家里就没钱了。

父亲叹口气道："都是胡说八道，只有完全没有音乐细胞的人才不能吹口哨。"

母亲便说："所以你才不能吹啊。"

吃罢早饭，喝罢热茶，彼得罗夫开始"被"穿衣服。这简直糟透了，他本来就热，每多套一件衣服，燥热就增添一分。一见母亲要给他套那件肚子上有道白的红毛衣，彼得罗夫立马浑身刺挠。他每次看见这件扎扎哄哄的毛衣就发烧恶心，何况还是那么刺眼、那么闹心的大红色。

"这毛衣哪儿扎人啦，小祖宗，"母亲察觉到彼得罗夫的不满，把毛衣贴在自己脖子上，"一点儿都不扎。"

母亲总是这样。她每回都说洗澡水一点儿都不烫，还把自己整条小臂浸到浴缸里作为验证，然后就把彼得罗夫蜷起来的两条小腿整个放进水里，而那分明就是开水。总之，一旦母亲拿出这种戏谑的腔调，无论她说什么，事后都被证明是对某种糟糕事情的无耻欺骗。上回彼得罗夫去医院手指采血，她也说一点儿都不疼，可那些嚎啕大哭着从诊室里出来的孩子，那些医生们手里捏着的明晃晃的针头，那些橡胶手套和旁边盛满血的试管，都在证明着相反的东西。"一点儿都不怕。"她说，紧接着，双腿胡乱踢腾的彼得罗夫就被人刮了嗓子眼。每次提到那个枞树联欢会，母亲的腔调里都流露出同样的欢喜，这让彼得罗夫完全有理由怀疑，那一定也是个需要排长队等着进诊室的地方，又或者某个类似幼儿园的地方，会有一大群他不认识的孩子，中午必须睡觉，还得吃鸡汤里的鸡皮。

"简直跟个女孩子一样，"母亲冲着在红毛衣里扭来扭去的彼得罗夫说，"外面一冷就不扎了，家里暖和才觉得扎。"

这句"跟个女孩子一样"彼得罗夫同样理解不了。好像男孩女孩是他自己选的一样。这还不是最主要的，就在不久前，在幼儿园的更衣室里，有个小女孩也像他刚才那样在扎人的毛衣里扭来扭去，结果被她母亲一顿胖揍，跟揍男孩子没啥两样，因此，彼得罗夫并不觉得男孩和女孩的行为准则有何本质性差异。

"这毛衣挺好的呀，"父亲尽量给彼得罗夫打气，"跟咱们国家的冰球运动员队服似的。"

彼得罗夫哭丧着脸看着父亲，搞不懂他是否在开玩笑。彼得罗夫并不怎么喜欢冰球，不仅如此，假如有人问他，冰球跟足球有啥区别，冰球足球跟艺术体操或者跳水又有啥区别，他兴许都答不上来。因此，以运动员作为榜样对他根本不起作用。彼得罗夫不大理解父亲对于运动的狂热，在他眼里，电视机只在演动画片时才存在，其余所有时间，电视机里的人都穿着同样的灰色西装，干着只有他们自己才会感兴趣的事，比如在台上说话、唱歌、跳舞，穿着冰刀跳舞，追着球乱跑。彼得罗夫不明白，为什么不把这些没意思的节目通通删掉，只留下动画片，反正动画片父亲也爱看，这样不就皆大欢喜了吗？再说了，父亲根本就没可能知道，"咱们国家的"冰球运动员的制服是什么颜色的，因为家里的电视机是黑白的，红跟绿根本就分不出来。无论红军白军，中弹之后都会倒在灰的草地上，流着灰的血。

父母脸也洗了，饭也吃了，可依旧睡眼惺忪，脸也不像自己的，声音也是嘶哑的，仿佛带着怒气。母亲不给彼得罗夫穿了，回房间穿自己的衣服去了，把大衣、毡靴和帽子通通丢给了父亲；而父亲并不急于侍弄彼得罗夫，把他留在过道，自己回厨房继续抽烟去了。彼得罗夫站在过道里炽热的灯泡底下，热得快要虚脱了。他眯起眼睛，灯泡的光线就变成了霓虹色；他瞪大眼睛，就能看见灯泡里发亮的钨丝，弯成了他名字里的第一个字母。彼得罗夫将视线从灯泡上移开，盯住对面墙上的浅色壁纸，眼前便有些黑色的括弧跳起舞来，就像刚刚看过明知不能看却忍不住想看的电焊一样。彼得罗夫喜欢与视觉有关的一切把戏，比如，他喜欢在电视机屏幕前挥舞胳膊，好像他长了好几双胳膊似的；他喜欢在墙上找到一个点，死死盯住，直到那个点周围的一切都洇开了，就像偶尔照亮他窗户的某颗明亮的星星，如果彼得罗夫长久地盯住它看，圈住星星的窗框便慢慢蒙上一层雾气，而星星本身却越发清晰。也正因如此，彼得罗夫才对邻居家的长毛狗饶有兴趣，他搞不懂，那条狗脸上，甚至眼睛周围长了那么多长毛，还咋看东西？

父亲抽完一支烟，回到过道，将彼得罗夫的两只脚塞进毡靴（每次父母给他穿鞋他都忍不住想笑，因为自己那两只穿着毛袜子的脚看上去圆鼓鼓的，超滑稽），父亲又给他穿上大衣，戴上手套，扣上"毛线头盔"（秋天彼得罗夫总用它来代替帽子），又往头盔外面套了顶毛茸茸的帽子，用一根松紧带先在下巴上十字交叉，然后又在头顶绷直，父亲又竖起彼得罗夫的大衣领子，用围巾在衣领下方打了两个结——先是在脖子前面，接着又扳过他的身子，在脖子后面打了个结。父亲做完了这一切，可母亲还没出来。

"你们不会迟到吧？"父亲冲着卧室喊了一声，却没能得到回应。

父亲在玄关站得无聊，便随手弹拨彼得罗夫帽子上的松紧带，这虽然不疼，却很烦人，再加上毛衣令本就燥热的前胸后背刺挠不已，彼得罗夫只感觉轻微刺痛外加瘙痒难耐，忍不住尖叫一声，像赶苍蝇那样朝父亲挥了挥手。父亲一怔，又伸手弹了一下，才算作罢。

又过了好大一会儿，母亲才从房间里出来，这时彼得罗夫的身子已经快从鞋架上出溜到地板上去了。当母亲迈过他报复性地伸出的双脚时，他闻到了母亲身上的香水味。她从衣帽架上取下大衣，交给丈夫帮忙拿着，坐到彼得罗夫的身边开始穿鞋。她皮靴上的拉链非常长，总出毛病，这不，第一只靴子顺利地拉上了，第二只靴子刚拉到一半就卡住了。

"见鬼，真是越忙越添乱！"母亲咬牙切齿地说。

彼得罗夫忍不住哼哼起来，母亲抬手便在他嘴巴上打了一下。彼得罗夫决心把衣服脱掉，但一撞见母亲那彻底野化的、在睫毛膏的烘托下越发凶狠的眼神,立刻又厌了。父亲将母亲的大衣夹在腋下,一本正经地走进里屋,很快又一本正经地回来了。大衣还在他腋下夹着,另一只手里攥了一把平嘴钳和一截蜡烛头。母亲仍小心翼翼地来回抽动拉头,可拉链却在脚踝中部卡得死死的。

"我来帮你弄吧?"父亲提议道。

"那你倒是弄啊!"母亲朝父亲嚷嚷道,"别弄坏了就行,跟上回似的。"

"啥时候弄坏过呀。"父亲嘟囔着,将平嘴钳和蜡烛头放在地上。

母亲的大衣又被挂到衣帽架上去了。

平嘴钳就放在彼得罗夫旁边,他实在没法不注意到,它很像一头鳄鱼。他用两只手抓住钳柄,将钳嘴吃力地打开又闭拢。他也眼看着父亲蹲在那儿跟拉头较劲,又没法不注意到,对于保暖的过分关注全部集中在他一个人身上,那些层层相套的裤子和袜子只为他一个人而存在;母亲在短裙下面只穿了一条连袜裤,完全不怕感冒死掉;父亲给彼得罗夫套了两层帽子,自己却只戴了一顶皮帽,连耳朵都没遮住,同样满不在乎。

拉链终于被拉好、平嘴钳从他手里被拿走的那一刻,彼得罗夫漏过去了。他只记得父亲嘱咐他给他留块糖,别在路上都吃光了,接着他和母亲便在楼下了。楼道口努力呈现一副崭新的面貌,散发着一股子水泥粉尘味。

一到街上,母亲便用围巾蒙住了彼得罗夫的脸,虽然他一点儿都不冷。大团的雪粒斜斜落下。彼得罗夫的两只耳朵被两层帽子堵住，只觉得街上一片寂静，反倒是耳朵眼里嗡鸣不已，除了自己的呼吸什么也听不到。

母亲拽着彼得罗夫在几条不知名的小路上走了很久，两旁是高得不可思议的树木和黑得不可思议的房屋。彼得罗夫喜欢看雪：天幕被飞雪染白了，隐身其中的雪粒在某些深色背景中凭空出现，白光一闪，旋即消失在白茫茫的天地间。他不喜欢围巾上的尘土气息阻碍了他的呼吸，便悄悄抬起一只手将围巾往下扒了扒，将鼻孔解放出来。急于赶路的母亲没有察觉他这个小动作。总的来说，彼得罗夫喜欢跟母亲一起走路，他几乎用不着自己走，只需依次将脚从绵软的雪地上抬起来，便可自行移动了。

小路完全被积雪覆盖了，亏得路面比两侧稍低，否则根本看不出来。小路距离旁边一栋三层楼如此之近，甚至能够透过地下室的小窗瞧见里面的情形。小窗一扇接着一扇，全部亮着灯，有些窗子里能看见管道，有些能看见装着土豆的托盘。还有一块窗玻璃碎了，从里面散发出干沙和蒸汽的气息，窗框上结着一层霜。

"这里面有人住吗？"彼得罗夫问，却没能得到母亲的回答。

彼得罗夫不知道走了多久，还没出门他就已经被沉重的披挂累坏了，此后的全部时间已经无所谓了。好不容易挨到了候车亭。他们身旁站着一位大叔，身穿黑大衣，怀里抱着一棵黑枞树，树身从上到下捆着绳子。另有几个女人和一个已经相当大的小女孩，小女孩手里捧着的似乎是一顶王冠，用锡箔片粘的，类似彼得罗夫家装饰枞树的那种。小女孩身边的女人拎着一个有趣的瘪皮包，提手跟衣架钩似的。

"嗨，这是要带小新郎官去参加舞会呀？"女人朝彼得罗夫一扬头，冲母亲问道。她的嗓门非常高，彼得罗夫隔着两层帽子和自己的呼吸声都听见了。

彼得罗夫不由得皱了皱眉，他不喜欢别人开他这种不明不白的玩笑。

"呦，奥莉娅，是你呀，"母亲回答说，"对，去联欢会。你们带了服装？我们没带——要带吗？"

"啥都不用带！"女人用空着的那只手摆了一下，身子朝小女孩那边一拧。"这丫头非要不可。你现在好啊，儿子还啥也不会要呢。为了给她往裙子里缝亮闪片，我昨晚忙活了半宿。一会儿到了那儿，还不知道在哪儿换呢！"

女人最后一句话提高了音量，显然是说给女儿听的，可小女孩却兀自沉浸在拥有王冠的喜悦中。

漫天纷飞的雪片中开来一辆无轨电车，腮帮子咕哝几下，吐出几个乘客，又咕哝着腮帮子，吞进几个乘客。车肚子里非常亮，比彼得罗夫家的厨房还亮；车肚子里又很冷，比大街上还冷。彼得罗夫在街上没注意到自己嘴里哈出的白气，在电车上却发现了，努力试着吐出几个白圈，想象自己在抽烟，却没能成功。

"嗨，简直像个醒酒所。"母亲对女友说。

两位母亲让彼得罗夫坐在了靠窗的光滑座椅上，又让小女孩坐他旁边，可小女孩不干，也非要靠窗坐不可。这很有些无理取闹，因为反正窗玻璃上结满了冰花，外面啥也瞧不见。那层冰花厚极了，用指甲刮都刮不动。彼得罗夫打算用手掌把冰花暖化，可手都冻得不行了，也只在玻璃底部留下几个半融未融的手指印，而且很快就又冻上了，摸上去滑溜溜的。最后彼得罗夫还是学着小女孩的样子，朝玻璃上不住地哈气，这才弄出个猫眼来。见彼得罗夫学自己，小女孩便神气活现地看着他。

母亲和女友隔着过道坐在了彼得罗夫旁边，开始谈论各自置备的年货。母亲又一次说起她如何搞到青豌豆的光荣事迹；又说他们家很幸运，黄瓜和洋白菜一入秋就开始腌制了；又说她叔叔从远东送来了鱼子酱，连罐子都没舍得开呢，就怕新年惊喜泡了汤。母亲的女友则说她用西葫芦和玫瑰花瓣熬了果酱。母亲便说，之前有人吃玫瑰花果酱中毒了，女友听了却不以为然，说他们全家都吃了，啥事儿也没有。一提起中毒，两人便按照彼此习以为常却令彼得罗夫一头雾水的逻辑，讨论起蘑菇来了。母亲喜欢去林子里采摘蘑菇和浆果，彼得罗夫忘不了，林子里又闷又热，蚊子成群结队，母亲给他抹了花露水，但不咋管用，味儿倒是挺冲，熏得他脑仁疼，松针的味儿一点儿都闻不着了，鼻子里全是花露水味。母亲还骂彼得罗夫，怪他总在身上东抓西挠，可不挠咋办呢，谁叫总有蚊虫咬他呢。蚊子们往他鼻子里钻，往他嘴巴里钻，又围在他耳朵边上嗡嗡叫，彼得罗夫真怕有蚊子钻进他耳朵眼里出不来了。母亲的女友不喜欢采蘑菇。她讲了很多案例，说有人吃蘑菇全家都中了毒。

母亲说:"我可是在农村长大的,绝对不会搞错。再说,要是只摘白蘑菇的话,想出错都难。"

聊完毒蘑菇,母亲和女友又转到了各自的丈夫身上,按照她们的说法,丈夫毒害了她们的人生。女人们连从蘑菇转到丈夫都如此自然而然。

"毒蘑菇算啥,"母亲的女友说,"我家那口子有时候简直就是蛤蟆菌。每次逢年过节就买那么多酒,不知道的还以为我们家有八口人呢。他也不是不知道,就他那体格,撑死半斤,再喝就趴下了。光糟践钱。有那些钱,买点儿好东西多好。"

母亲接口抱怨道:"我买了把绿香蕉,打算放熟了再吃,可我家那位,闷声不吭吃了三根。也是整天喝酒,可他一号就得上班了。回来准又是烂醉如泥。要不就干脆跑到修车行去,那儿更是乌烟瘴气。倒有一样好,他搞到了一台气泡水机,我们用它给谢廖沙[01]弄浆果气泡水,他可开心了。"

彼得罗夫家的确有这么个东西,看着像个暖壶,能把任何东西变成气泡水,彼得罗夫和父亲甚至做过气泡茶,只是不大好喝,还挨了母亲一顿臭骂,怪他们白白浪费气弹。和母亲一样,彼得罗夫也理解不了父亲对酒的热衷,却对此表示尊重,对其赋予了某种他目前还无法领悟的圣礼意味。有一回他试图破解这个奥秘,便趁客人不注意,从餐桌上偷喝了一盅伏特加,随即记忆里便出现了一片空白,但不是他平日里出神发愣时的那种,不是的,那

---

01 谢廖沙是彼得罗夫的小名,大名谢尔盖。此处是小说中唯一一次提及彼得罗夫的名字。但在前文中有两处对其名字(Серей)的首字母(C)的形状做过描述。

是种特殊的空白,好像他自身并不存在,更无神可出似的。当意识重启时,他已经乖乖地在朝脸盆里呕吐了,难受得不行。顺带一提,伏特加喝起来跟甜水没啥两样,因此他想不通,那些大人们为啥每喝完一杯都要低吼一声,然后急忙去抓盘子里的腌黄瓜。[01]他想,这应该也是游戏的一部分,没啥道理好讲,照做就对了。

两个女人又从丈夫转到了食品,打听从哪儿能搞到什么。母亲说,拌"冬季沙拉"她不打算用蛋黄酱了,就用酸奶油,犯不上为这个头疼。母亲的女友说,有人从波罗的海给她家捎来了熏肠,她眼下是不必操心蛋黄酱了,就让市里的油脂加工厂跟它的蛋黄酱一块儿烧光了才好,谁叫它生产的蛋黄酱别处都能买得着,偏偏本市买不着呢。两个女人说得热火朝天,便摘掉了手套,母亲说女友的指甲油很好看,女友说她夏天去了趟南方,从那儿的茨冈人手里买的。两个女人都戴着同样的褐色皮帽,大衣也是相同的款式,假如两人转过身去,背对彼得罗夫坐着,恐怕一时半会儿他还真分不出来。

"你再瞧瞧我做的这个新发型,跟日历上一模一样!"母亲的女友小心翼翼地取下皮帽,"像不像女明星……"

她说了一个名字,但彼得罗夫不知道那是谁。母亲问她这么好看的头发在哪儿做的,随后两人便又聊起了电影。母亲说她看

---

01 俄罗斯人喝伏特加习惯一口闷,为减轻酒精灼烧感,防止酒气上涌,喝完之后习惯一手握拳,对着拳眼长哈一口气,并以鱼干、香肠、腌黄瓜等物下酒。

了那部搞笑的《大仲马游高加索》[01]，女友则说她喜欢《秋天的马拉松》。（"里面除了列昂诺夫，还有一位真正的外国人，真的，真的，我在电影频道看的。"[02]）母亲又没头没尾地问起女友去南方旅游的事，女友便讲她怎么搞到的疗养券，讲当地的葡萄酒多么多么好，说她还从那边带回来一整箱香槟，准备过年喝的，一直留到了冬天，结果她丈夫一不小心把个锤子掉在酒箱上，一下砸碎了三瓶。

彼得罗夫还不大会数数，平时上下车都是父母做主，完全不用他参与。但他能感觉得到，这回他们还没坐几站地，但两位母亲已经说了一大车话，直至猛然回过神来，抓起各自孩子的胳膊，将他们拽到了仍在落雪的车外。

又是一条在雪堆之间曲曲折折的小路，同样覆满了积雪，但已经有人踩过了。街上比刚才亮堂多了。小路上不仅走着母亲、母亲的女友和女友的女儿，还能看见几个人走在她们前面，另外几个人走在她们后面。大部分是大人带着孩子，也有几个独行的半大孩子，但在彼得罗夫看来，他们已经跟大人没啥区别了。

前往俱乐部的一路上，女人们仍在不停地讲话，还总听不清楚，不停地询问对方刚才说了啥。彼得罗夫的目光被溜冰场洞开的门吸引了，起初他还以为那只是一道长长的围墙，直到墙上的

01　1979年上映的苏联喜剧奇幻电影，讲述法国著名小说家大仲马在高加索的有趣历险。
02　1979年上映的苏联电影，讲述一位德高望重的翻译家在与情人和妻子的情感纠葛中难以自处的故事。片中丹麦教授的角色由德国记者诺伯特·库钦克扮演。在苏联电影中起用西方国家演员在冷战时期是件大事，需要层层审批。库钦克在电影上映后在苏联家喻户晓，却也受到了来自苏联和德国情报部门的双重监视。

门被推开，他才看见里面有几个人在溜冰。彼得罗夫宁肯不去什么俱乐部，就在这儿溜冰，他甚至连冰刀都用不着，他可以穿着靴子滑，或者趴在地上滑。四外的路灯都灭了，唯独溜冰场周围不知为何还亮着。

过了溜冰场有座小雪山，两个比彼得罗夫没大多少的孩子正从上面往下滑。彼得罗夫刹住脚，不肯再往前走，想把母亲往雪山那儿拽，可他哪儿能拽得过母亲呢，母亲一扯，就又拖着他朝前走了，甚至还加快了脚步。

"你就让他去滑两次嘛！"母亲的女友看不下去，帮彼得罗夫说话了。

"就这已经迟到了！"母亲毫不通融地一口回绝。

"迟什么到啊！且聚不齐呢，都是孩子，全区来的，且得磨蹭呢。"

母亲既不理会儿子无声的哀求，也不听从女友的劝说，只是继续拽着彼得罗夫朝前走，绕过了一大片积雪的林中空地。空地中央，几乎从雪堆里长出了一个雕塑，还没有很大，像白色床头柜上摆着一颗脑袋。彼得罗夫不相信它是自己长出来的，但也没问母亲它是从哪儿来的。大大小小的雕塑他已经见过很多了，有些像栽在花盆里的天竺葵，有些像大人和孩子，有些像邻居家的狗。邻居家的那条狗几天不见就变得超级大，彼得罗夫几乎都不相信那是同一条狗。打那以后，他便自作主张地相信：雕塑也是会长的。他看见城里四处安插着众多雕塑，心想，起初一定都像这样，一颗脑袋放在床头柜上，接着会长出手脚，最后都会变得跟广场上的列宁雕像一样庞大。在彼得罗夫看来,雕塑的进化史如此显而易见,他甚至都没去向父亲求证真伪。

总算快到他们要去的——准确地说是母亲要去的那个俱乐部了。彼得罗夫猜测应该就是这儿,因为还有一些人也带着孩子正朝这边赶。彼得罗夫不喜欢这样的建筑,它用一大块玻璃取代了墙壁,这让他感觉很不牢靠,总担心房顶会塌下来。他看见有棵枞树站在屋外,跟他家外屋那棵差不多,便以为联欢会也是在院子里举行的,可还没等他一颗心放回肚子里,母亲就把他拽了进去。

俱乐部里挤满了人,一大群孩子在大厅里来回乱跑,在地板砖上打出溜滑。彼得罗夫只觉得周围乱糟糟的,他被人拽着走,又被人摁在一条跟电车座椅一样滑不溜丢的长凳上。当他望着角落里关闭的游戏机,望着大厅中央的小喷泉,望着小喷泉旁边石头矮磴上的石头女人头,听着嘈杂的人声在从地板到天花板的巨大空间里回荡时,他已经被人扒掉了外衣,换上了凉鞋,只穿着短裤、连袜裤和扎人的毛衣。母亲的女友和她的女儿已经不知所踪,眼前只剩下母亲一个人,也变魔术似的换上了一身连衣裙,正怅惘若失地望着周围的孩子们——他们全部戴着面具和彩帽,屁股后面还拖着一条条狐狸尾巴或兔子尾巴。

母亲问彼得罗夫想不想去厕所,彼得罗夫不想去。看见这么多孩子跑来跑去,他只想做一件事——待在角落里,省得碍人眼。母亲拽着他走进了一条虽然幽暗,却比家里的走道宽敞得多的走廊,挨个去敲每一扇门,但一扇门都没敲开。那些门也不像家里的门，比家里的门高一倍，也宽一倍，至少彼得罗夫感觉如此，这感觉源自走廊里的幽暗以及母亲的指关节叩动门板时发出的回响。

在靠近走廊尽头的楼梯旁，两扇门板中间挂着一个红色柜子，柜子上有扇玻璃门，玻璃上写着两个大大的、彼得罗夫不认识的红色字母，柜子里躺着厚厚的一团破布，像是用装土豆的麻袋裁成的，被盘成了一条大蛇的形状——按照彼得罗夫的想象，蛇在休息时就是这样盘着的。

母亲一路敲遍了走廊一侧的门板，掉头，准备再敲遍走廊另一侧的门板。也不知道是第几扇门，母亲刚敲一下便向内开去，母亲便拽着彼得罗夫挤进了门缝。

按理说，门这么大，门后的房间至少也得像健身房那么大才对，可彼得罗夫被母亲拽进去的那个房间却小得很，比他的房间还小。但房间的顶棚却非常高，高到彼得罗夫想象不出这个房间是咋换灯泡的，他试着在脑子里往桌子上面摆上一张凳子，又让父亲站到凳子上去，好像还是够不着。不仅如此，这房间里的灯也不是他家那种圆圆的梨子状的，而是幼儿园里那种长长的棍子状的，就像父亲那本书里会发光的剑一样。灯外面还罩着一个白色罩子，这就更加深了彼得罗夫对于更换灯泡的疑问。灯发出和电冰箱一样低沉的嗡鸣。

房间本来就小，几只高大的褐色柜子又占去了大部分空间。有三只柜子镶着玻璃，类似彼得罗夫家外屋靠墙的立柜。他家立柜里装着各式各样的玻璃酒杯，还有一只红色花瓶，是父亲作为劳动模范的奖品。这儿的柜子里没有酒杯,只有很多文件夹摆在架子上。几张奖状贴在玻璃内侧。远离门口的角落里放着第四只柜子,没有玻璃,还少了一扇门,能看见里面挂着一条蓝色长裙。

屋子正中摆着一张桌子,更令屋内空间所剩无几,除了在桌子和柜子之间来回走动之外,再无回旋余地。桌上放着几摞灰色卷宗,也许还有些别的什么东西,但彼得罗夫从他所站的位置看不到。他更多的只能看到桌板底部。

桌旁背对门口坐着一个女人,身穿黑底白色斜方块图案的毛衣,正在讲电话——彼得罗夫看见她手里握着一只红色话筒。女人大概以为进屋的是她的哪个熟人,所以连头也没回。

"是吗?"女人对着听筒笑道,"整整买了六卢布的?那倒也好,这辈子都够用了。"

母亲耐心地等待女人挂断电话,但从母亲粗重的呼吸不难判断,她有些愤怒。彼得罗夫不由得替母亲感到难为情,他不明白母亲为啥要生气——他自己乖乖地站着,而女人又没惹到她。

女人聊得正起劲,身体微微旁侧,用小臂支住脑袋。听筒里依稀传来嘈杂的声响,听得出对面的人情绪很激动,而女人只是不时地笑笑。她的身子歪坐着,毛衣一侧下摆向上纵去,毛衣和羊毛短裙之间便露出了一道白肉,可见她毛衣下面啥也没穿。女人并不胖,可她一扭动身子,身下的座椅便发出哀怨的呻吟,好像上面坐着的是彼得罗夫的姑妈似的。姑妈住在莫斯科,彼得罗夫曾跟父母到她家做过客。除了椅子咿呀呻吟的画面之外,这次做客给他留下了很多实实在在的纪念品：有个红色的塑料糖果盒，造型是个胖乎乎的小矮人，说是小矮人，其实一点儿都不矮，几乎有彼得罗夫的一半身高；还有一个钟王模型，彼得罗夫从钟身底部的豁口处塞进去一枚两戈比硬币，原本失声的钟王便重获新声了。

"好啦，妈，你干吗这么发愁？"女人说，"我这边一切都好，他那边你也不用担心，不管好赖，总能考上一所吧。实在考不上，就让他去部队，没准儿部队上还能把他调教成一个令你满意的人呢。我只是奇怪，他咋会想要考物理数学系呢，他不是爱写诗吗，再说文学系女生也多，他应该会喜欢的呀。"

谈话又持续了一段时间，此间女人从一只胳膊肘换到了另一只胳膊肘，不断宽慰着电话那头的人，随后连说了好几遍"好啦，挂了"，母亲的身子已经像预备起跳那样微微弓起，可每次谈话又都重新开启了，尽管女人开始频频地抬腕看表；母亲也不由自主地效仿，女人看一次，她便也看一次。

女人总算聊完了，撂下话筒，像没觉察到彼得罗娃母子似的，在椅子上伸了个懒腰，弄得椅子周身上下的木头关节像要散架一样发出绝望的吱嘎声，然后女人又长长地舒了一口气，这才转过身来。一见门口站着的并非她预想中的人，女人忙慌里慌张地去拽毛衣，随即跳了起来，转向母亲。

"你好——"母亲毫不掩饰声音里的怒气，"你们这儿有孩子穿的化装服吗？"

"我不知道，"女人慌乱地说，"好像没听说过……我压根不是这儿的。"

"真是粗鲁无礼!"母亲斩钉截铁地说,"化装服的事该问谁?"

"我真不知道,"女人的声音里除了慌乱,又多了几分无助,"我都说了,我不在这儿上班。"

"噢,合着煲电话粥的时候你就在这儿上班,一让你找领导你就不在这儿上班了是吧?是不是?"母亲将女人逼红了脸,"你们领导在哪儿?"

"经理今天休息。"女人低声说。

"谁今天没休息?"母亲不依不饶,"难道是把你招进来的野汉子吗?"

母亲说着,死命地掐住彼得罗夫的胳膊,仿佛在掐那个野汉子的脖子。

"秘书或者副经理没准儿在,"女人说,"但他们都在二楼。"

"谢谢!"母亲嘴上这么说,可从她的语气不难听出,她想表达的绝非感谢,而是羞辱。母亲有时也会用这样的"谢谢"来奖励彼得罗夫,假如他不小心打碎了杯子盘子或者跌进了水洼里。

母亲气咻咻地将彼得罗夫拽上了二楼。那里也是一条长廊,同样有很多扇高大的门板。母亲赌气地挨个敲过去。一扇门内有一群浑身洁白的小女孩,一看见拽着母亲胳膊的彼得罗夫便集体尖叫,迅速从里面关上了门,好像还用什么东西给堵上了。另一扇门后面是一个男人,戴着大白胡子,涂着红脸蛋。

"什么经理,你疯了吗?"听完母亲的问题,男人反问道。

这时，从俱乐部深处，仿佛从地底下，传来一阵乐声和歌声。

看见躲在母亲身后的彼得罗夫，男人便拖长声音说："你好——，小朋友——！今年有没有听话呀——？"男人此时的腔调跟刚才判若两人，吓得彼得罗夫一下子从门口蹿开了，差点儿把母亲拽倒。

"很像！"男人自夸了一句，砰的一声关上了门。

除此之外，二楼便再没找见任何人了。母亲在一扇挂着金色牌牌的门板前浪费了很长时间，又拽了好一阵儿门把手，这才悻悻地走向三楼。二楼与三楼之间的平台上站着一个雪人，身子和腿跟雪人一样，胳膊和脑袋却是正常人的，雪人的脑袋被雪人夹在腋下。雪人的另一只手里夹着一根点着的香烟。雪人旁边是个老太婆，手里拿着一把扫帚，穿着用脏抹布拼成的裙子，也在抽烟。但这还不是最古怪的。在雪人和老太婆旁边还有个男少先队员，却涂着红指甲，说话女声女气的，还跟彼得罗夫的父亲一样吐着烟圈。

"谢缅丘克就是个大贱人，没说的，"男少先队员骂骂咧咧，"依我看，他独自霸占化妆间根本不是为了进入角色，而是为了从他那个圣诞老人的布袋里往家里偷糖果。"

"不然你想怎样？"雪人接口道，"谁叫经理是他表姐还是姑妈来着。"

"呦，"看见母亲和彼得罗夫，三人异口同声地叫了一声，雪人在三人"呦"完之后还加了一句"骚瑞"。

"你们是在找观众厅吗?"拿扫帚的老太婆殷勤地用手一指,"往那边走。"

母亲问起化装服的事,雪人、男少先队员和老太婆疑惑地彼此对视了一眼,都说没听说过。

"咳,还找什么化装服啊,"雪人心平气和地说,"你儿子已经很像个冰球运动员了嘛,就差个头盔。"

"关键就是没头盔呀。"妈妈抱怨说。

"咳,都是小事,"雪人说,"就这样就成,赶紧去观众厅吧,不然演出都结束了。"

雪人说着,将雪人头套在彼得罗夫头上试戴了一下,彼得罗夫乖乖地让他这么做了。从外面看去,雪人的头就像一个致密的大雪球,长着一根胡萝卜鼻子。彼得罗夫一下子就喜欢上了那根胡萝卜,颜色跟真的一样。戴上才知道,从里面看外面看得清清楚楚,因为雪人的头好像是用纱布做的,里面是透亮的。彼得罗夫抬手摸了摸自己的新脸孔,好像是硬纸板的;头套很轻,他就算戴上一整天也不会累,只是得改小点,不然在他脖子上直晃荡。

和雪人说完话,母亲似乎立刻平静了,她牵着彼得罗夫走进了一个有很多座椅的昏暗大厅,在靠过道的位子上坐下来,把儿子抱到自己大腿上,嘱咐他别出声。

起初,彼得罗夫其实并不知道该往哪儿看。他只看见大大小小密密麻麻的脑袋,从这儿那儿的座椅背上冒出来,好像一大片脑袋地,一颗颗脑袋像是栽在了棋盘里。他好不容易才从几颗脑袋中间抓住一个空当，结果有颗脑袋一动，又挡住了他的视线。别的不说，就在他和母亲座位的正前方，有个人戴着一顶大帽子，旁边人戴着一个长耳朵的大面具，应该是某种动物，只是戴面具的人一次头也没回，大厅里又暗，彼得罗夫看到了也不确定那究竟是什么。但选项也并不多，不是狐狸就是狼。如果是熊，耳朵应该是圆的，而那对耳朵是三角形的。母亲嘱咐他不要吵，可大厅里却有人在吵。远远地有几个人，在非常大声地说话，好像是在商量到哪儿去找被偷的枞树，却也不见有人叫他们闭嘴。他们时常说些糊涂话，引得大厅里的人阵阵发笑，出于群居本能，彼得罗夫觉得自己也应该跟着笑，却没能笑出来，因为他一点儿也不觉得好笑。

彼得罗夫慢慢地明白过来，台上的人是在演动画片，但不是他所熟悉的那种图画的或者木偶的，而是真人的。彼得罗夫这下来了兴致。一位女少先队员领着一群动物在寻找枞树，而另外一些人（其中就有他刚才碰见的雪人、男少先队员和那位老太婆——原来是个老妖婆）把枞树藏起来了，想要毁掉一个什么节日。台上还时不时地推出来一些东西，有时是截木桩，有时是座小木屋。彼得罗夫很希望自己家里也有这么一座小木屋，这样他就可以在里头睡觉，还能透过小窗子向外张望。这出剧的故事情节在彼得罗夫看来有点儿扯，因为从台子后面贴的画布来看，故事是发生在枞树林里的，那里面有的是枞树，每一棵都跟被偷的那棵差不多。彼得罗夫很想冲那群糊涂虫喊一声，告诉他们没必要为一棵树跑来跑去，但母亲的在场削弱了他对这一行为的正当性的信心。总的来说,彼得罗夫是为雪人和男少先队员加油的,因为雪人他认识,而男少先队员会吐烟圈;关键是他不明白,凭什么枞树就非得是女少先队员和动物们的(动物们的脸都被从底下射来的光线照亮了,他很轻易地从中认出了兔子、狼、狐狸和熊)。有时,这些吵闹的人和动物们的活动空间会被一道巨大的深红色窗帘挡起来。而当前面又要发生什么的时候,窗帘又会分到左右两侧,而女少先队员和那群动物们居然会笨到在两个窗帘之间迷了路。老妖婆唱了一支欢快的歌,召唤暴风雪围攻女少先队员和动物们,可跑上台来的却不是暴风雪,而是一群身穿白裙子的小女孩,她们先是围住女少先队员和动物们跳起舞来,后来却又提出带她们去寻找枞树。这一叛徒行径简直令彼得罗夫说不出话来了。当然,他本来也不能说话,但他脑子里却一直在说着诸如"熊去那边了,女少先队员说话了"之类的解说词,可这会儿他却连解说词都忘说了。

悲伤的情绪令彼得罗夫错过了话剧的结尾部分,他只记得所有人都聚到一块儿争论起来,然后雪人、老妖婆和男少先队员突然承认自己是坏人,开始为自己的罪恶忏悔,请求宽恕。彼得罗夫感觉自己又一次遭到了背叛,因此,当女少先队员问观众要不要宽恕他们时,所有人都喊"要——",彼得罗夫却喊"不——",母亲当即在他背上推了一把,于是他也跟着人们喊"要——",但远不像其他人那样兴高采烈。

"伙伴们,现在,让我们去大厅,解救枞树!"女少先队员提议道。所有人立刻从座位上站起来,大厅里亮起了灯,响起了

《森林里有棵小枞树》的旋律,台上的窗帘又合上了,但看得出来有人在后面跑动,因为窗帘一直在动。

先是大孩子们从座椅间的通道跑出了大厅,接着是没带孩子的大人们(他们的孩子已经跑出去了)不紧不慢地走了出来,最后才是牵着孩子(都跟彼得罗夫差不多大)的大人们。在最后这批大人们中间,母亲意外地发现了自己的女友,她牵着女儿的手,虽然后者已经足够大了,满可以自己走了。母亲拽住了女友的袖管,四个人便裹在人群里一起朝外挤。女友的女儿不高兴自己没跑成,一脸厌恶地瞪着彼得罗夫。

四人走到了一片开阔的空间,刚在分散的人群中走了一小段,就又被挤到了两扇门前,最后才来到一个大厅。大厅中央站着一棵高大的枞树,几乎跟院子里那棵差不多。彼得罗夫的手被塞进了母亲女友的女儿手里,母亲的女友还叮嘱女儿,让她看着点彼得罗夫。女孩听话地牵着彼得罗夫走向围在枞树旁的孩子们。彼得罗夫担心迷路,便四下张望,在靠墙站立的大人们中间寻找母亲。母亲注意到儿子的忧虑,便冲他打手势,示意他一切都好,让他继续朝前走,不用怕。彼得罗夫不想到枞树那儿去,他注意到大人们身后的那面墙上装饰着马赛克图案——一个巨大的列宁头像,正望向街道那边,列宁身后是一面迎风招展的红旗,红旗后面隐约可见"阿芙乐尔"号巡洋舰。彼得罗夫想好好看看、摸摸那些拼成马赛克图案的小石块,可小女孩却紧紧地抓住他的手不放。尽管大厅的一面不是墙壁,而是由大块玻璃拼成的落地窗(窗后还有一面同样的窗子,两扇窗子之间的地面上撒满了小石子,跟水族馆一样,石子儿上种着几棵橡皮树和一株棕榈树),但大厅里仍旧光线昏暗。

牵着彼得罗夫的女孩很快便被其他女孩围住了,看样子是她的朋友。

"呀,这是你弟弟吗?"

"他叫什么名字?"

女孩们围住彼得罗夫,帮他整理连袜裤,扯毛衣,亲他,而彼得罗夫只顾盯着地板,他惊奇地发现,马林果色的地板砖上镶嵌了好多白色的小石子,看上去很像瘦肉里夹杂着肥肉丁的熏肠。

"他的眼睫毛好长哦,恐怕比我的还长呢。"

女孩们便依次在彼得罗夫身旁蹲下来,其余的便站在一旁用眼睛估量,到底谁的睫毛更长些。

女孩们的消遣又被音乐打断了,还是《森林里有棵小枞树》的旋律。音乐不是从头响起的,好像是跳过了一段节奏,但音量很大,似乎打算以此作为弥补。一个蓄着大白胡子的男人,穿着及地蓝色长袍,袍子上绣着亮闪闪的花纹,以盖住音乐的嗓门叫嚷着,试图吸引孩子们的注意力。男人一只手里握着一根拐杖,曲里拐弯的,让彼得罗夫联想到了药店的标志;另一只手里拎着一个用闪光布做成的大布袋,袋口处镶着一圈白毛。音量被调小了,男人又从头开始说话。男人念的是一首诗,有些话彼得罗夫听不懂,另外一部分,据他理解,是在向孩子们问好,问他们有没有好好学习,有没有听爸妈的话。所有人都喊"有——",可彼得罗夫还没上学呢，因此便觉得自己有些多余。他感觉燥热，生怕男人会走到他跟前问他分数，担心自己会被赶出去。后来他才发现，男人并不真心关心孩子们的分数，而只是随口问问，就像彼得罗夫的亲戚们问他心情好不好、身体好不好一样，无论彼得罗夫说啥，他们都只会笑。

男人手上戴着跟长袍颜色一致的连指手套，他将拐杖夹在腋下，开始用手套朝孩子们指，谁的化装服他最喜欢，他就把谁叫到自己跟前，从布袋里掏出糖果作为奖励。彼得罗夫个人最喜欢一个男孩子穿的银色宇航服，银色头盔上印着四个红色字母，前三个是彼得罗夫名字里的头一个字母，最后一个彼得罗夫不认识[01]。女孩儿们不知为何凑到彼得罗夫身后，一个劲儿把他往男人跟前推。男人注意到了这个举动，便用可怕的声音说：

"这个冰球小将是怎么回事——？为什么这么害羞——？来呀，到这儿来——！"

听到这话，彼得罗夫几乎两腿发软，可女孩们还在背后推他，他只得怯生生地走到男人跟前。

"你的头盔和手套呢——？"男人语气严厉地问。

"我不知道。"彼得罗夫嗫嚅道，他的确不知道他的头盔和手套在哪儿。

"我看，你是跟加拿大人打架的时候弄丢了吧——！"男人冲着大厅的方向喊，靠马赛克墙站着的几个中年男人心领神会地笑

01　当为CCCP，即"苏维埃社会主义共和国联盟"的俄文缩写。

开了。[01]

"不是……"彼得罗夫低声说，他知道打架不是好孩子。

男人将手探入布袋，若有所思地摸索着，最后掏出的不是一块糖，而是一整板巧克力。彼得罗夫很开心，可又觉得自己欺骗了这个人，因为他身上穿的根本不是什么冰球队服。

"给——"男人说，"最大——的给最小——的。"

全场响起愉悦的笑声。总的来说，周围所有人都格外开心，站在枞树大厅里不知为何令人们如此高兴。彼得罗夫走回到女孩们身边，却不知道该拿巧克力怎么办——巧克力太大块了，他没法像其他得到糖果的孩子们那样，当场吃下去。再说彼得罗夫并不喜欢吃巧克力，他只喜欢巧克力包装纸下面那层锡箔纸发出的窸窣声；他还喜欢拆开巧克力，轻轻地将锡箔纸撕开，这时它便发出清脆的金属声响，比撕纸的声音好听多了。彼得罗夫不知所措地握住巧克力，直到母亲飞奔过来把巧克力拿走才如释重负。

化装奖励结束之后，男人又问谁会表演关于新年的短诗或者歌曲。胆儿大的孩子们一拥而上，围住了男人，七嘴八舌一齐开唱，有唱"小枞树"的，有唱"森林里有棵"的，还有的两个都唱了，每次唱完都能得到一颗糖。彼得罗夫既没唱歌，也没读诗，因为关于新年的节目他还啥也不会。

接着大家将枞树团团围住，男人站在圈内，在枞树和孩子们中间。孩子们将两只手伸出来，男人开始伴着欢快的旋律绕着枞

01　1972年，东西方冷战正酣，苏联冰球队和加拿大冰球队作为两个阵营代表，为争夺世界冰球霸主展开了超级联赛，比赛期间两支队伍曾不止一次爆发激烈的肢体冲突。

树跑，边跑边拍孩子们的手，孩子们要及时地把手缩回来，不能被拍到。谁的手被男人拍到了，就得站到枞树前跳一段舞。彼得罗夫压根就没伸手，因为他对自己的协调性并无信心。他暗自庆幸自己躲过了一劫——有个小女孩被叫到枞树前时放声大哭，彼得罗夫虽然不知道为什么，但他想，小女孩既然哭，自有她的道理。

跳过舞之后，男人便问大家，说枞树跟前还少谁。在彼得罗夫看来，人已经够多的了，可孩子们却喊叫起来，说还少雪姑娘。接着孩子们便呼唤起雪姑娘，可雪姑娘却迟迟不来，孩子们便不住地喊，喊声越来越大。彼得罗夫猜测，既然是雪姑娘，肯定是用雪做的，所以才不肯出来，担心在暖和的大厅里会化掉。一连叫了三遍，雪姑娘终于现身了，却是一个穿着蓝色长裙的普通阿姨。彼得罗夫猜测，她刚才肯定是上厕所去了，他还怀疑她兴许有点耳背，跟他爷爷似的，非得贴着耳朵根喊才听得见。彼得罗夫心想，男人肯定要贴着这个阿姨的耳朵根喊叫了，怪她让大家等了那么久，可男人却并没有提高音量，依旧是刚才那种有点吓人的腔调。

雪姑娘一上来就表示惊讶，说大厅里的枞树只是一棵普通枞树，并非新年枞树，男人便跟她解释，说枞树不是装饰得挺漂亮的吗，可雪姑娘依旧不满意，她想要新年的灯火，于是便请孩子们跟她一起喊，好让枞树亮起来。"又来了。"彼得罗夫想，他可不想再喊了，刚才一字一顿地喊"雪姑娘"时他已经喊够了，因此，当所有人齐声高喊"小枞树——，亮起来——"时，他便打定主意不肯张嘴。可他万万没想到,他的小把戏居然被拆穿了。

"看来有人没有喊——,肯定有人在偷懒——。"雪姑娘明察秋毫地宣布。彼得罗夫的敬畏之心油然而生,等雪姑娘再让大家喊的时候,他便也跟着喊了。

可这回仍没见效。雪姑娘便又重复了有人偷懒的咒语。等第三次喊时,彼得罗夫便满腹狐疑地扫视着周围人的嘴唇,看到底是谁没喊。就在这时,枞树顶上亮起了一颗红色星星,枝条上也闪起了小彩灯。彼得罗夫知道是彩灯串亮了,但他仍觉得神奇:彩灯串居然还能这样开,而不用去插插头。

他站在那儿,仰起脸望着枞树树冠:家里的枞树顶上也有一颗星星,但却是普通的,塑料的,里面没有灯泡。这时,雪姑娘请大家手牵手围成一个大圆,绕着枞树转圈圈。说来也巧,彼得罗夫刚好站在雪姑娘旁边。彼得罗夫这时已经猜到了,少先队员也好,雪人也好,老妖婆也好,大白胡子男人也好,全都是演员。他猜测,穿蓝色长裙的阿姨应该也是演员,可当她站在自己身边时,他看见她的脸和手都是雪白雪白的,而人绝不可能是那样的。雪姑娘牵起彼得罗夫的手,她的手也是冰凉冰凉的,当他们绕着枞树转圈的时候,彼得罗夫一直既害怕又兴奋地望着她,等着看她慢慢融化,从他眼皮子底下消失。在那个眼花缭乱的上午,彼得罗夫最后唯一记得的只有雪姑娘雪白的肌肤和她那只绵若无骨的冰手。那只手小小的,他甚至觉得,连自己的手指都比她的手指要粗得多。

第四章
彼得罗娃发疯了

彼得罗娃不记得总共有过几个了。倘若她以正常人的眼光回顾自己的一生，她一定会觉得可怕，因为就连第一个都已经从她的记忆里消失了，或者和其余的彻底混到了一起，她非但记不清第一个长什么样，甚至都不记得那是在什么季节、什么时间发生的了。当她环顾四周时，她会觉得，那其实并非她自己的眼睛，她感觉自己是坐在另一个人的脑袋里，透过他的眼睛去观察，如同透过一扇窗子，而四周都是些她过去不大会看见的生物。在她看来，人原本应该是另外一种样子的，具体是什么样子她也不记得了，她只知道应该是另外一种样子的。在这些新人中间，在这个新的身体里面，她不得不扮演人的角色，按照周围这些自诩为人的生物对于人的设想。彼得罗娃很惊讶，她如今所居住的那个地方何以如此安静。在她的过去，有的只是哔啵作响的火舌，将她团团围住，那火焰并不灼烧她，甚至都不会发光，却又确凿无疑是某个无底深渊的火焰。在她来到这个安静的地方以前，她记忆中的一切都是由火焰构成的，就连她本人以及周围那些被她视之为人的生物，都是火做的。

安静，是她在这个世界上唯一的真爱。一方面，这个世界的任何地方，哪怕最喧闹的地方也比她所来自的那个世界的最安静的角落还要安静；可另一方面，安静对她而言仍不足够，因此她选择了她所能设想到的最安静的职业——图书管理员。也正是在图书馆或者在家里（当一切家务都做完时），她才总算能够对人类有所理解，不再将同事乃至儿子和丈夫视作会移动、会说话的一坨坨肉，不必再去伪装对他们的爱，因为她的确会对他们产生某种好感、某种关心、某种怜悯，她会渴望关爱他们，好让他们推迟腐烂，她会为儿子担心，为丈夫担心，担心他们遭遇不测，担心自己把饭菜做咸，令他们不快。她尤其开始为儿子担惊受怕，特别是在跟儿子同级的一个小男孩带着冰刀出了家门就再没能回来之后。

彼得罗娃很想知道，她的这些心理以及对人类的看法有没有遗传给儿子。她有时候心知肚明：是她疯了，事实上根本没有什么火舌和火人，也许只是她的脑袋在哪儿撞了，神经错乱了。但她不愿意去看精神病医生，她自认为控制得很好，从来没有暴露过。

彼得罗娃反倒觉得自己的女馆长才是个地地道道的疯子，无论你什么时候去找她，她永远在织毛衣、织帽子，可彼得罗娃从来没见过女馆长的任何一位家人穿戴过她织的任何东西（女馆长超爱给下属们展示家人们的照片），她自己也向来只织不穿，手头没毛线了，就把织好的拆掉，重新织。图书馆里所有关于编织的杂志，每到一本都得先过她的手。

图书馆还有个阿林娜，其疯狂程度较之于彼得罗娃和女馆长有过之而无不及。都三十五了，却跟一个坐牢的刑事犯交上了笔友，等后者出狱后还把他接到了自己家里，把自己跟前夫生的几个孩子介绍给他认识。起初倒还风平浪静，可就在前不久，阿林娜戴着"黑墨镜"来上班了。彼得罗娃心想，这下完了。馆里的同事们都大呼小叫，阿林娜却说是自己不小心磕的，大家都假装信了，其实谁都不信。

事实上，馆里总在谈论那个前刑事犯以及阿林娜跟他在一起之后的种种遭遇，彼得罗娃根本用不着特意打听。她本人也参加过他们的婚礼，还举杯祝福过他们，跟着大家一块喊过"苦啊！苦啊"[01]。她知道他在哪儿上班，几点下班，长什么样，她对他的了解一如她对于那个专攻情色小说和解剖学教材的读者大叔（此人在一所小学当门卫）。前刑事犯对阿林娜的粗暴引起了彼得罗娃的兴致，她不禁想对这个家暴者深入考察一番。

阿林娜出现黑眼圈的当天，彼得罗娃就去了前刑事犯所在的工厂。当他在售货亭排队买鸡尾酒时，她就站在他身后；当他坐小巴士回家时，彼得罗娃也坐在他身后，紧盯着他那剃得精光的后脑勺。她喜欢他宽厚的肩膀，喜欢他身上的除臭剂味儿，是那种经典的小蓝瓶，男人们在男人节[02]经常获赠的那种。

直到公交站台，彼得罗娃才放过他，却并未就此离去，而是

---

01 俄罗斯婚礼习俗，宾客齐声高喊"苦啊！苦啊"，以此怂恿新郎新娘接吻，好让苦酒变甜。
02 每年2月23日是俄罗斯的"祖国保卫者节"，又称男人节，其隆重程度不亚于三八妇女节。

满怀享受地注视着他穿过一片灌木丛生的小树林向家走去。他的步态很像一头人畜无害的蠢笨家伙,是那种不小心踩到别人的脚也要道歉不迭,那种会帮女士撑门之类的人。彼得罗娃几乎都要相信,真的没有人揍阿林娜,真是她自己磕的了。

总的来说,彼得罗娃的魔症很像在她体内运行的一个冷螺旋,大致在腹部的太阳神经丛处。冷螺旋会因为某种外部刺激自动出现,起于彻头彻尾的愚蠢,终于稀里糊涂的蠢事。某年春天,彼得罗娃看见图书馆窗台上的仙人球开了红花,冷螺旋便在她体内熊熊燃烧起来,似乎冷螺旋非但不冷,反而灼热得很。那一次,彼得罗娃在离家很远的一栋楼里干了蠢事。她偶然地走进了那栋楼,又偶然地在四楼楼道里撞见了一个刚喝了啤酒的小个子男人。她为那件事感到很难为情,这个小个子男人也因此成为她唯一记得的一个,因为通常她都会周密策划行动,仔细考察目标,以免事后为破碎的家庭、哭泣的孩子、无人照料的狗狗产生羞愧感——这些突如其来的羞愧感对她而言同样并不稀奇。

有个规模不大的文学小组,每周都在彼得罗娃所在的图书馆聚会。彼得罗娃觉得,文学小组里的所有人都跟她一样,都是精神变态者。他们对待馆里的工作人员就像对待家具。他们尽管也跟图书管理员打招呼,但那神态就像是为了走进聚会厅而不得不跨过入口处的低矮围栏。彼得罗娃感觉自己就是那道围栏,她觉得文学小组的人大概更希望她压根儿不存在。这令她很不爽。她本人很不情愿为这些人耽搁下班,但其中一人是女馆长的亲戚,而女馆长声称,能为市民做些诸如此类的额外工作,将来汇报工作时会比较好看。

厌恶归厌恶，彼得罗娃对这些人仍不免有些可怜。他们全部辐射出一无是处、寂寂无名却又野心勃勃的负能量。在他们的小组内部也有等级制度，同样是毫无益处、荒唐可笑的。有个小老头是他们的头头，总是第一个发言，其余的男男女女要相对年轻些，但也都快五十了。似乎也正是年龄所限，小组聚会每隔十五分钟就要休整片刻，好到门廊上去抽根烟或者跑趟厕所。

彼得罗娃无可奈何，只能郁闷地看着他们在礼堂的镶木地板上踩来踩去。他们每次都要用到那个还是从苏联传下来的演讲台，每次都要用到话筒，彼得罗娃在办公室都能听见他们叽里呱啦。

图书馆办公室的床头柜上放着一摞编织杂志，墙边摆着一张外皮剥落的沙发，角落里放着一只十来年没人用过的电炉，上面的螺旋感应线圈早就烧坏了，一台矮胖的古董冰箱终日嗡鸣颤栗，搞得桌上图书管理员们的杯子们不停地相互磕碰。总之，这里看起来完全像公共住宅里的一间住房，而绝不像一间办公室，更无法想象这里偶尔还会召开会议，策划些小打小闹的图书馆活动。

墙边那张沙发已经不知道有多少岁了，据表面正经骨子里闷骚的女馆长坦白，她跟丈夫的头两个孩子都是在这张沙发上造出来的，而女馆长的孩子们都跟彼得罗娃年岁相当。彼得罗娃跟彼得罗夫交往之后，甚至是婚后的一段时间里，也曾效仿前辈，像标记领地似的，几乎在图书馆的每个房间都做了爱，包括在礼堂的舞台上（就在钢琴和演讲台之间的那个舒适角落，列夫·托尔斯泰画像的正下方;打那以后,彼得罗娃就觉得文豪的目光似乎不再那么严厉了,倒像是因为没能加入他们而深感遗憾似的)。

在某年的三八妇女节上,彼得罗娃不无失落地发现,有这种疯狂幻想的远不止她和丈夫,馆里人几乎全这么干过。因为放着那么多房间、那么多幽静角落而不加以利用,简直就是罪过或者白痴。

彼得罗娃不记得自己小时候读过书,准确地说,她确定读书这个事实,却完全不记得捧书夜读、信手翻阅的那种感觉。因此,每次文学集会,她都会从书架上抽出一本童书,津津有味地翻看,往往便入了迷。像是补偿自己似的,她尽量营造出一种儿时的家庭阅读氛围:电水壶里咕嘟咕嘟煮着茶,顶灯关闭,台灯亮起,从冰箱里摸出饼干,伴着隔壁类似邻居家吵架拌嘴的说话声,坐到桌前,开始读书。

彼得罗娃曾立志读遍克拉皮温[01],但后者写书出书的速度比她啃书的速度还快,于是她便转向了那些创作道路业已完结并被墓碑永久封印的作家。她陆陆续续读了梅恩·里德、大仲马、柯南·道尔、沃尔特·司各特、萨多夫尼科夫[02],读遍了诺索夫[03]和楚科夫斯基[04],包括《比比贡历险记》这样的作品。她还看了小

---

01 弗·彼·克拉皮温(1938—2020),苏联及俄罗斯儿童文学作家、教育家。
02 格·萨多夫尼科夫(1932—2014),苏联儿童文学作家、电影编剧。
03 尼·诺索夫(1908—1976),苏联儿童文学作家、电影编剧。
04 科·楚科夫斯基(1882—1969),苏联诗人、批评家、儿童文学作家。下文中的《比比贡历险记》是作家最后一部儿童文学,于1945—1946年发表,后遭到严厉的意识形态批判,多年未曾再版。

时候看不到的书（特别是一些插图精美的绘本），比如《绿野仙踪》，其中她最喜欢的一本是《奥兹玛公主失踪记》，她在一部苏联电影里见过类似的故事——一群象棋棋子和一个普通的苏联小学生联手对抗一副扑克牌；此外好像还有一部电影，波兰的还是捷克的来着，讲一对双胞胎兄妹（或姐弟）假期里彼此冒充的故事。

馆里还搞过一次科里亚科夫[01]主题晚会，彼得罗娃之前从未听说过这位作家，可一读就停不下来，一口气读完了他的全部作品。她在阅读时尽量将自己想象成一个普通的苏联小学生，却仍然无法抑制对中篇小说《无密之岛》的主人公的强烈仇恨。那是一个小男生，一位梦想成为破冰船船长的模范少先队员，一个自以为是的败类。彼得罗娃对他的敌视极有可能仅仅因为，她的儿子更像小说里的负面形象——一个怯懦胆小的少先队员。毕竟，无论彼得罗娃对亲人的同情再怎么有限，终归还是有的。正面人物是个从不犹疑的领导者，彼得罗娃不喜欢这种对自我事业充满信心的人，每当她读到"坚定的目光""自信的声音""带着对自我正确性的兴奋加以痛斥"时，她体内不大好的东西便燃烧起来。

科里亚科夫的中篇小说《航天少年》，彼得罗娃几乎是带着暴虐狂的享受读完的，她感觉自己在吊打那些梦想殖民月球的二十世纪六十年代少年们。她清楚地知道，他们将以何种方式、在何

01　奥·科里亚科夫（1920—1976），苏联儿童文学作家、科幻作家。

种条件下度尽余生，因此，当她读到他们那些自信满满的话语和举动时，简直都要笑出声来了。她感到一种病态的遗憾：可惜科里亚科夫已经死了，没法续写航天少年在二十世纪九十年代的遭遇了。总的来说，就一部篇幅不大的中篇小说而言，里面似乎散布了过多的尸体，彼得罗娃对此尤为敏感。其中有一位姑娘，曾经只因少年管海明威叫"老海"就扇了他一巴掌，后来在火灾中英勇牺牲。还有一位试飞员，一出场就是死人，勋章满胸，乐队齐鸣，极尽哀荣。

彼得罗娃花费了大量时间在"冒险世界"系列丛书上，这套书才是真正令她兴奋的。她几乎没有同情的本能，却满可以设身处地地扮演一个苏联孩童的角色。阅读时她几乎分裂了：一个彼得罗娃津津有味地读着苏联不同作家的科幻作品，另一个彼得罗娃则站在一旁，看着墙纸陈旧的房间中的自己。第二个彼得罗娃颇为遗憾，冷战的铁幕挡住了西方二十世纪六七十年代的科幻杂志和书籍，因此无从比较对面人的宏图远志。也的确翻译出版了一些作品，但出版的都是最杰出的，而彼得罗娃恰恰想读些不入流的破烂货。彼得罗娃英语学得不好，但她怀疑，一个不入流的英美作家的写作词汇量未必就能大过她的阅读词汇量。她当年俄语学得也很吃力，但词汇量不也足以应付大部分的苏联科幻小说吗？

那天晚上，彼得罗娃读了《哈哈镜王国》和《晨星游记》。有趣的是，在翻看库巴列夫的作品目录时，她还发现了两本关于英雄少先队员帕夫利克·莫罗佐夫的书，却丝毫提不起阅读的兴致。

《晨星游记》彼得罗娃一目了然，一部童话而已，周游宇宙的方式可笑至极，人物也很愚蠢，但至少不会激起她的愤怒。假如拍成电影，应该也会很欢乐，或许至今仍会被人们反复回味。《哈哈镜王国》却令她有些抓狂，首先是因为，帮助奥莉娅洗心革面的娅莉奥本人就是从邪恶的哈哈镜王国来的。这本书里有很多前后出入之处，总来搅扰彼得罗娃，让她没办法平心静气地读下去，当然，也有可能，她的不满早就在心里累积了，只不过尚未表现为彻底的疯狂而已。

或许是今晚的茶令她平静；而前几天带过来喝的洛神花茶，无论其酸涩口感，还是血红的颜色都令她血脉偾张。茶是普通的茶包，最便宜的那种，叫什么"努丽公主"；饼干也是普通饼干，但包装纸里面还包了一层蜡纸，这无端地触发了彼得罗娃内心深处的人性之维。问题不仅在于包装，还在于饼干本身，这不是那种随处可见的、一入口就碎成渣的发面饼干，而是比寻常的饼干更硬些，类似于棋盘饼干，后者似乎更符合彼得罗娃正身处其中的那个小女孩的口味。

一般情况下，文学聚会持续的时间足够彼得罗娃先后三次将电茶壶烧热又放凉。而这次，兴许是她看书、喝茶、吃饼干过于投入了，又或是诗人们拖得太久了，总之，她先后将电茶壶烧热了五次。她不愿意去看表，以免破坏心情，因为她知道已经相当晚了，一则高窗外面已经暮色四合，二则路上来来往往的行人（下班回家的、去商店的、遛狗的）已渐渐少了。遛狗的人总在路灯的光斑下逗留，因为狗狗们就喜欢蹲在这些光斑里拉屎撒尿，其姿势之销魂宛如歌剧独唱。

保险起见,她还是往家里拨了个电话,好确认儿子已经平安到家,而没有落到变态狂手里,或者被车撞了。

儿子已经到家了,却没有立即接电话,电话锋利的滴声长久地切割着彼得罗娃的神经,想象力则为她描绘出儿子躺在手术台上的惨烈画面,尽管理智上她很清楚,倘若真出了事,她肯定会第一时间接到电话的。

"又玩游戏呢?"当电话终于被接起来时,她劈头就问。

儿子没回答,反问她还要在单位待多久。

"我不知道,今天又有那个文学聚会。"

办公室墙上挂着一面不大的方形镜子。彼得罗娃望着镜中的自己,不由得想,假如《哈哈镜王国》里的女主人公是她,那人们就得反念她那个佶屈聱牙的鞑靼姓氏了。莫说旁人,连她自己念起来都嫌拗口。当儿子遵照她的吩咐,极不情愿地汇报自己今天在学校的表现时,她便在心里一字一顿地将自己的姓氏反过来默念了一遍:娜—夫—托—梅—赫—阿—希—特—法。

儿子说他数学得了三分(五分制),这令彼得罗娃既郁闷又讶异,因为她刚才读到了那么多次数学得了三分,感觉自己像是变成了小说里的那位妈妈,一个抽象的次要人物,要么对儿子絮絮叨叨,以取缔某些福利相威胁;要么就哀叹一声,对其成绩听之任之。顺带一提,克拉皮温对妈妈的刻画令人发指,又是各种体味,又是温暖的手掌,读得彼得罗娃头皮发麻,她不敢设想儿子对自己也有这种近乎乱伦的情愫,假如她发现小彼得罗夫会暗中嗅她的体味，或者对她的抚摸产生异样的感觉，她一定会鸡皮疙瘩掉一地的。

彼得罗娃继续扮演着小说里的母亲角色，叮嘱儿子先把作业做完，再玩游戏看电视。作为一位普通母亲，彼得罗娃更希望回家以后能干点别的什么，而不是给儿子讲解数学题或者俄语语法，又或者帮他做手工作业，比如用硬纸板糊个新年主题的什么破烂玩意儿。文学小组的人虽然不会强迫她参与他们的活动，可他们在图书馆的喋喋不休总令她比平常日子更加疲惫。每次他们聚会之后，彼得罗娃唯一想做的就是瘫在沙发上，随意切换电视频道，谁也别来烦她。

彼得罗娃只顾着读书，和儿子讲电话，对镜自视，不知何时礼堂里的声音已经平息了。有人在轻声叩门。那是种卖弄风情，略带挑逗的叩门声，来自文学小组的组长，一位满头银发、目光和善、嗓音温柔的胖老头儿。彼得罗娃毫不怀疑，胖老头儿当年撩妹时一定是眼神、嗓音、读诗三管齐下的。彼得罗娃本人对诗歌完全无动于衷，但她却亲眼见证过，胖老头儿的那些拜年的打油诗给馆里其他女同事带来了怎样的反应。小组长对彼得罗娃也是各种献殷勤，似乎在检验自己的雄性魅力是否仍有库存。换作别人兴许真能见效，可在彼得罗娃看来，他活像在动物园玻璃墙后面挤眉弄眼的一只老猴子。彼得罗娃已经学会了通过敲门声辨别小组成员，何况聚会之后来敲她办公室门的总共只有三个人，包括胖老头儿在内。此外还有个穿白毛衣的中年男人，他的敲门声不是卖弄的，而是坚定的，他那胡子拉碴的面孔也是严厉的

（彼得罗娃毫不怀疑，假如她将他扒光，他裤裆里那玩意儿肯定也跟他本人一样坚定、严厉、孤独，说不定也穿着白毛衣，读着诗歌）。最后是个活泛的年轻人，很瘦，盆骨却极其宽大，连肥如麻袋的牛仔裤都掩饰不住，简直让人怀疑他是否也能生出孩子来。年轻人敲门的方式比较复杂，彼得罗娃过了很久才从中听出歌曲《一切照计划进行》的节拍。

"请进。"彼得罗娃应道。

胖老头儿组长将大脑壳探进门缝，先在屋内扫视了一圈，才说他们已经完事了。探头张望的同时，他将方格图案的羊毛围脖绕在了脖子上。

"哦，那我也可以走了。"彼得罗娃毫不掩饰终于解脱的轻松，当着胖老头儿的面坐到沙发上，将在馆里穿的便鞋换成了棉靴。那个阿林娜为了臭美，在馆里也成天穿着高跟长筒靴，对此彼得罗娃实在无法理解。

胖老头儿刚走，看门的老婆子就来了。说实在的，对于彼得罗娃她们每逢文学小组聚会便被迫留守，这位老婆子也难逃其咎。她一听说闭馆之后有外人要在馆里聚会便炸了锅，大吵大闹，声称倘若有人弄坏了椅子、打碎了吊灯或者砸了偷了烧了任何东西，她是概不负责。她还扬言要把厕所门锁了，谁也不准进。最后只能达成妥协，派一位图书管理员留守，以便维持秩序（其实就是在办公室枯坐一个半小时）。

彼得罗娃唯一庆幸的是，看门人和图书管理员的办公室不在一块儿，否则她肯定会疯掉，因为老婆子总带她孙子过来。也不

第四章
彼得罗娃发疯了

知是老婆子的家里人曾经出过什么问题，还是她认定这些问题客观存在，总之她坚信，自己务必全天二十四小时盯紧孙子，否则他长大以后就会变成杀人犯或者吸毒者。每次看见这个三岁孩子噤若寒蝉的可怜样，又听说他每个星期天都会被老婆子带去教会学校，还跟她一起祷告，彼得罗娃就恨不得扭断老婆子的脖子，把小男孩领到自己家去。

"今儿个怕是累坏了吧？"老婆子问彼得罗娃，声音里透着谄媚，好像彼得罗娃不是小小的图书管理员，而是手握实权的区段医生或者社保中心工作人员一样。

"没有，还行；要不要给您孙子带本书？给他读读睡前故事。"

"他已经睡下啦。"老婆子的语气理所当然，彼得罗娃却不由得眉头一挑——这还不到六点半呢！

"跟着你，他非蔫巴了不可。"彼得罗娃坦诚地说。

"咋会蔫巴呢？"老婆子惊讶地问，"又暖和又安生，他睡得。"

彼得罗娃想不通，怎么会有这种塌肩驼背、从头到脚都像粗麻布做的女人。她无法相信老婆子不是被人施了魔法，毕竟她年轻时绝不会是这副样子，否则她也不可能有儿子，更别提孙子了，任何男人见了她恐怕都得落荒而逃，哪怕是最能凑合的男人。无论如何，她毕竟曾让她未来的丈夫迷恋过、流连过一段时间啊。当然，老婆子也可能是老了以后才痴迷宗教的，年轻时或许也曾及时行乐过，但彼得罗娃不相信一个人可以如此彻底地改头换面。

就连她自己，表面上似乎成功地伪装成了一位正常女性，但时不时地仍旧难免露出马脚。有一回，就在图书馆，当着所有人的面出过这么一档子事：醉醺醺的丈夫跑到馆里来找妻子——少儿图书部主任——的麻烦，彼得罗娃愤然出手，左右开弓，几记漫不经心的勾拳就把醉汉打得头破血流。看着醉汉的鲜血大颗大颗滴落到镶木地板上，她努力装出一副厌恶的表情，又故作懊丧地甩甩被磨破的手指关节。所有人都惊呆了，纷纷问她以前是不是练过拳击，彼得罗娃只得谎称她只是在电影里见过，瞎猫碰上了死耗子。

彼得罗娃跟看门的老婆子道过别（她甚至不屑于打听老婆子的名字），又刻意等了一会儿，直到老婆子把长钥匙在高大的橡木门板的锁眼里转了两圈，这才走下门廊，朝无轨电车站台走去。她得去转地铁，坐到1905年广场站，再换乘26路有轨电车才能到家。

彼得罗娃无法理解丈夫对无轨电车的热衷：家门口的无轨电车（3路或7路）总是堵车，她不喜欢；无轨电车总拖着一对长辫子晃来荡去，她不喜欢；无轨电车上的乘客下车时总是慢吞吞的，她不喜欢；无轨电车的车厢里不是冷得要死，就是热得要命，她更不喜欢。没错，无轨电车基本能到家门口，而坐有轨电车还得多走一段路，而且等车的时间也久。但无轨电车也好不到哪儿去，甚至更糟：大老远就看见无轨电车混在车流中了，杵在十字路口的红绿灯前面了，可左等右等就是不挪窝，有轨电车则不然，说走就真能走起来。

第四章
彼得罗娃发疯了

家附近的超市建得也不是地方，没法下班路上顺带逛一下，而必须专程绕道过去，然后再绕道回家。但彼得罗娃喜欢那里的人：忧郁的女售货员，忧郁的保安，忧郁的收银员。没有任何事能令他们情绪激动，彼得罗娃从来没见他们吵吵过。彼得罗娃怀疑他们在上班之前喝了什么镇静剂，要么就是集体磕了药。每次看到他们那种放松的姿态，看他们慢条斯理地分装商品，相互交谈，彼得罗娃都会惊讶，在这样一种整体情绪的感召下，超市里何以没有自动响起魔性的雷鬼音乐？当然，超市的地板有点脏，遍地脚印，周围的店铺门脸（修手机的、卖光碟的、卖鲜花的）也多少遮挡了光线，但这只在春夏两季才明显，冬天彼得罗娃通常都是晚上才来，那时超市里的霓虹灯比外面的路灯还亮。装冻鸡的冰箱上方的那只灯泡已经眨巴了快两年了，也不见有人更换。超市里的冻肉看上去永远像化开了又冻上，冻上又化开，化开了又冻上过很多次的。

彼得罗娃不喜欢晚下班，但晚下班也有一样好处——晚点儿超市里人少。她不喜欢在货架间的过道上挤来挤去，不喜欢随时闪避载着小孩子的购物车，不喜欢自己的衣服被别人的购物篮钩住，不喜欢排队的人超过两个。唯一令她不满意的是，这个点儿的蔬菜称重处总等不着人，只能买已经包装好的，而那样的往往是不新鲜的。其实，散装蔬菜也新鲜不到哪儿去，但好歹还能挑拣挑拣。

还在货架间溜达的时候，彼得罗娃就预先生起了儿子的气，气他作业没做，餐具没洗，还气他昨天晚上就闹着要吃鸡蛋饼，还要放番茄、洋葱、香肠，偏偏她自己又不爱吃这个，所以晚饭还得做两份。

带着这份愠怒乃至怨毒，彼得罗娃回到了家。小彼得罗夫一听钥匙在锁孔里转动的声音就知道凶多吉少，便没敢立刻走出自己房间，可转念一想，要是不出来迎接，妈妈恐怕会更加火大，所以还是出来了。这时，彼得罗娃已经在往衣帽架上挂大衣了。

彼得罗娃一进家门，便将所到之处的电灯通通打开。她不喜欢暗，而前夫和儿子却总怕费电。小彼得罗夫的行为举止一点儿也不像个八岁的小男孩，反倒像个小老头儿，这点彼得罗娃也不喜欢。

彼得罗娃亲了儿子一下，埋怨道："家里黑得跟地下室一样。把东西拎厨房去。"

儿子的鬓角有股洗发水的味道，说明他已经洗过澡了，这点也更像个大人，同样令彼得罗娃不安。

小彼得罗夫拎起对他来说有点沉的购物袋，趔趔趄趄走到厨房，连灯也没开，便将购物袋不是放，而几乎是砸在了地上。

彼得罗娃忙说："轻点儿，里面有鸡蛋！自己要买的都忘了。"

她和儿子住的这套房跟丈夫住的那套（公公传给丈夫的）格局一模一样，墙纸也是同一种色调（虽然图案不一样），连浴室里的瓷砖、浴缸、马桶、盥洗池也全都一样，都是彼得罗夫的堂兄当年以优惠价搞到的。这总让彼得罗娃有种时空错乱的分裂感，神情恍惚之际，总搞不清楚自己究竟在哪套房子里。

连洗衣机都是同样的意黛喜牌，彼得罗娃每天下班回到家都会把身上的衣服扒下来，看也不看地扔进滚筒里速洗，只有那件羊毛衣留着单独洗。

浴室里没有浴巾，彼得罗娃便自己回卧室去拿，顺手打开卧室灯，打开电视，又将遥控器扔回了床中央。喊儿子给自己拿浴巾已经不合适了，毕竟儿子都已经上小学了。但结婚多年，她已经养成了洗澡不关门的习惯（结婚之前自然是要关的），因为家里人随时可能内急，丈夫倒还好说，儿子可不能憋坏了。

泡澡之前，彼得罗娃感觉自己已经再没有力气做饭、收拾屋子了，她担心自己会一跤跌倒；看见床，她好不容易才抑制住瘫在上面、一睡不起的冲动。部分罪过在于那双不舒服的棉靴，穿着特别累。可在热水里泡过一通之后，彼得罗娃的血条又满上来了。她在浴缸里整整泡了半个小时，真正洗澡其实只用了五分钟不到，其余时间她就那样躺在热水里，等它慢慢变凉，眼睛盯着浴帘，大脑一片空白。

泡澡令她如此放松，她甚至都不想再吼儿子了，虽然杯盘刀叉都是脏的，甚至都没有泡到洗碗池里，而是堆在了旁边。一个空可乐瓶堂而皇之地搁在餐桌上。这要是搁在泡澡之前，彼得罗娃一定会对儿子问责，喝令他把空瓶子扔进垃圾桶——垃圾桶还没倒！再亲自监督儿子把杯盘刀叉刷洗干净，洗不干净还得重洗。

听到洗碗池里响起了流水声，知道危险已经过去，小彼得罗夫这才走进厨房，在餐桌旁坐下，又一头扎进手机里。彼得罗娃懒得问他在玩什么游戏；儿子对其他孩子的手机和机载游戏的艳羡令她很不以为然。假如她像刚才那么光火,一定会让儿子放下手机去读会儿书,没准儿还会指定书架上的某本书,或者问他老师留了什么阅读作业,甚至会逼着他读出声来,从而把母子俩的心情全毁掉。

彼得罗娃自然明白,爱好阅读远非人生成功的保证,就拿她们这些图书管理员来说吧,对阅读的爱好给了她们什么呢?再说她丈夫吧,从小就喜欢看书、绘画,到头来还不是个修车的?饶是如此,每次看见主动往图书馆跑的孩子们,彼得罗娃仍不由得羡慕他们的父母。其实根本没啥好羡慕的,有些孩子不但穿得比自己儿子差,还一副营养不良的样子,可彼得罗娃就是羡慕。为了培养儿子的阅读兴趣,她和丈夫各种招数都用尽了:给他读睡前故事,给他买自己喜欢的书(在这方面最卖力的是丈夫,他清楚地记得自己小时候喜欢哪些书),他们自己也经常读书,以身作则——但通通不奏效。小彼得罗夫磕磕巴巴地读了一本《哈利·波特》,貌似还算喜欢,可续集出得太慢了。可电脑手机呢,小彼得罗夫是拽都拽不开。在这一点上,彼得罗娃跟馆里的女同事们同病相怜。每次跟扎在电脑里头的、钻进电视里头的,埋在手机里头的儿子说话,后者心不在焉的敷衍都令她抓狂。游戏机或者电脑游戏尚可理解,毕竟画面是彩色的,还有爆炸,有故事情节啥的,可黑白屏手机里头的游戏有啥好玩的?彼得罗娃想不通,也懒得去想。

倘若小彼得罗夫玩游戏(哪怕是电脑游戏)时能表现出点儿情绪来也就罢了,可他却不然,不管玩什么游戏,小脸上都是同一副冷漠表情。欢乐的"辛普森：横冲直撞"也好，恐怖的"寂静岭"也罢（这款游戏里有些地方连彼得罗娃听着都脊背发凉，尤其是主题曲），小彼得罗夫玩起来都跟在黑白屏的手机上玩"贪吃蛇"和"俄罗斯方块"一样淡定。要知道，有些小孩子就算玩起"贪吃蛇"和"俄罗斯方块"来都比他玩"寂静岭"反应更强烈。彼得罗娃甚至觉得，哪怕她放只乌龟在键盘上，没准儿都比儿子欢实。只有一点令彼得罗娃聊以自慰：像儿子这样的他们班上还有几个，也就是说，儿子至少不是什么另类甚至怪胎，而是近年来电子设备层出不穷导致的一种孩子发展的趋势。

小彼得罗夫甚至还有朋友，虽然只有一个。那是个小男孩，两人经常到对方家里做客，但也只是坐在一块儿，一起默默地玩游戏。彼得罗娃宁愿希望，他俩是因为有她在才放不开，当她不在的时候也会疯玩。小男孩一见着彼得罗娃就声带瘫痪，连句"阿姨好"都说不出来，但每次开家长会碰见小男孩的父母，被问起小男孩在她家的表现时，彼得罗娃都会一脸真诚地说，他们的儿子非常懂礼貌，希望他常来家里玩儿。小男孩的父母则说，还咋常来呀，他俩就差晚上睡一块儿了。

很难想象，两个外表如此不同的孩子脾性却如此相像。小彼得罗夫是黑头发，皮肤黝黑，即使大冬天也像是晒足了太阳的，整个人像是被拉长了的，一颗大脑袋顶在一条长脖子上；而他那位朋友则是淡黄色头发，小小只的，总被人当成幼儿园小朋友。单从相貌来看，哪怕是按照宪法规定，他也应该更活泼些，可他却不然，又文静又腼腆，跟小彼得罗夫一模一样。彼得罗娃想象不出，他们俩是如何在喧哗的学校、在闹腾的班级、在一群正常的坐不住的孩子们中间生存的。每次彼得罗娃带儿子去医院，其他孩子要么在走廊里疯跑，要么屁股上扎了蒺藜一样扭来扭去，要么就不停地跑去察看前面还有几个人并大声报出来。小彼得罗夫却老老实实坐在原地；跟他一起排队，省心是真省心，糟心也是真糟心。

有这样两件事恰恰发生在医院，令彼得罗娃对孩子产生了真正的喜爱。有一回她和小彼得罗夫在理疗诊室门口排队，已经相当晚了，走廊里几乎没什么人了，一个十来岁的孩子坐在长椅上，闲得无聊，便晃荡着一条腿，一下一下敲着椅腿。这种响动没有搅扰到任何人，除了一个带着自己十六七岁的儿子来看病的女人。她一下比一下重地喘着粗气；她每喘一次，彼得罗娃心里就涌起一股幸灾乐祸的舒坦。女人终于按捺不住，冲着小男孩嚷嚷，叫他别再敲了，因为她儿子病了（女人边说边指了指坐她旁边的少年，后者登时满脸通红）。小男孩打量了女人一番，敲得比刚才更响了，女人腾地站起身就要扑过去，却被彼得罗娃一句话定在了原地：彼得罗娃从书页后面冷冷地说，如果她不立马坐下，就得跟她儿子一起看医生了。小男孩感觉受到了庇护，下意识地坐到了彼得罗娃身边，腿却也不再敲了。

还有一回，彼得罗娃也是在医院排队时看书，一个小女孩从走廊那头走到她跟前，合上她的书，瞥了一眼封面上的书名，点着头，长长地"哦"了一声，然后说："而我读的是这个——"说着，给彼得罗娃展示了她的书——一本厚厚的奇幻故事，封面上画着一头恶龙。彼得罗娃只得笑笑,以此回应小女孩的天真冒失及其交换读书心得的愿望。

彼得罗娃怀疑,在小彼得罗夫体内也住着一头野兽,和她体内的是同一头,但她不敢直截了当地问,唯恐被儿子当成疯子,令儿子对她产生本能的恐惧。彼得罗娃不知道自己小时候什么样,不记得自己当年都在想些什么,又干过什么,所以无从对照儿子的情况。她几乎可以确定,她小时候没被人强暴过,上学路上也没遇见过变态狂;她确定,她小时候没受过家暴,母亲和继父也没对她实施过精神压迫。那么,这种精神错乱为何会出现在她的脑子里,又为何已经,正在,或者将要出现在她儿子的脑子里呢?——她不知道,因而饱受折磨。虽然对于自己的所作所为她几乎感觉不到任何罪过(至少是当冷螺旋在她腹内盘旋的时候),但她不希望这种破事也降临到自己儿子头上。

她的思绪从自己的儿子突然跳到了另一个小男孩。有一回,她帮少儿图书部的一位女同事顶班,一个小男孩看错了她的铭牌,叫她"希特勒阿赫梅托夫娜"(实际应该是"法特希阿赫梅托夫娜")。彼得罗娃怀疑,馆里的同事恐怕没有一个能准确无误地叫出她的全名,从她记得目前这个身体起,周围人便都叫她"纽拉",嫁给彼得罗夫之后,人们便改用夫姓,叫她彼得罗娃。有个刻薄的糟老头子,读了她的铭牌,恨恨地骂了一句"外来户",说纯正的俄罗斯族就快绝种了。

尽管彼得罗娃不喜欢人类,她选择图书馆主要是图清净,但对于馆里的同事她还是不无好感的。就拿女馆长来说吧,对此人无法不产生感情，因为那是独特的、来自过往时代的人，这种人如今已经没有了，虽然今天的人们已经享有充分的出行自由，国内外来去自如。女馆长生在农村，是无障碍办理身份证的第一代农村居民[01]，她参加过石油城建设，铺过石油管道，还上过大学，她住过最东边的符拉迪沃斯托克，也住过最西边的加里宁格勒，甚至一度在极圈地区执掌过图书馆。不仅如此，当年正是通过她，刚大学毕业的彼得罗娃才认识了自己未来的丈夫。

女馆长住得离彼得罗娃不远，也在列宁区，有天下班，女馆长说她丈夫在附近办事，让彼得罗娃（那时她自然还不姓彼得罗娃）搭车回去。彼得罗娃同意了，但馆长的丈夫没法直接送她们回家，他还得去一趟修车行，向一位熟人还钱。还完钱自然没法立刻就走，两人又聊上了，接着女馆长也加入了谈话。时值八月，车里闷热难耐，彼得罗娃实在熬不过，便也下了车。女馆长注意到旁边有个小伙子，正猫在发动机罩下面拧螺丝，皮肤黝黑，不知是晒的，还是机油弄的，当场便给彼得罗娃撮合上了，尽管她认识彼得罗娃才两礼拜。这种说媒拉纤的草率程式，令彼得罗娃想起当年，她母亲带着自家的母猫去跟邻居家的公猫配种时的情形，两只小兽冲着彼此呲呲嚎嚎了一整个晚上，后来自家的母猫就开始在家中各个角落做标记了。彼得罗娃投向自己未来丈夫的第一眼充满了慌乱和敌意。对于这个比自己小三岁的男人，彼得罗娃觉得无论如何都不可能与之共度一生。尽管当时

---

01 苏联直至1974年才对全体居民无条件发放身份证，而在此之前，农村人口没有身份证，出行自由也受到限制，去外地必须由集体农庄主席开介绍信，且不得超过30日。

她对人类的厌恶已经初现端倪，但对于自己将与之共同生活、生儿育女的那个人，她仍旧抱有某种理想。她没来由地认为，那个可能令她心动，令她萌生爱意的男人应该比她大，而绝不能比她小。她起初觉得，彼得罗夫就是个嘴上没毛办事不牢的愣头青，尽管他看上去既不嬉皮笑脸，也不油嘴滑舌，甚至还有点儿内向。

彼得罗夫的一位年长的同事也极力鼓动、怂恿，说一天到晚搞汽车有害身体健康，总用手解决也非长久之计，是时候做出决定，变得成熟了。彼得罗夫以一种彻底野化的眼神瞪着对方，这令彼得罗娃感觉他像个白痴；后来她才知道，就在那些天，有个姑娘正对彼得罗夫死缠烂打，宣称怀了他的孩子，彼得罗夫正一个头两个大，不住地埋怨自己从用手解决的正确道路滑向了男女关系的危险道路。后来真相大白，怀孕是假的，而彼得罗娃则留了下来。

头几次约会，彼得罗娃怀疑自己摊上了一个自闭症患者。彼得罗娃已经够不爱说话的了，可她的男伴更甚，连她自己说的屈指可数的几句话，也全都贴着对方的耳朵溜过去了。他们默默地在公园里散步，默默地坐在电影院嚼爆米花，默默地在比萨店吃比萨饼，然后——彼得罗夫就黔驴技穷了。"上帝啊，你可真没劲！"彼得罗娃有时候真想这么说，可一年后她却惊奇地发现，自己已经嫁给了这个男人，他每逢节日都会送她一束小花，她和他住在一起，而且一点儿不觉得乏味。再没有哪个男人，在彼得罗娃看来，能够如此平静地忍受她情绪失控时的大爆发，而她最最需要的,恰恰是这种以平静面对狂暴。在她突然失控,割伤了丈夫的手臂之后,她开始为丈夫的安危担心,于是决意离婚,这样一来,当她难以自控时便分开单过,等危机过去再住到一起。当然,情绪的爆发有时并不取决于她自己,她也并不总是能够从头到尾控制得住,但单从统计学角度来讲,有了这层缓冲机制,丈夫保存性命的几率毕竟提高了。

就连对她离婚的要求,丈夫也做出了惯有的反应:他啥也没问(彼得罗娃最怕他盘问),也没有大吵大闹,甚至没有表现出痛苦,当然,也可能他根本就不痛苦。儿子似乎也坦然地接受了这一切,没有像电影里那样,为自己臆想出小伙伴,或者看见鬼魂,或者陷入抑郁,将父母的离异归咎于自己。儿子的成绩也没下滑,仍然跟他本人一样,中不溜。这多少令彼得罗娃有些心塞,她宁肯儿子为家庭的解散感到难受,也好证明他是有感情的。

只是极其偶然地,他们家也会擦出一些火花,宛如在一团漆黑中擦亮一根火柴。那天,他们一家三口在一起看电视,好像是一部贺岁片,里面有美国巨星约翰·特拉沃尔塔和一些狗狗。没有人说话,只有儿子偶尔笑两声。彼得罗夫突然讲起他小时候有次去新年联欢会,雪姑娘牵了他的手,她的手冰凉冰凉的,就跟真的雪姑娘一样。儿子原本坐在彼得罗夫旁边,不知怎地,突然舒舒服服地靠在了爸爸身上。彼得罗娃见状鼻子一酸,喉头一阵哽咽,她悄悄起身去了浴室,破天荒地插上了门,打开水龙头,用手掌捂住嘴巴,尽量压低哭声,可事与愿违,她就像一个试图止住哭泣的孩子，越想停下就越哭得厉害。

彼得罗娃自己也不知道，她为何如此激动。

当这些思绪在她头脑里流动时，彼得罗娃并没有坐着不动，而是在做晚饭。自己的晚饭她决定搞简单点儿，煎点儿土豆片就得了。土豆彼得罗娃喜欢煎嫩些，不喜欢太焦。但彼得罗娃总估摸不好，煎几颗土豆就够自己吃了，免得吃不了放在冰箱里变硬了。她留一些在冰箱也是为了防备饥饿的前夫突然出现。彼得罗夫有时候半夜下班，突然想老婆儿子了，便会跑过来看一眼，全然不知正冒着生命危险。但这些多做的煎土豆、沙拉、白米饭什么的，最后往往还得扔掉。每到这种时刻，彼得罗娃都不由得心生愧疚，她会想起她的祖母，祖母每次都要把掉在桌上的面包屑扫到手掌上吃掉；她还会想起杂志上对某位意大利导演的采访，后者说他直到二十世纪六十年代才能买一顿像样的午餐，而在此之前，自打二战以来他就一直吃不饱，有时候甚至完全饿肚子。

儿子从来没有挨过饿，也从未经历过战争及其恶果，可有时候却像个从前饿怕了的，或者饿死鬼投胎，一见着吃的就管不住嘴。彼得罗娃每次做饭，他总要把手伸过来，揪一团烙馅饼的生面啦，拿一片拌沙拉的包菜叶啦，挖一指头生肉馅啦。他最爱的是各种生蔬菜——生胡萝卜、生土豆、生洋葱、生茄子。彼得罗娃一切法子都用尽了：又是给他补维生素，又是带他去化验蛔虫，看内分泌科医生，可小彼得罗夫却啥毛病也没有，尽管瘦得令人怀疑营养不良。生胡萝卜也就罢了，小孩子似乎都爱吃；生包菜有些孩子也爱吃；生土豆嘛，有些孩子出于好奇，偶尔也会尝一尝；可小彼得罗夫居然连生洋葱都吃！也别说生洋葱了，他连生肉都吃，就跟只猫似的。彼得罗娃便真像赶猫似的赶他，因为吃生肉很容易感染寄生虫和沙门菌，再说，上帝知道屠宰场会干出什么恶心事儿来呢！

彼得罗娃削土豆皮的时候，小彼得罗夫仍坐在那儿盯着手机屏幕，但彼得罗娃看得出来，他的耳朵已经竖起来了。当彼得罗娃开始切土豆丁的时候，小彼得罗夫便将手伸到了案板上，伸到了平底锅里。锅里的油已经哔哔啵啵地迸着油星子了，他捏了几块刚下进去的生土豆，塞进了嘴巴里。

"上帝啊！"彼得罗娃连叫了几声，"我不是给你买酸奶了吗，小祖宗！"

直到彼得罗娃用铝锅盖将平底锅盖住，偷吃土豆才算告终：铝锅盖很快就热得烫手，没办法徒手掀开了。

彼得罗娃又开始切香肠丁准备做鸡蛋饼，小彼得罗夫便又来偷香肠。看得出来，他喜欢这样淘气，他喜欢被切成小立方块的香肠，喜欢看它们从妈妈手底下的整条香肠里蹦出来。他仍旧盯着手机屏幕，一手用大拇指摁着按键，另一只手则伸向案板。香肠本来就能生吃，彼得罗娃便没有严厉制止，只是说，要不然也别做鸡蛋饼了，直接把香肠、洋葱放进碗里，再磕俩生鸡蛋，生吃得了。

小彼得罗夫笑着摇摇头，仍盯着手机屏幕。

香肠丁放进油锅，彼得罗娃又去切洋葱，虽然她明知道自己在做无用功：小彼得罗夫根本不在乎洋葱条的粗细，他似乎还更喜欢粗一些的，但彼得罗娃仍旧按照自己的口味切成细丝。

她一面切着洋葱，一面回想起她跟丈夫刚认识那会儿，同时注意到了儿子四处乱摸洋葱丁的手。彼得罗娃想，好像就在去年，儿子的手还完全是另外一副模样，像个幼儿园的小孩子，肉乎乎的，指关节处全是小坑，手指伸直的时候，两个手掌都是方的。眼下儿子的手越长越像他爸，手指又细又长，瘦骨嶙峋的，整个像被拉长了，好像他这一年啥也没干，光练钢琴了。他的脚也变大了，鞋码比她的小不了几号了。每次看见儿子光着脚在屋里走动，她都感觉儿子像穿着一对脚蹼。连他身上的气味都变了：早先他身上不是沐浴露味，就是灰尘泥土味，如今他身上散发出某种属于他自己的独特气味，他的房间里就充斥着这种气味。儿子的蜕变即便没有令彼得罗娃感到不安，至少也给她造成了一些不便。她感觉自己变成了一个正常人，图书馆女同事中间的一员，每次谈论起孩子都忍不住感叹，孩子小时候多么多么可爱。理智上她明白，孩子小啥好处都没有，得不错眼珠地盯着，唯恐出了差池，孩子连饭都不会自己吃，不会收拾东西，不会自己热饭，要一天二十四小时母爱泛滥地围着孩子翻跟头，可她却打心眼里怀念那段时光：儿子一小杯酸奶便吃得饱饱的，几分钱的一个小玩具就欢天喜地，清早一醒来就跑到她和丈夫房间里来要亲亲，晚上不开着灯就睡不着觉——所有这一切，无论愿意与否，她都忍不住怀念。

儿子把手伸到了菜刀下面，玩大发了。彼得罗娃的心后知后觉地一紧：先是她的耳朵听见一声脆响，随即她的眼睛看见儿子闷声将手从案板上缩了回去。好在，发出那声脆响的并非儿子的手指，而是一小段洋葱。儿子终于不再盯着手机，转而盯着手指了：一大滴鲜血从一处斜斜的伤口溢出，悬而不滴，宛如一颗晶莹的马林果。

一股寒意从彼得罗娃的太阳神经丛处苏醒。她仿佛瞬间获得了透视眼和显微镜眼的超能力。她明显地感觉到，自己的瞳孔一见到血便迅速放大了。她真真切切地感受到了儿子全部五层的生理组织，从角质层到基底层，看见刀子从哪个角度将它们逐层剥开，感受并看见血管如何被切断，看见并感受到神经细胞如何抽搐着，以一连串电光石火的化学反应和电脉冲，将信号传导给大脑。她看见肾上腺素将腹部、四肢和皮肤的血管压缩，而通往大脑的血管则扩张开来。一瞬之间，彼得罗娃看到，她的儿子并非一个人，而是一个由肠子和脊髓构成的异形怪物，那肠子经过复杂的进化，已经拥有了自主生命，那脊髓也并非普通的人类脊髓，而是按照数百万年前形成的某种程序存活着的。她看见了成百上千万的细菌，在儿子的皮肤上和皮屑里蠕动，而皮屑窸窸窣窣地从他身上掉落，如同枯萎的松针。

儿子并未察觉母亲的异状，他正一声不吭地颠倒着手指，以免凝聚的血滴弄脏地板。彼得罗娃这才发觉，自己手里仍抓着刀子，忙小心翼翼地将其放进洗碗池。

"玩大发了吧？"彼得罗娃生气地质问儿子，同时又不免为自己的先见之明自鸣得意，因为她早就不止一次警告过儿子，不要在她切菜时往案板上伸手。

儿子依旧没吭声，托着伤指绕过了彼得罗娃。他平衡着渗出的那滴血，神情庄重，甚至不无骄傲，仿佛托着一枚勋章。他旋开冷水龙头，将伤口伸到细密的水流下面。彼得罗娃腹部的寒气越发冰冷，她看见血滴没有立刻溶入水中，而是在水中抱成了一团，如同新修的水龙头里残余的铁锈，又像是继父用来喂鱼的一团蠕动的红线虫，又像是洗在一杯清水里的水彩颜料。血滴在洗碗池底部的水面上华丽地打着旋，在泄水孔边缘处氤氲开来，如同印象派画家的目光。

为了转移注意力，彼得罗娃努力集中精神翻动平底锅里的土豆，接着又将洋葱剁成碎末。面对儿子质询的目光，她回答说，等血止住了给他贴个创口贴。儿子看着她磕了几颗鸡蛋在碗里，又往里面倒入牛奶，开始用打蛋器搅糊糊。他不时地关闭水龙头，察看血是否已经止住。血已经止住了，但他还是把手指伸到水流下，试图以此减轻伤口的灼热感。他先后四次将完好无损的那只手的食指伸进面糊里，每次彼得罗娃都说："你又来？！"她也眼看着儿子的伤口，努力装出一副漫不经心的样子，但刀口处外翻的白色皮肤和内里的隐秘红肉看上去如此粉嫩动人。

刀用不着了，彼得罗娃以防万一将它收进了抽屉。抽屉关闭之前，刀光一闪，劈出了短暂的幻觉：儿子歪倒在洗碗池上，割破的喉咙如同开到最大的水龙头。彼得罗娃慌忙环视厨房一周，将剪刀也塞进了抽屉。她意识到这次受的刺激尤其强烈，她感觉得到，幻想与现实之间的膈膜如同肥皂泡一样纤薄。眼下没有机会结果任何人的性命，她只得聊以自慰地将手放到儿子的后脖颈，半开玩笑地用两根手指——大拇指和中指——掐住了他的脖子。儿子笑着缩成一团,却并未挣脱。

彼得罗娃期冀着天亮之前便可解脱,但此前还从未如愿过。她一面心怀希冀,一面细细筛选着新的猎物。她已经有了两个候选目标:热衷解剖学和萨德侯爵的小学门卫,以及阿林娜的爱挥舞拳头的刑事犯丈夫。选择其中任何一个,都意味着另一个不得不永远放弃,因为二者或多或少都与她所在的图书馆有所关联。

为了逃避腹部的寒流,彼得罗娃坐到厨房凳子上,伸手摸到糖罐旁的遥控器,打开了角落搁架上的小电视机。那是彼得罗夫装的,他喜欢不管在哪儿,身边都能随时有些响动。儿子吃惊地看向彼得罗娃。往常父亲不在家时,只要他一开厨房电视,母亲准会建议他不如去看会儿书,有时甚至都不是建议,而是命令。

彼得罗娃发现自己的两只手正微微颤栗,而且不光是手,整个呼吸都在颤抖,为自己险些铸成大错而深感后怕。在此之前,她还从来没有冒出过杀死亲人的念头。她设想过自己有可能会误伤丈夫,毕竟丈夫是个成年男人,却从未想过,儿子也是男的,她的机体此前从未意识到过这一点。她一向视儿子为无性生物,像只仓鼠一样,直到眼下她才想到,儿子也会长大——事实上,儿子已经长大并且成熟了,如今对此也不得不采取防范措施了。但她没办法跟儿子也离婚,或者不加解释地一走了之。

"去拿创口贴来,我给你包上。"

"创口贴在哪儿?"

"在药箱啊,还能在哪儿?"

"药箱又在哪儿?"

彼得罗娃向小彼得罗夫投去如此沉重的一瞥,后者只得转身朝客厅走去。客厅架子上放着一个塑料箱,箱体已经泛黄,盖子上画着一个大红十字。

无论彼得罗娃还是彼得罗夫,此前都未曾想到过,药箱得防着儿子点儿,以免他乱吃药片中毒。彼得罗娃决定,再见着彼得罗夫一定得给他也提个醒。

小彼得罗夫取来一盒创口贴,端着伤指站在一旁。彼得罗娃从柜子抽屉里取出剪刀,她先用剪刀尖冲着儿子,这时她发现,剪刀尖离儿子紫罗兰色的法兰绒连帽衫如此之近,离他探出领口的脖颈如此之近,离他那布满纤细而隐秘的毛细血管的脸颊如此之近,便忙转身面向桌子,并刻意弓开两肘,以免儿子再被剪刀割伤。可小彼得罗夫偏又转到侧旁,赌气地看着她。直到彼得罗娃给他包裹伤口时,他仍带着怨气。自己固然有错,可儿子也是咎由自取,想到这儿,彼得罗娃不由得责骂儿子,说她在单位累了一天,说要是、如果、万一,她一失手,把他割得更深怎么办?还得叫救护车,而这全因为他手欠。可小彼得罗夫依旧那副表情,丝毫不觉得理亏。

彼得罗娃还没说完,小彼得罗夫已经抠起创口贴来了。

接着他们吃了晚饭。彼得罗娃拿来一本书(具体是什么书她都不大清楚),一行接一行地看下去,一页看完就翻到下一页。小彼得罗夫看出母亲心里有愧,知道自己获得了在厨房看电视的特权,便换到某个名字拗口的动画频道,边吃边看,鸡蛋饼渣掉了一地。他看的是《图坦斯泰恩》[01]，平日里令彼得罗娃抓狂得不行，哪怕儿子提上一嘴都令她无名火起。她无法忍受的动画片还有《天才小子吉米》和《忍者神龟》。其他孩子看不看她不管，自己儿子看她却受不了，何况儿子还看得津津有味，咯咯发笑。她感觉这些动画片让儿子变笨了。《忍者神龟》最令她反感的是，乌龟们把什么坏事都归咎于施莱德，哪怕抬头看见乌云密布，乌龟们也会说："今天有点儿不对劲儿，一定是施莱德在搞鬼。"每次听见这话，连彼得罗娃这样一个斯文人都忍不住想要破口大骂："该死！真是笨蛋，就不能阴个天吗？"可到头来，的确是施莱德在搞鬼，神龟们便跟他做斗争，四只乌龟大战施莱德，最后自然是大坏蛋落荒而逃，临走还不忘挥舞着拳头叫喊："我还会回来的——！"

连书页都挡不住彼得罗娃粗重的喘息，特别是当《图坦斯泰恩》的经典主题曲响起时。那个旋律带有浓郁的民族风情，很像苏联经典动画片《兔子站住！》里，大灰狼扮演的江湖术士将眼镜蛇从篮子里引诱出来时吹奏的曲调。小彼得罗夫没敢得意忘形，匆匆吃罢晚饭便跑回自己屋去了，把个脏盘子留在了餐桌上。彼得罗娃又狠狠地叹了口气，但儿子已经听不见了。

彼得罗娃估摸着腹部的寒流，一面努力以意志加以压制，一面神情恍惚地刷了自己的和儿子的餐盘，又从地板上清走了鸡蛋饼残渣，走进了自己房间。

---

01 美国动画片，讲述一位古埃及法老复活后的种种奇遇。

往手上脸上涂抹晚霜的过程多少让她平静了些,她想的已经不再是冷螺旋本身了,而是这一切将持续多久。显然,这个神出鬼没的冷螺旋必将终结,要么凭借她自身的努力,要么借助于执法部门的强力。彼得罗娃反复对自己说,这次真的是最后一次了。她很恼火,若非儿子手欠流了血,下次发作还不知道啥时候呢。假如她当真切断了儿子的手指,心急火燎地跑去叫救护车,兴许反倒会转移掉注意力,毕竟这种事情对她而言太过可怕,冷螺旋或许压根不敢从它的老巢里钻出来。

彼得罗娃瘫倒在被子上,一边看书,一边听新闻。新闻里不断重复着非洲某海域飞机坠毁和特拉维夫市郊区公交车爆炸的消息。两处都出现了浓烟滚滚的场面,几乎一样稠密,并且都向左侧倾斜。电视屏幕上令人费解的屏保图案在彼得罗娃视线的焦点之外闪现,很像讲解截面的几何教材,这牵引着她的视线离开书页,不知怎地,盯住了居家袍下面露出的两条光腿,半晌才重新回到书页上,但仍像刚才那样,只是机械地扫描书页上的字母,机械地翻页。除去冷螺旋在她体内盘旋并难以摆脱之外,她还有种浑身不得劲儿的感觉,仿佛自己不是躺在床上,而是蜷缩在一个逼仄的囚笼里。彼得罗娃抱着书,不停地变换姿势,但身体的不舒适感并未消失。"我要是站了一天也就罢了,可是并没有啊。"彼得罗娃生气地想。好半天她才想到,一定是房间里太闷了,便起身将窗户开了一条缝,一缕清风立刻扑面而来,她这才心满意足地钻进被子,寻思着要不要换上睡衣。很快被子里就变得过于燥热,她将被子踢开,身子却忍不住一阵颤栗,但不是方才看见儿子的血溶解在洗碗池里时的那种颤栗，而是寒颤。她忙又钻进被子里，只露出两只眼睛在外面，翻来覆去地折腾，好让被子压得更严实些，等着寒颤过去。

"哈，我病啦！"不知为何，她有股莫名的兴奋。

她已经开始设想，明天，她会在公园旁边守候阿林娜丈夫，树枝上挂满了霜，路灯的光线将比往日更加刺眼。她会发着高烧，忽冷忽热地走在街上，而高烧则试图阻滞侵入她体内的流感。她会站到树荫下，等待男人从专线小巴上下来，先放他走在十步开外，然后慢慢向他逼近。她的鼻咽部将有一团令人愉悦的热气，与太阳神经丛处的寒流形成鲜明对立。接着，她用左手从大衣兜里拔出刀子，两次扎向男人的心脏，一次刺入他的咽喉，接着用右肩将他撞进路旁的灌木丛中。男人将在雪地里微微颤动，度过其生命的最后几分钟。冷螺旋将立刻消失，就像从未出现过一样。彼得罗娃头也不回地向前走去（嗯，也许会回头看上一眼），穿庭过院走到下一个公交站点。她将感觉到那样一种热浪，仿佛终于回归了她所来自的那团火焰。

第五章
彼得罗娃平静了

第二天一早,彼得罗娃意识到,什么远赴站台、守株待兔,都是不可能的了。她感觉自己不是睡了一宿觉,而是搬了一夜砖。她的确梦见自己在搬一堆铸铁块,形状很像商店里的长面包,但比那个还要长一倍。一整宿她一次也没起来过,别说冲包感冒灵了,连退热净都没顾得上吃两片,因为实在起不来。她依稀梦到自己终于下定了决心,挨到了客厅,打开药箱,可里面净是些没用的药,找药于是变成了一场流感噩梦,她没完没了地翻拣着药片,翻着翻着就搬起了铸铁块。她想起来,铸铁块上还刻着字母,按照被烧烫的大脑的逻辑,那应该是药品名称,事实也的确如此,但不是什么"左旋霉素",就是些不知所云的玩意儿。彼得罗夫之前说,他一个朋友有次得了流感,梦见自己在几何课上没完没了地画三角形。彼得罗夫还说,他自己有次得了流感,梦见自己在食指肚上托着个极小的东西,怎么也看不清楚是什么,但与此同时,他又看见自己正站在一片广袤的田野上,一眼能望到天际,可头顶上却并非天空,而是一张巨脸,甚至不是脸,而是一只巨眼,甚至连眼睛都不是,而是一个黑色的什么东西,恍惚是趴在他头顶的那只巨眼的黑色瞳孔。

从睁开眼睛到不得不叫儿子起床上学,整段时间里,彼得罗娃几乎一直站在淋浴喷头下面,忽而想要暖和起来,忽而想要冷却下来。

但杀人的念头却仍未放过她。彼得罗娃希冀着,吃完药,她能有力气满足腹部的冷螺旋——它依旧赖在原地,连窝都没动。因此,吃早饭时(儿子吃的是昨晚剩下的那半张用鲜血换来的鸡蛋饼,彼得罗娃则只喝了一杯用白开水冲泡的柠檬口味的药),她嘱咐儿子今晚去爸爸那儿住,理由是自己病了,不想害他生病,结果一下子说秃噜嘴了,说成了不想"害他性命"。小彼得罗夫听了咯咯直笑。

彼得罗娃想起来,由于昨晚的意外,她非但默许儿子在厨房看了电视,还忘了检查他的功课。她当即将儿子的书包开膛破肚,对着儿子的作业本长吁短叹,叹儿子那大而幼稚的笔迹和无可救药的错误,叹记分册上三分与四分的循环往复。记分册封皮上的变形金刚贴纸同样令她无语。而当她看见记分册封底写着的几个大字——"彼得罗夫大傻蛋"时,她简直要骂出来了——儿子为啥不把贴纸贴在这上面,而要贴在封皮上?!她想,那句话或许真有几分道理,但她没这么说,她为儿子感到伤心。

儿子的鞋还没穿好,他那位人小胆也小的小伙伴就来了。从局促的门铃声判断,他应该是跳着按的门铃。彼得罗娃客气地请他喝茶、吃饼干,他只是红着脸摇头。他头上戴着一顶漂亮的蓝色护耳皮帽，帽身是防水料子，帽檐和耳朵内侧缀着白色的假毛皮。彼得罗娃问他从哪儿买的这么漂亮的皮帽（小彼得罗夫戴的只是顶普通的红色编织帽），可面色苍白的小男孩却答不上来。直到彼得罗娃使出了诱导性提问（只让他点头或者摇头），才问出了答案。

她站在窗口目送两个孩子走出家门，朝学校走去，好确认没有变态狂跟踪他们。小彼得罗夫知道母亲在窗口，便回头望了一眼，朝她挥了挥红色连指手套。小彼得罗夫跟他的朋友并排着走路，但彼得罗娃还是看见儿子摘下了连指手套，将手指上的创口贴展示给朋友看。"小兔崽子。"彼得罗娃恨恨地想，儿子指不定咋描述事情经过呢。

注视儿子走远以后，彼得罗娃又给自己量了一遍体温，冲了一杯感冒灵，虽然她觉得感冒灵一点儿也不灵。反正烧是一点儿没退，还是38.5度。这个样子没法再去图书馆了。当然，她也可以硬着头皮去，把流感传染给其他人，但非到万不得已，她还是不想这样做。她给女馆长打了电话。

"你就不能等到新年吗？"女馆长故作不满地说，"行啊，你请病假吧，我可不想托你的福，躺在床上听新年钟声。你确定是流感，不是肠病毒啥的？馆里也有好些个读者，靠，流鼻涕的，咳嗽的，你说你都感冒了，还他妈来图书馆干吗？行，你在家待着吧！唉！你这一待就短不了。你儿子还没病？等着吧，早晚得病，你还得请假照顾他。"

彼得罗娃连忙保证，说儿子已经大了，就算真的病了，她也不必请假，女馆长这才放过她。

深受鼻涕咳嗽之苦的彼得罗娃决定收拾东西去趟医院。她想找包纸巾路上擦鼻涕用，可家里没纸巾了，新买的手绢她又不爱用，它们有些掉色，总在鼻子底下留下一抹红，还得挑着没沾鼻涕的干净地方擦。为了止住鼻涕，她连最不待见的薄荷药水都用上了——那薄荷味儿太冲了，弄得鼻子里酸爽又刺激，一整天下来，不管吃啥喝啥，都有股子桉油味。她又喝了止咳药水，里面除了桉油味之外，还有股廉价白葡萄酒的余味，喝完之后连打嗝都是杂醇油味的。就算是急性呼吸道感染引起的普通咳嗽，喝了这玩意儿也会觉得难过，再加上流感，真的要哭了。最糟糕的是，两年前彼得罗夫生病，禁不住大街上药品推销员忽悠，一下子买了六盒，如今两处房子都还有存货。扔了又怪可惜的，因为难喝归难喝，倒也确实管用。

医院里像彼得罗娃这样的已经排成了长队。光排队挂号就等了半天，等护士找她的病历本又等了半天，最后才沿着镂空楼梯向二楼爬去。楼梯上贴着很多宣传健康生活方式的招贴画，有的上面画着被烟熏黑的肺部，有些教人们如何做人工呼吸、如何包扎伤口、骨折时如何固定夹板。彼得罗娃问清楚谁排队尾，坐到了理疗室门口的长椅上。每次有人从理疗室出来，连鼻子不透气的彼得罗娃都能闻到臭氧和桉油的混合味道。走廊长而昏暗，只亮着些晦暗不明的小灯；每当有人从身旁经过，长椅下的地板便微微颤栗。走廊两侧各有一扇窗户，其后都有光，但亮度不一：右侧窗户后面是粉红色光，左侧窗户后面只有些微弱的蓝光，仿佛病房里正在用紫外线灯消毒。

彼得罗娃百无聊赖地用病历本拍打着膝盖,看着墙上宣传醉酒受孕危害的招贴画。她环顾四周,发现周围全是咳嗽、擤鼻涕的病人,比招贴画上奇形怪状的生理畸形强不到哪儿去。

足足过了一个半小时,天已大亮,好不容易轮到自己了,两个老太婆却先后加了塞,说"就是问一嘴"。终于,彼得罗娃挪进了内科医生的诊室。女医生戴着口罩,似乎唯恐被病人传染。她随口问了两句,便断定彼得罗娃得了流感,填起桌上的一张浅蓝色单子来。彼得罗娃坐的病患椅侧对着女医生,正对墙壁,墙上也有张招贴画,描绘的是分娩的不同情形,有顺产的,也有不大顺产的,比如脚先出来的那种。

女医生的办公桌上铺着一张玻璃台面,台面下压着几张明信片、一张奖状,还有张黑白照片。斜侧射入的阳光越过女医生的肩头晃在玻璃台面上,看不清照片上的人的性别和年纪,只能看见一件男女老少都能穿的针织衫。阳光将窗户的上半部分晃成了一片亮白,如同核爆炸的光华,仿佛窗外并非街道,而是另一间装满顶灯的办公室;窗户下半部分用跟女医生的白大褂同一种料子的白色窗帘遮住。

彼得罗娃头顶正上方的荧光灯不知为何也开着;在窗外阳光和头顶灯光的双重压制之下,女医生左侧的台灯黯然失色。

彼得罗娃临走前,女医生塞给她几张广告传单,上面以科学的视角宣传了免疫调节剂在感冒预防中的作用。彼得罗娃一出门就把它们丢进了垃圾桶。

走到街上，彼得罗娃连咳带喘了好一阵儿——在医院她一直努力憋着来着。她感觉自己不是从寻常的地表建筑中走出来的，而是从某个尘封已久的地下室乃至防空洞里钻出来的。医院的外表看上去和内里一样古老，仿佛刚从灰烬中挖出来的庞贝城，倘若再次走进去，一定能发现僵死的人形石膏，或者类似"拉奥孔群像"的雕塑，只不过，被蟒蛇缠死的拉奥孔及其儿子们换成了患者，而蟒蛇则换成了医神阿斯克勒庇俄斯之蛇。

想到可以光明正大地不去上班（准确地说是不必费尽周折地穿越整个城市），彼得罗娃感觉精神有所振奋。她想，天黑之前她或许可以攒足力气，赶到阿林娜家附近。关键是不能倒在床上睡过去，否则再想爬起来可就难了。

回到家，为了给自己找些事做，彼得罗娃同时发动了大扫除和大清洗运动。但她的气力仅够支撑她擦完了两间屋子的地板，将儿子房间里到处乱扔的衣服收进衣柜（她心想，非得好好数落他一顿不可），又收拾了儿子的书桌和电脑桌，将光盘摆到架子上，捡走了窗台上的糖纸，整理了他的被褥，想了想，又把被褥摊开，更换了床单被罩，再重新整好。

然后她就发现自己已经躺在卧室床上了；她想，也不知道两个小时的洗涤结束了没有，可她已经没有力气走过去察看了。

大扫除一开始，她就把家里所有窗户一一打开，连阳台门也开了一条缝，好按照医院招贴画上的建议，给屋子通风换气。可眼下她却鼓不起力气起身将那些倒霉的窗子一一关闭了。裹在被子里她觉得热，可刚从被子底下探出一只脚，小风一吹，她就立刻浑身发冷。

最后，她还是裹着被子，哆哆嗦嗦地，唯恐着一丝冷风，沿着自己的领地巡视了一圈，将窗户和阳台门一一关严。阳台护栏上停着一只山雀，一只爪子里抓着什么东西正在啄，看见彼得罗娃，翅膀一扑棱，直直地掉下去了。

返回卧室途中，彼得罗娃险些被绊个跟头。原来是吸尘器的电源线，用完忘记收了。她将电源线一节一节缠好，将吸尘器放回满是灰尘味的壁橱里。壁橱里还堆着高高的一摞书，其实早就该扔了——里面有《大仲马文集》，从来没有人读过，不知道怎么跑到他们家里来的；还有一套《当代美国侦探小说》，二十世纪七十年代出的；另有三本零散的《列宁文集》，分别是第五卷、第七卷和第十三卷。身为图书管理员，彼得罗娃自己是不忍心扔书的，她一直指望着丈夫或儿子有朝一日能够代劳。壁橱里还有一架小雪橇，儿子小时候坐着它去过幼儿园，后来就再没有滑过了，一直放在壁橱里落灰，甚至都有些生锈了。

收吸尘器的时候，彼得罗娃仍裹着被子；她无意间一回头，在客厅的镜子里看见了一个格尔曼电影里的人物。她之前在《首映式》杂志上（好像是一九九八年）读到过这部关于阿尔卡纳尔屠杀的电影[01]，上面有几张片场照，里面的人也全都病恹恹的，瘦骨嶙峋，披着床单一样的斗篷。彼得罗娃家的那床被罩原本是很

----

01 指阿列克谢·格尔曼（1938—2013），执导的科幻影片《上帝难为》，改编自斯特鲁伽茨基兄弟的同名小说（1964）。影片于2000年以前开拍，直到2013年格尔曼去世之后才得以上映。阿尔卡纳尔是一个虚构的外星城市，其文明程度接近于欧洲中世纪，当类似于文艺复兴的思想解放运动发起时，其统治者对思想家和艺术家疯狂屠戮。

喜庆的花色，流湍飞瀑，繁花似锦，可惜已经洗得褪了色，连正反面都分不清了。眼下彼得罗娃披着它，都能直接去格尔曼的片场拍戏了。

将吸尘器葬入它的墓穴之后，彼得罗娃决心不再做任何事。冲退烧颗粒的马克杯已经凑了五只，可高烧却依旧没退。高烧先是往电视机上罩了一床被子，接着又往它嘴里堵了一团棉花。书再也没力气读了，彼得罗娃只想静静地躺着，呆望着电视机屏幕，打盹儿。窗帘拉得严严实实，没有一丝光。"怕光，狂犬病。"——这个突如其来的念头立刻在她脑子里炸裂成偏执狂的臆想，她开始使劲儿回想，自己最近有没有被啥咬过，比如闯到家里的猫或者大街上的狗。她想起来了，一周前她走在街上，确实有只哈巴狗冲过来咬住了她的皮靴，直至狗主人跑过来，道歉不迭地将它拽走。

仰面躺着不舒服，彼得罗娃便翻个身，抱着枕头侧躺着，面朝电视弓起身子。电视里先是有人在照料几头生病的狮子，接着又有人捕捉鳄鱼。彼得罗娃调到专门播放苏联少儿电影和动画片的频道，里面不再是人救狮子，相反，是狮子救人——一头名叫波尼法的马戏团狮子拯救一群非洲小朋友于无聊，后者咧着嘴一个劲儿冲观众傻笑；也不再是人捕捉鳄鱼，而是一头鳄鱼千方百计想咬住一头小象的长鼻子。

抱着枕头，彼得罗娃想起了少儿图书部一位女同事的经历：有一回她得了流感，烧得迷迷糊糊，怀里抱着的东西不停地换来换去，起先她抱着一只猫，醒来时却抱着一只狗，她将狗抱得更紧，又睡了，再醒来时，身边却躺着个孩子，正用她的身子暖自己的后背，手里还拿着电视遥控器不停地换台。当时大家都对这个故事大为动情，唯独彼得罗娃不以为然，哪怕眼下她这么难受，也没有觉得这个故事如何如何。她之所以想起它，无非情景相似而已。

彼得罗娃伴着《燃烧吧，我的小篝火》的旋律睡着了，那本是电影《青铜鸟》[01]的片头曲，可她梦见的却不是鸟，而是一柄短剑，她想用它刺死阿林娜的丈夫，她在林荫道上逼近了他，却发现非但不能杀他，反而要救他，因为他吞下了大量铁钉。彼得罗娃在梦里长久而痛苦地拨打着急救电话。急救电话的号码长得要命，由难以想象的一长串数字构成，而且键盘上的数字不停地变换位置，后来她才发现，自己不是在拨电话，而是在编辑短信。彼得罗娃翻开功能菜单，切换到呼叫界面，可号码却死活想不起来了。吞了铁钉的阿林娜丈夫便对她口述，她又开始拨号，结果不是她按错了按键，就是阿林娜丈夫说错了数字。最后，彼得罗娃被他俩的愚蠢给生生地气醒了。

"不就是03嘛，靠！"想到这儿，尚未醒透的彼得罗娃立刻又掉进了那个梦境，继续拨电话去了。

可再回到梦里时，阿林娜丈夫却好端端的，完全忘了吞钉子的事。他没有继续给彼得罗娃提示急救电话号码，反而向她口述起了图书馆年度工作总结，谈到读者群在居民中的占比，以及馆

01　1974年上映的苏联儿童电影，讲述战后初期一群孩子根据一只青铜鸟的线索寻找战前埋藏的宝藏的故事。

里搞的旨在吸引新读者的活动。他着重讲了某小学来馆里参观那次，当时彼得罗娃向小读者们介绍了如何使用图书目录查找图书，她一面讲，一面担心小孩子们偷偷把藏书卡揣进自己兜里。在描述彼得罗娃当时的心态时，阿林娜丈夫换成了辞藻华丽、充斥着教会斯拉夫词汇的十八世纪语言。他说的那些话彼得罗娃全得一句不落地在手机上打出来，而且他说多快，彼得罗娃就得打多快。可彼得罗娃居然能跟得上，连她自己都觉得吃惊，然而，当她回头看自己打出来的内容时，却发现全是一堆乱码，只有两个字看得清楚——"尽量"，可她不记得阿林娜的丈夫说过这个词。阿林娜丈夫说要检查她打得对不对，彼得罗娃谎称都对，却不肯交手机，说过会儿再给他看，她百般推脱，可阿林娜丈夫偏偏倔得要命。就在这时，救护车到了，彼得罗娃这才想起吞钉子的事。

彼得罗娃终于醒了，直到确认年度工作总结已经做好了，这才松了口气，但沉重而迟缓的心跳又持续了好一阵儿。

她又回到了梦里，想看看吞钉子事件究竟如何结束。在梦里，她按照梦境的逻辑，决定还是应该干掉阿林娜丈夫，可后者却被一大群医生团团围住，又被送到了医院，彼得罗娃便以其妻子同事的身份陪同前往。乘坐救护车前往医院的路途没有呈现，场景直接切换了，彼得罗娃开始挨个病房搜索阿林娜丈夫，却只发现了一条密道，从医院直通她所在的图书馆。她意识到，自己只需要从单位离开一小会儿便可完成杀人计划。可偏不凑巧，小彼得罗夫的朋友的父母来找她了，说他们的儿子总被同年级的一个男孩子欺负。"就是那个失踪了的男孩子吗？""没错，就是他。我们要拿走他的读者证，好给他一个教训。"彼得罗娃便跟他们解释，说那种小流氓不大可能有读者证，就算有，也在少儿部。可那对父母非要在她这儿翻腾不可。彼得罗娃为了摆脱麻烦，便又溜到了医院。可医院忽然变得空旷而荒凉，仿佛举院搬迁了，而且还是紧急搬迁，因为地板上散落着什么证件，病床上的床垫被褥还没收拾，床边还立着带脚轮的吊瓶架。

"我睡过头了。"彼得罗娃带着这种念头醒转过来，伸手去摸手机。

她浑身都被汗水湿透了，直接去了浴室。冲完澡，她感觉好些了，呼吸也顺畅些了，便当机立断，迅速收拾停当，往大衣的深兜里揣了一把刀，斜背挎包，窜到了街上。她要是这会儿被女馆长撞见，肯定会被认定为偷懒旷工。

她带的那把刀是最普通的厨房用刀，全家人都用它来削土豆。彼得罗娃的继父曾说："啥专业刀具，全是扯淡；要说砍劈柴嘛，确实非得专业刀具不可，至于杀人，根本用不着。要说杀人非得用专业刀具，就不会有那么多新闻了，说两人在酒桌上吵吵急眼了，一个抄起餐叉朝另一个一捅，拜拜吧您那。"对于这一说法正确与否，继父本人大概都并不确定，而彼得罗娃却用实际行动证实了这一点。继父还说：根本用不着带刀啊、手枪啥的防身，不然往往会防卫过当，自己还得坐牢。你就在兜里揣把改锥，有人找事，照他脸上来两下，对方就老实了，你也不会有事。不过，可千万别照着肚子或者心脏一顿乱捅，只有老娘们或者变态狂才这么干。想要人死,两下就够了;要是命不该绝,你就是用电锯把他锯成两截,他照样死不了。没听新闻里说吗,一位花店老板娘被吸毒者捅了十刀,愣是揪住凶手不放,后来还上了电视。

对于自己要做的事,彼得罗娃内心并无丝毫波澜,她单纯想从腹部驱走寒冷,为此只需完成一系列规定动作,而无需任何特别技巧,至少在她看来如此。她莫名地认为,杀人一点儿都不复杂。她杀人时总是自然而平静,哪怕腹部的冷螺旋冷得难以忍受,哪怕是临时起意。

彼得罗娃并不赶时间,高烧也暂时退了,她决定先溜达两站地,或者干脆直接走到市中心医院站,再坐车前往奥努夫里耶夫街。在一个十字路口,彼得罗娃走进一片露天市场,想看看有没有儿子的朋友戴的那种护耳皮帽。一个小贩儿死乞白赖地向她推荐编织帽,彼得罗娃不忍回绝,买了两双袜子才得以脱身。对阿林娜丈夫,彼得罗娃毫不怜悯,但对于这些一天到晚守着摊位的小贩儿们,她却抱有真挚的同情。她很清楚,自己做不到像他们这样,终日顶风冒雪,全靠着保温杯里的热茶取暖。这些小贩儿身上的皮袄一层套一层,腿上的裤子一条套一条,嘴里哈着白气,眉毛上挂着白霜,令彼得罗娃无端地联想到某本书里,陷在雪原深处的蒸汽机车。

走出市场,彼得罗娃拐进街角处的"马克比克"快餐店,点了一份三明治,只吃了一半就吃不下去了。街头的小摊贩和快餐店的售货员,虽说本质上都属于贸易工作者,却一个天上,一个地下。收银台边上站着一位女青年,跟打了兴奋剂一样,令习惯了安静的大学生读者们的彼得罗娃心烦气躁。

离彼得罗娃不远坐着祖孙俩,孙子看模样还在上幼儿园,却像个大人似的冲他奶奶嘟嘟囔囔,骂她傻瓜。彼得罗娃实在既看不下去,也听不下去,好像她自己就是那个奶奶似的。可那个奶奶却似习以为常,赔着小心跟孙子解释,可孙子听了却更加恼火,继续嘟嘟囔囔。这实在比哭闹还要糟糕。孙子身旁戳着一个小提琴套。彼得罗娃一下子便猜到,这肯定是个被宠坏了的小天才,他父母也一定总这样嘟嘟囔囔。她又想到了继父。每次被彼得罗娃的母亲、姨母,以及他自己的母亲逼到绝望,继父都会躲到阳台上去抽根烟,可他刚一回屋,新一轮的嘟嘟囔囔就又开始了。继父便以吼叫作为回应。彼得罗娃觉得,吼叫、摔盘子,都比嘟嘟囔囔强。吵闹完毕,继父偶尔会来到彼得罗娃的房间(那时她还在上大学,跟母亲和继父一起住),喘着粗气躺到床上或者坐到椅子上,问彼得罗娃:

"至少你是站我这边的吧?"

"站你,站你。"

"谢天谢地,咱俩可得抱团挺住!这个家就咱两个老爷儿们。"

继父的这句话无疑是对彼得罗娃的弟弟、继父的亲生儿子的挖苦。弟弟当时初中即将毕业,梦想成为一名甜品师。弟弟打小就学会了母亲那套,一见父亲醉酒就撇嘴皱眉,一脸嫌弃;发生家庭纠纷时也总站在母亲那边,但从不参与声讨,而只是默默地支持。继父便百般挑逗，逼他表态。母亲时常在吵架中途提出休战，这时继父便会趁机向亲儿子开上一炮；弟弟临毕业那年，他的炮口便总对准其职业选择："你臭着一张脸干啥，饼干烤煳啦？"母亲便大叫："你别冲儿子撒气，混蛋，喝猫尿了你！"于是双方就又重新交起火来。当继父和亲儿子开始偶尔爆发短暂拳斗时，彼得罗娃已经搬离了那个家。母亲把电话打到图书馆告急，说得好像两人动了刀子似的，其实只不过是弟弟朝继父的颌骨抡了一拳，继父照弟弟的肝脏部位擂了一拳，战斗便宣告结束了。"打架，他不是那块料，"继父过后说，"不过，这也许是好事。"

对继父这个人很难做出褒贬。他并不聪明，也没有多少学问，但彼得罗娃清楚，假如有一天，她不得不把自己脑子里整天琢磨的那些事和业余时间干的那些事讲给谁听，那这个人只可能是继父。她大概想象得到继父对此会作何评论，包括他的那些个口头语——"靠，你可真行"，"真有你的，老妹儿"。但她知道，倾诉的欲望终将到来，正如当年如期而至的月经初潮。生性孤僻的彼得罗娃当时对此一无所知，她惊慌失措地嚎啕，惊醒了上完夜班正在补觉的继父，后者只得一通解释，虽然说了好多"靠，你可真行"，"真有你的，老妹儿"，却总算将彼得罗娃从痛苦的折磨中解救了出来。

腹部的寒流迫不及待地将彼得罗娃拽到了街上，没容她等到"祖孙俩"情景剧的结局。其实也没啥好等的，那位奶奶太过懦弱，不可能突然雄起，给小土匪一个脖儿拐或者对他厉声呵斥，好让他知道好歹。

天色渐渐暗了。十字路口处，街对过停着一辆绛红色的灵车，彼得罗娃无端地认为这是一个好兆头。她走过一家"基罗夫斯基"连锁超市，沿着一栋绛红色屋顶的长楼前行。大约就在这个地方，一九九八年，道边有处工地，不知是改造还是新建，工地用结实的木头围栏与人行道隔开，底下铺着木板，上面加着顶盖。正值秋天，路上积了一大汪水，彼得罗娃走在围栏与水洼之间的木板上，21路公交车缓缓驶入那条长长的水洼，仍溅起一人多高的巨大浪花，华丽丽地浇在避无可避的无助行人身上，彼得罗娃也未能幸免。可不知怎地，被冲了个污水澡的行人们却只是相视而笑，彼得罗娃也跟着笑，笑某人的雨伞被浪花击打得变了形，也笑周围人溅满污水的嘴脸，周围人也笑她。如今，仅仅几年光景，大家都变得不苟言笑了。那年秋天俄罗斯刚经历了金融危机，但人们却很快活；眼下并没有危机，况且临近新年，可路上的行人却一个个愁眉不展。看上去大家似乎都比二十世纪九十年代穿得好了，吃得也更饱了，却总觉得少了点儿什么似的。也许恰恰少了些奔忙。以前的城市居民像一群蟑螂，大家都忙着赚外快，争先恐后地到处抢购便宜衣服和食品，着急忙慌地追赶公交车，就跟每一趟都是最后一趟似的，一门心思早点儿到家，唯恐在黑黢黢的楼道里撞见不要命的吸毒者。而如今，人们走在城市的街道上，如同走在主人屋里的宠物猫。

一切都变化如此之大，在医院旁的公交站台上，彼得罗娃居然没有看见茨冈人。她记得以前这里总有茨冈人，他们出现在每一位愁眉苦脸的乡下人和每一位郁郁寡欢的城里人面前,说出那句著名的开场白:"看你面色发青,瞧我占卜吉凶。"以前茨冈人成群结队,站台上的执勤警察对他们视而不见。他们就聚居在医院边上,到站台营业方便得很。席地而坐(哪怕是雪地)的乞丐们也不见了,看来都跟茨冈人一块儿被赶走了。有家大商店,以前是卖录像带的,如今改卖游戏碟和影碟了。彼得罗娃已经很久没来过这片了,感觉都认不出来了。

公交站台上还有个冰激凌售卖亭,人们买完冰激凌,直接在街上开吃。

公交车却一点儿没变,还是两节车厢的那种,车厢连接处是手风琴似的橡胶褶子。这种公交车冬天冷飕飕的,夏天则热得要命,还土土呛呛的。座椅头枕像被乘客啃了似的。公交车大致分两类:一类是老古董的黄皮车,车上的橡胶地板有些地方已经磨破了,都能看得见车身铁皮(彼得罗娃听新闻里说,有位女乘客直接从车厢里陷了下去,卡在了车底与路面之间);另一类则几乎是全新的,车身上白下蓝,这种要好得多。正是这样一辆较新的公交车驶进了站台,车上涌下来一堆人,全是来医院的,车厢里几乎全空了。

彼得罗娃坐车前往奥努夫里耶夫街,沿路望着巴尔金街旁的开阔空间。她这侧是契卡洛夫公园,房屋都被迁到了离道边很远的地方。另一侧有栋砖楼,开着一扇十字架形状的高大窗户,再往前便又是空地和车库区,一旁有个儿童俱乐部。冬季的公园宛如空旷的原野,只有些稀疏的小树和零落的人影,连积雪也被铲走了，因而愈加荒凉。风极大，一个男人扔给狗狗的球（他居然不顾禁令，众目睽睽之下在公园遛狗）飞出去老远，落地之后又被风推着滚了好久，狗狗一路被风推着追到了球，往回跑时却费了老鼻子劲，原本直竖的毛发被风拂平，长毛狗变成了短毛狗，看着像只猎犬，其实是只傻乎乎的金毛。彼得罗娃耳畔传来气流刮擦车厢外皮的声音。她眼前的画面随着公交车的行驶而旋转，由于运动的相对性，狗狗仿佛在原地跑圈，如同《黑客帝国》里的特效画面。

还有两对跑步者，但距离较远，运动服又都是男女通用的那种，因而看不出性别和年龄。被风推着跑的人，身子向后倾，两条腿拼命刹车，以免被吹到公园尽头；逆风跑的人则相反，身子朝前倾，怎么看都不像在跑步，倒像是连蹦带跳的高抬腿走路，又像是小丑在表演哑剧，又像是慢吞吞地蹬着一辆空气自行车。

在奥努夫里耶夫站下车之后，众人各自散去，只剩下彼得罗娃一个人。她担心惹人注目，便走到了街对面，公交车掉头返回市中心的地方。方才下车的那侧有个卖油炸羊肉合子的小摊，彼得罗娃知道那不是啥好油，兴许一天到头都不带换的，但油炸羊肉合子的香气却飘得满街都是，盖过了她鼻子里的桉油味，以及从她体内渗出的酒精味。

不断有公交车和橙色小巴开来，人们从车上下来，不紧不慢地各自散去。乘客下车的过程被车身屏蔽了，只有当车身像侧幕一样被移走之后，她才能看见下车的人。但上车的情形她却看得见。上公交车的，抓住车门上的抓手，小心地在路边的冰碴上维系平衡，谨防摔倒；上小巴车的则一头钻进黑洞洞的车厢，旋即消失在虚无中。彼得罗娃担心自己会错过阿林娜丈夫的到来。不过，他的身材似乎足够宽大，应该不至于混淆在人群中。

天色愈暗，路灯亮了，下起了雪。雪粒细小，几乎难以察觉，仿佛悬在半空中的雪尘。彼得罗夫说得没错，她这件大衣的确不暖和。就连那些穿着羽绒服和皮草的人，也不停地在风里扭头缩脖，以免冷风直吹面门。彼得罗娃感觉大腿根和鼻子尤其冷。无论她怎么站，风总能绕到她前面，照她脸上招呼。

风寒令彼得罗娃的鼻涕加重了。她已经不再把手绢往兜里揣或者往包里塞了，而是一直拿在手上，同时懊恼一整天都没想到要去买纸巾。她本可以现在去趟售货亭或者日用品商店，可又怕阿林娜丈夫恰巧这会儿出现。她又怀疑自己是否已经把他漏过去了，自己对他的全部印象是否准确，怀疑他或许并没有她记忆中那么高大，肩膀也没那么宽，步态也没那么摇摇摆摆。退一步说，他今天或许压根就没去上班。不过，腹部的冷螺旋极少误导彼得罗娃，总能将她带到正确的时间和地点。

这一天，彼得罗娃幸运地撞见了几乎所有的特种车辆。从"马克比克"出来，她看见了一辆灵车。在奥努夫里耶夫街，她又看见了一辆长长的消防车，它将公交车挤到道路两旁，从狭窄的车道中央慢悠悠地开了出来，车顶的报警器闪烁着难以言喻的幽蓝。驾驶室里的人居高临下地俯视着路旁的行人。彼得罗娃从未见过消防车像电影里那样在路上疾驰，它们总是比公交车稍微快那么一丢丢，与此同时却警笛大作，警灯狂闪，似乎专为加剧恐慌。

消防车刚过去,又来了一辆沉默的警用吉普,车上的人一个个冷着脸。消防车是开往市郊林区方向的,尽管那里似乎并未起火;而警车则是开往居民区方向的,逼得彼得罗娃和站台上的其他人纷纷避让。当警车擦身而过时,彼得罗娃跟后排座的一名警察视线相遇,便从手绢后面冲他笑了笑,以示鼓励,后者却面无表情,只是抬手整了整灰色警帽,更准确地说,只是正了正帽檐。"都他妈疯了!"警车上有人骂了一句。

警车过后紧接着便是一辆救护车。同样没有闪灯鸣笛,同样分开路人,朝居民区去了。

彼得罗娃开始担心,是不是阿林娜丈夫出了啥事。但转念一想,警车和救护车去的跟阿林娜家完全不是一个方向,这才稍稍放下心来。

过完救护车,路上总算消停下来。街上来来往往的全是小汽车,公交车和小巴车迟迟没来,站台上积攒了一大群人。在这群人中间也有一对奶奶和孙子,孙子倒是没撒泼,可总在人群里玩消失,奶奶便喊:"伊霍尔!伊霍尔!"这听上去不大像个人名,或许正因如此,孙子非但没有回应,反而跑到更远的地方团起了雪球。他先是朝售货亭扔,企图砸碎镶在亭身四周的几面大镜子,随后又照着过路的汽车丢。

"伊霍尔!伊霍尔!"奶奶的叫喊声更加绝望,却并未尝试制止孙子。好在天气干冷,积雪不易捏成团,刚扔出去就散了,化成射向路面的道道雪箭。

就在奶奶生气喊叫的当口,一辆小巴士迅速开来,迅速地挤满了人,又迅速地开走了。当人们争抢着上车的时候,奶奶一直在呼唤孙子,等小巴士开走以后,奶奶便鼓足了气力,在愤怒的加持下,一举逮住了腿脚伶俐的孙子,拉开萨满敲打手鼓的架势,照着孙子敲打起来。孙子转着圈地躲,奶奶转着圈地敲,而站在圈中央的,正是彼得罗娃。奶奶说了很多话,但彼得罗娃只听出了刚才那句"伊霍尔"。

关注这一情形的只有两个人。一个是旁边拎公文包的高个子男人,另一个是正在收摊的卖油炸羊肉合子的摊贩。

"你这样会把他的肾打坏的!"摊贩从街对面高喊。

"我这就打死他!"奶奶叫嚷着,继续绕着彼得罗娃追孙子,并在他身上敲出毛绒的闷响,孙子却一个劲儿地笑,因为他身上穿的衣服又多又厚,而奶奶又太老了。奶奶敲打的唯一效果,是在孙子"咯咯"的笑声里加入了"嗝嗝"的变奏。

孙子笑嘻嘻地抬眼去看正等得心焦的彼得罗娃,接着同样笑嘻嘻地说:"你流血了。"

奶奶一看,不禁"哎哟"一声。彼得罗娃走到售货亭前去照镜子。她丝毫没有觉察到血是如何从鼻孔流出,淌过下巴,又滴落到大衣上的,甚至有血流进了嘴角她都没有尝出味道。站在冷风中这么久,她早已习惯了擦鼻子的动作,完全没有注意到手绢已经被血染黑了一半——在路灯的照射下,血恰恰是暗黑色的。

她从路上捧起雪擦脸,又把雪捂在鼻梁上,血却止不住。

她下意识地朝身旁拿公文包的高个子男人瞟了一眼,后者忙自我辩解:"我还以为你脸上蒙着条围巾呢。"

彼得罗娃的手绢上、手套上、脸上全浸染了血,只有红色大衣上的血迹看不出来,她周边的雪地上也十分干净,仿佛从她鼻孔滴落的热血径直烧穿了积雪,渗进了雪下的路面。

不知怎地,她从旁边看到了自己,仿佛她正站在卖油炸羊肉合子的售货亭的顶上,看见自己蜷缩着身体,可怜兮兮地站在那儿,从雪堆里挑拣一捧净雪,捂到自己脸上。拿公文包的男人不知所措地走过去,毫无意义地站在她身旁,充满同情地弯腰看着她。彼得罗娃眼看着他公文包上亮闪闪的锁扣,在上面发现了一些闪动,是街景的奇特而扭曲的映射。

彼得罗娃取下浸满血的手套,想看看血有没有沾到手上。手上并没有血迹,但也许是路灯太昏暗了。

"要不要给您叫辆出租车?"男人关切地问。

彼得罗娃摇了摇头,说她家就在附近。

"那我送您回家吧?"男人又问。

"不用,都好了。"彼得罗娃说完才意识到,"好"的不只是流鼻血,还有腹部的冷螺旋。看来,见血而出的冷螺旋,再次见血便得到了满足,退回了巢穴。

"您耳朵边上还有。"男人提醒道。

"那没事儿。"彼得罗娃愉悦地摆了摆手。

除了带公文包的男人之外,祖孙二人也一直站在彼得罗娃旁边,只不过站在她身体的另一侧,而她一直扭头看着男人,所以没注意到他们。孙子兴奋地盯着彼得罗娃的黑手绢看。

"给你来片瓦洛科金吧?"奶奶问罢,不等彼得罗娃回话,便在斜肩背的挎包里翻腾起来。"要不来片可乐定? [01]"

老太太说话时的浓重口音、过时的口头语以及一惊一乍的腔调,都令神情恍惚的彼得罗娃怀疑,这个老太太并非真人,而是在扮演某个角色,而且入戏太深了。只见她先从挎包里掏出一个证件包,准确地说,是包在包里的包里的包,接着又掏出一个打着绳结的钥匙包,然后是装水电费单据的大钱包、装零钱的小钱包,最后才是装药片的中钱包。她打开中钱包,从里面掏出一把药片,开始咕哝着嘴唇仔细阅读药品说明,读着读着,哎呀一声,想起装纸币的钱包不见了,又急忙翻腾起来。与此同时,彼得罗娃一直在说不用不用。

奶奶、孙子和男人将彼得罗娃团团围住,奶奶和男人一左一右架住她的胳膊,将她护送上了返程的公交车。男人要去地铁站,奶奶和孙子要去火车站,彼得罗娃比他们下车都早,奶奶便不安地嚷嚷起来,怕她在半路晕倒,再被人当成女酒鬼,再冻死在街头。彼得罗娃疲惫地向她担保,说自己绝不会晕倒。孙子坐在彼得罗娃旁边,一直好奇地用手指头戳点着彼得罗娃的大衣口袋,那里面装着她的手套和那把刀。显然,正是那把刀引起了孙子的兴趣,但大衣和手套掩盖了刀的形状,使他无法确定那是什么。他的手企图伸进去探个究竟,被彼得罗娃温和地拿开了。

"那是把尺子吗?你为啥要带把尺子?"

---

01 瓦洛科金和可乐定都是目前已经很少使用的药物,前者用于扩张血管,后者用于降血压。

"我是数学老师;数学老师都习惯随身带把尺子。"

为了摆脱这个小鬼,彼得罗娃不得不提前一站下了车。可刚一下车,又被另一个小鬼缠住了,这次是她自己家那个。

儿子头一回用手机来打电话,而非打游戏。彼得罗娃其实还不大习惯总将手机带在身上,况且充话费必须得去通讯中心,每次都要排老长的队,所以她总是尽量节省话费。彼得罗娃不太理解,丈夫干吗送她手机。移动信号尚未完全覆盖,随时有可能中断,在任何意想不到的地方。就连市中心的河坝广场[01]附近居然都没有信号,地铁里也没有信号,往彼得罗娃所在的图书馆打电话也最好用座机,因为在图书馆那片,三楼以下就收不到Motiv公司的信号了。彼得罗娃怀疑,Motiv公司的创始人是故意取了这么个名字,好为日后甩锅做准备:motiv嘛,本就是虚无缥缈,难以捕捉,可遇而不可求的。对手机还得小心在意,又怕它没电了,又怕它丢了,又怕落在哪儿了,又怕被人偷了。不仅如此,现在还时兴用无线耳机接电话,大街上全是这种目光凝滞、自言自语的人,时常冷不丁地开口说话、大笑、唉声叹气,每每令彼得罗娃躁动不安。

"妈,我明天可以不去上学吗?"儿子为了节省时间和电话费,直截了当地问。

"为什么?"彼得罗娃也没客套。

---

01 1723年,彼得大帝决心在乌拉尔地区兴建铁制品厂。为取水能,下令在伊谢季河修建河坝,叶卡捷琳堡市便由此奠基。河坝上后来建设了水力发电站。河坝广场如今已成为该市居民平日休闲、节庆游园的好去处。

"我不舒服。我病了。可能是发烧了。"

儿子的声音的确像是病了，不是装病时的那种故作难受。仿佛他体内翻涌的热浪企图穿透听筒似的，特别是当他发开口元音或者唏辅音时。

"好吧，我现在过来。你在爸爸家？"

"不然还能在哪儿？"小彼得罗夫不满地问，意思是，不是你叫我来的吗。

"叫你爸给你量个体温。"彼得罗娃没好气地说，意思是，我又不是单亲妈妈。

"……你爸在家吗？"

"没。"

"你那儿有吃的吗？"彼得罗娃问，心想，早晨打发儿子去他爸那儿过夜的时候就该想到这个问题的。

儿子回了一阵持久的干咳，彼得罗娃则附和了一阵湿咳，并且感觉鼻子里又塞上了啥东西，而鼻咽部又尝到了新鲜血液的味道。彼得罗娃仰起头，听儿子说他爸那儿只有香肠和速冻水饺，而他想喝点儿果汁，吃点儿酸奶橘子之类的。"好极了，我可以去逛超市了。"想到自己浑身是血在超市里闲逛，彼得罗娃几乎有些亢奋。

从超市出来时，彼得罗娃一直在倾听鼻子里细微血管的动静。她将那些微血管想象成了纤细的水晶管，上面还雕刻着精细的花纹，诸如缠绕的草茎和间杂的小花。超市购物袋在她大腿上有节奏地敲击着。超市里坏洋葱的气味如此强烈，甚至盖过了她鼻子里桉油和鲜血的味道,回家的一路上她不停地将袖管凑近鼻子,看大衣有没有沾上坏洋葱的味儿,尽管这并无意义,因为大衣总归是要洗的。

"奇怪,车在家,"彼得罗娃见丈夫的车停在楼下,心想,"没准儿已经到家了。"

彼得罗娃走进家门,脱掉靴子,先走进厨房,将大衣兜里的刀放到餐桌上,又将手套和大衣扔进洗衣机,选择了羊毛洗模式,还没顾上倒洗衣粉和按下启动键,就听见厨房里传来购物袋的窸窣声,便走过去察看。

儿子的脸色比平时更难看了。他从购物袋里翻到了一杯酸奶,一看是樱桃的,立刻露出失望的神色,撂下继续翻腾。彼得罗娃知道儿子不爱吃樱桃,但必须得儿子在身边时她才记得住,而当她自个儿逛超市时,脑子里总会自动响起"水果园"牌果汁的广告——"儿子爱樱桃"。每次买酸奶,她总买一杯樱桃的,再买一杯其他口味的。结果小彼得罗夫总选其他口味的,樱桃的都被彼得罗夫吃掉了。

彼得罗娃摸了摸儿子的额头,愉悦地感受到了儿子与自己相近的热度。她喜欢儿子这样烫烫的,假如高烧不会危及性命,她甚至愿意儿子总这样,身体像暴晒的砖块一样火热,眼睛灼灼放光。小彼得罗夫从头到脚全是厚衣服——高领毛衣、棉裤毛袜,口鼻并用地呼吸着。手指上的创口贴已经灰不溜丢的了,却仍没揭下来。

彼得罗娃拿来体温计,给自己和儿子各量了一次体温。他俩的体温几乎一模一样，都是39度，彼得罗娃比儿子还高着0.1度，可她却感觉比儿子精神得多，想来是放血和散步的功效。儿子坐在板凳上，吃着香蕉，贪婪地喝着橙汁，身子却痛苦地扭来扭去，看样子不像是装的。

彼得罗娃想打电话给彼得罗夫，问他死哪儿去了，但他极有可能正躺在地沟里，而彼得罗夫不喜欢别人打电话到修车行找他。否则，倘若他真在地沟里，就得丢下扳手，从车底下钻出来，脱掉手套，小心翼翼地从袄兜里掏出手机，唯恐将润滑脂或者机油蹭到衣服上，等接完电话，还得以相反的顺序将这一整套动作重复一遍。而且每次都得额外找一通扳手，而它总像变戏法似的，不是钻进口袋里去了，就是跑到工具箱里去了，要不就是跟工作台上的扳手混在一起了。这时候的彼得罗夫绝不是个好说话的，假如打电话为的是鸡毛蒜皮，他甚至会有些粗鲁，而"你死哪儿去了"简直会令他发疯，但他不会像彼得罗娃的继父那样大吼大叫，而是不自觉地出长气，每次他这样做，彼得罗娃都恨不得隔着电话掐死他。

母亲外表上的异常没能逃过儿子的眼睛，他问妈妈，她脖子上怎么会有血，她的手怎么那么黄。此前在昏黄的路灯下彼得罗娃并未觉察，直到站在自家厨房的灯光下她才发觉，自己的手由于失血过多而显得枯黄，就像在高锰酸钾溶液里泡过似的，掌心干掉的血迹摸上去像镀了一层漆。

彼得罗娃冲了个澡，细心地洗掉身上的坏洋葱味和铁锈色的血迹。她用了老半天才从鼻孔里挖出血痂，摸上去硬硬尖尖的，但一沾水就化了,跟盐块一样。彼得罗娃也眼看着洗衣机,心想待会儿一定不能忘了开。可冲完澡,她还是忘了,换上居家袍便趿拉着拖鞋走进了卧室。她发现丈夫新画的一页漫画,却看不太懂,因为她从不关注情节,而只看图画,并且每次都惊讶不已:丈夫画的跟印刷厂印的简直一模一样。丈夫画的是黑白漫画,但总令她觉得不可思议:丈夫只用大小不一的点,将其按照棋盘状排列起来,便能表现出枝叶的光泽或者金属的闪光。高烧开始慢慢退却,电视上又没啥好看的,彼得罗娃在卧室里觉得无聊,便起身去找儿子,想跟儿子玩上一会儿,权当消遣。

儿子正坐在客厅电视机前面,用游戏手柄玩赛车游戏。彼得罗娃自然更喜欢打打杀杀的射击类游戏,一枪爆头,满地捡肠子啥的,但她还是坐到了儿子身边,问他有没有双人对战模式。儿子起初推说没有,但随后还是切换到了双人模式。儿子一心想赢,却接连输了好几盘,每回都是自己摔出了赛道。最后一局,他眼看就要赢了,彼得罗娃却在终点线跟前将他撞出了赛道。小彼得罗夫气哼哼地噘起了嘴。彼得罗娃问他有没有什么他指定能赢的,或者有没有什么不是对战,而是两人组队打怪杀人的,他都不肯说话。彼得罗娃只好答应再玩一局赛车,并且答应放水,他才勉强同意。但他还是不走运,刚开到一半车子就撞烂了。彼得罗娃忍不住哈哈大笑,随后把自己的手柄递给儿子,让他开自己的车。小彼得罗夫推托了一阵,然后接过手柄,对着彼得罗娃的赛车一通糟蹋,又是撞柱子,又是跟其他车互撞,偏偏彼得罗娃的车特别耐撞,不像他的车,一撞就废。

连续两天的病痛和失眠终于发作了。儿子将赛车换成篮球之后，第一局刚玩到一半，彼得罗娃就撑不住了。有好几次，她正在球场上追逐鞋底吱呀作响的篮球手时突然惊醒，发现游戏手柄已经掉了。彼得罗娃的病开始退却，小彼得罗夫体内的流感却开始兴风作浪，他玩着玩着就钻到沙发罩底下去了，非但彼得罗娃没有察觉，连他自己都浑然不觉。

"我不行了。"彼得罗娃再也挡不住瞌睡了。

小彼得罗夫懊丧地嘟囔了一句。彼得罗娃强撑着精神，一气给儿子冲了两杯退烧颗粒，放在沙发旁的茶几上。儿子今晚想在沙发上睡。换作平日，彼得罗娃肯定会把他赶到自己房间去，眼下她却对儿子心存内疚：一来割伤了他的手指；二来自己的病好了，儿子却病倒了；三来她估摸着，儿子很可能没办法参加青少年剧场的新年枞树联欢会了，虽然票早就订好了。到时候儿子肯定会大失所望，今天就对他放纵些，权当弥补吧。彼得罗娃知道儿子肯定会在电视前熬到很晚，而用电脑游戏和动画片刺激发烫的脑袋对他绝非好事。可守在儿子床边，眼睁睁地看着他生病难受，彼得罗娃并不觉得有何意义。她自然见过电影里面，母亲守在发烧的孩子身边，不住地哀叹；也听馆里女同事讲过她们在孩子的病榻前度过的不眠之夜；至于她自己，每次儿子发烧，看着他在梦里翻来覆去，发出痛苦的呻吟，她都忍不住想掐死儿子，好帮他解脱。彼得罗娃喜欢儿子小时候（两岁左右时）生病的情形：但凡40度以下，儿子从不赖在床上，反倒比平常更精神、更欢实，推着玩具车在房间里来回乱串，死活不肯睡觉，一把他往床上摁他就生气、踢腾，甚至还会根据身体发热或发冷自己脱穿衣服。

给儿子备好药，彼得罗娃爬到床上，立刻昏睡过去。再睁开眼时，天已大亮，她着急忙慌地收拾上班，随后才想起自己请了病假，接着又想起儿子也病了，便来到客厅查看情况。儿子仍坐在沙发上，披着沙发罩，继续玩篮球游戏，好像昨晚压根儿没睡似的。彼得罗娃又给儿子量了一遍体温，跟昨天一样，还是39度，别说0.1度，连0.01度都没动弹，比度量衡检定所的39度还精确。儿子依旧是干咳，咳得厉害。他让妈妈帮他拉上窗帘，好像他自己办不到似的。

彼得罗娃往医院打了个电话，想请片区的儿科医生到家里来一趟。等医生时，她发现自己饿坏了，就开始熬汤。她昨天就买好了食材，想炖锅鸡汤给儿子补一补——电影里和书上不都是这么伺候病人的么。这时她才想起来，洗衣机到底还是忘了开。总之，她很想做点什么，可手脚却像空气一样，轻飘飘软绵绵的。她擦了地板，刮去了厨房洗碗池里的黄斑——水龙头关不紧，每隔两分钟便滴落一颗沉重而孤独的水滴。彼得罗娃已经暗示过彼得罗夫很多次，叫他把水龙头修一修，因为那简直像滴水酷刑一样令人发疯。

出门迎接女医生时，彼得罗娃浑身散发着"蓝多霸"洁厕灵气味，用一条蓝白相间、酷似揉皱了的希腊国旗的毛巾擦着手。这让她想起了两个大学生之间的对话，其中一个对另一个说：西方继承了罗马文化，俄罗斯则继承了希腊文化，连同其懒散和马虎。

女医生跟彼得罗夫是中学校友。彼得罗夫说，想当年，她凭借一对E罩杯，是妥妥的全校焦点人物。后来彼得罗娃跟女馆长聊天时无意间得知，这位女医生还是女馆长的表侄女，至今未婚，也没孩子。加之女医生知道彼得罗娃跟丈夫离婚的事，这一切令她几乎把女医生当成了亲人。

女医生看起来有些疲惫，头发蓬乱——得流感的远不止小彼得罗夫一个，她得在整个片区四处奔走，所以才一副强打精神的样子，好像刚就着一罐"肾上腺素狂飙"喝了好几片咖啡因似的。

"在哪儿呢，你家小病号？"女医生将大衣挂在衣帽架上，边脱鞋边问。

彼得罗娃用手朝儿子房间一指，慌忙跑进厨房——洋葱和胡萝卜要糊锅了。太阳神不知鬼不觉地钻出了乌云。当彼得罗娃刚开始熬汤、启动洗衣机时，天上好像还没太阳；她出门迎接女医生时，似乎也还没有；可这会儿她已经不得不眯起眼睛了，平底锅上溅起的油星水星在阳光中清晰可见。彼得罗娃担心再出意外，切洋葱时没敢再用那把割伤儿子手指的刀，而是换了一把沉重的切肉刀，刀刃上方打了一排小孔，以免肉粘在刀上。洋葱和胡萝卜眼下尚未焦黄，依旧在油里刺啦作响，但只消稍一分神，立马就能变成一堆焦炭，就跟变戏法似的。彼得罗娃将熬肉汤的炖锅和煎洋葱胡萝卜的平底锅全部调成小火，也来到儿子房间，检查小病号的表现。

儿子大概自我感觉好些了，担心病假就要到头了，所以当女医生给他听诊，让他吸气憋气时，他便故意喘粗气。

"别闹，"女医生说，"该咋出气就咋出气，我不打发你回学校。"

彼得罗娃窘迫地发现，当女医生给小彼得罗夫听诊时，他好像一直在偷瞄女医生的乳沟。

听诊毕，女医生沮丧地甩了甩手，不知是为了小彼得罗夫的病情，还是为了自己的人生，然后将茶几上的杯子往边上推了推，取出诊疗单，填了起来。医生们的字迹彼得罗娃历来看不懂。

彼得罗娃又跑回厨房去看洋葱。洋葱已经金黄，不能再留在热锅里了，哪怕关了火也不行，否则就要变黑了。彼得罗娃端起平底锅，将里头的东西一股脑倒进了炖锅里。翻滚着土豆和灰色肉块的一锅混沌开水立刻变得像锅肉汤了。肉汤的卖相原本还能更好看些，假如彼得罗娃没有被番茄的价格冻在当场，一咬牙一跺脚，买上一颗回家煎煎的话。

女医生在外屋礼貌地咳了两声，示意她有需要。她需要洗手。看见正在工作的洗衣机，女医生问彼得罗娃，这样洗手会不会被电到。彼得罗娃说不会，除非她一手抓洗衣机，一手抓水龙头。两人便聊起了接地线的问题。彼得罗娃说，她弟弟按照说明书将洗衣机接了地，可刚过一个星期，楼下的邻居就登门抱怨，说自家的水龙头漏电了，还说一楼的老太太往晾衣架上搭湿毛巾时，直接被放倒在了浴缸里。小彼得罗夫透过门缝瞅着她们，面无表情地偷听她们说话。

　　玄关被阳光和白灯照得贼亮。彼得罗娃不敢关掉电灯，生怕被人当成抠门的家庭主妇。女医生不知为何揽住了小彼得罗夫的肩膀，对彼得罗娃嘱咐起流感治疗的注意事项来。这些建议彼得罗娃每年流感爆发季都能从医生那里听到，电视里也年年重复，医院内科诊室对面墙上的招贴画上也是这些东西。小彼得罗夫顺从地贴着女医生站着，但看得出来，女医生对他肩膀的抚摸令他的身子有些发僵。彼得罗娃清晰地感觉到，儿子的高领毛衣随着女医生的手掌在儿子的皮肤上滑动，这令她莫名地萌生了一股醋意，仿佛女医生未经允许擅自动了她的私有物品。忍受了几分钟之后，小彼得罗夫悄悄地从女医生身边溜走了，女医生则继续对彼得罗娃口述医嘱，随后又下意识地坐到了鞋架上，开始穿皮靴。彼得罗娃很有眼力见地取下女医生的大衣，撑开，预备着帮她穿上。

　　恰在这时，门外传来了钥匙转动的声音，彼得罗夫踉踉跄跄走了进来。他并没有醉，却也并不完全清醒，随身卷进来一股冷空气，刷新了女医生此前带进来的冷空气，此外便是一股子汽油味。彼得罗夫哪怕刚洗完澡也是这个味，仿佛他浑身都被汽油浸透了，就好像他们在修车行里喝的是汽油，冲澡用汽油，洗头用汽油，连吹头发都用汽车排气管似的。彼得罗夫抱着一大桶可乐，冲儿子说了句："咋了，病啦？"声音里多少带着点儿幸灾乐祸的意味，与此同时，一股难以言喻的腥浊臭气弥漫开来。彼得罗夫紧挨着女医生跌坐在鞋架上，后者不由得倒抽一口冷气，随即一脸同情地望着彼得罗娃。彼得罗夫痛苦地喘着粗气，解起了鞋带，彼得罗娃则望着女医生。女医生一脸瞠目结舌的表情，似乎唯恐彼得罗夫会撒酒疯，看得彼得罗娃直想笑。

彼得罗娃打发儿子回屋去了，这个举动似乎更加重了女医生对于即将干架的疑虑，可她却仍不急着走，反而再三嘱咐彼得罗娃，流感期间务必小心用药。彼得罗夫终于脱完鞋，起身脱掉短皮袄，靠着彼得罗娃站好，听女医生说话，但仍像刚才解鞋带时那样呼哧气喘，并不时摇晃着混沌的脑袋。除了汽油味之外，彼得罗夫身上还散发出一种气味，类似于福尔马林外加某种说不上来的香料味。终于将女医生送走以后，彼得罗娃问彼得罗夫在哪儿过的夜，后者只含糊其词地回了一句，便钻进了浴室。洗衣机刚好在排水——混合了彼得罗娃血液的粉红色污水。有一回，彼得罗娃在一条胡同宰了一个男人，那人显然是个高血压患者，否则血不至于像喷泉一样迸发。彼得罗娃一路跑回了家，刚巧赶上彼得罗夫轮休，正在家里闲得乱串。彼得罗娃唯恐丈夫见到洗衣机里流出红水生疑，便把儿子那条掉色的粉色连袜裤也塞进了洗衣机，让几件白衣服给她那身溅满血的棉服做了陪葬。

休完病假和新年假期，彼得罗娃回到馆里，竟然听说阿林娜丈夫死了。就死在彼得罗娃计划杀他那天。那天他和往常一样来到公交车站，在售货亭买鸡尾酒时跟另一位男顾客起了冲突。不知道是他开玩笑过了头，还是用肩膀撞了人还没说好听的，总之，对方在街区公园撵上了他，一刀捅进了肋下。也该着那人倒霉，当时公园里恰巧有人在遛狗。这人还不是一般的养狗人，而是个业余的驯狗专家，他养的那头牧羊犬会追踪，会越障，会看包，会不拴狗绳散步，会守在商店门口等主人，还会听指令扑咬。狗主人见阿林娜丈夫倒在地上，又见攻击者手里寒光一闪，便兴奋地放出了自己的猛犬，又打电话报了警，叫了救护车。警车和救护车转瞬即至，因为它们本就隔着一条街。二十分钟之前他们接到报警，说有人强奸杀人，闹了半天是小两口干架。报案的妻子最终选择和解，放弃起诉，因为她后来得知，她编派的那些罪名足够丈夫坐六年牢的，而六年不跟丈夫干架她可受不了。

及时赶到的救护车也没能挽救阿林娜丈夫的性命，人还没送到医院就死了。阿林娜十分悲痛，责怪同事们对她亡夫成见太深，把他想得太坏了，认定她的黑眼圈就是他打的，可那的的确确是她自己在厨房的门框上撞的，当她慌忙跑去拯救热锅的时候。

听完这个既意外又荒唐的精彩故事，彼得罗娃波澜不惊地想：

"哎呀。"

第六章
彼得罗夫也不是个省油的灯

彼得罗夫还在上小学时就认识谢尔盖了，从一年级开学的第二天起。开学前不久的夏末，彼得罗夫才跟着父母搬到新家。彼得罗夫只来得及认识了同楼的几个孩子，但大部分时间他都在跟着母亲一起逛商店，购置秋冬衣物，排着长队领校服（领回来之后，母亲又亲手把它改成彼得罗夫的尺码），买文具，等等。彼得罗夫想不通，这些事儿母亲明明自己就能搞定，干吗非要拽上他一起。

一年级是由原来的幼儿园升上来的，班上的孩子们老早就相互认识，头一节课间就凑到一堆儿，聊起了自己的话题。彼得罗夫没人说话，就走出了教室。另一个小男孩也走了出来，淡黄色头发，个子小小的，看着跟幼儿园小朋友似的。小男孩问彼得罗夫看过《大耳查布上学记》[01]没有（当时正火的一部动画片）。彼得

---

01 大耳查布是由俄罗斯著名儿童文学作家爱德华·乌斯宾斯基（1937—2018）创作的动物形象，属于"科学未知物种"，介于小猴和小熊之间，一双大耳朵超萌。动画电影《大耳查布上学记》上映于1983年。

罗夫说看过，两人便聊了起来。谢尔盖也是从外地新搬来的，在班上也谁都不认识。放学后，彼得罗夫把谢尔盖送回了家，在他家玩到了天黑。打那以后，两人便经常到对方家里玩儿。高中毕业，彼得罗夫因扁平足参军未果，当了一名修车工，谢尔盖则考上了大学文学系，但两人仍没断了联系。

这个谢尔盖哪儿都好，唯独有些自命不凡。他无端地认定，自己必将成为大作家——恰恰是"大"作家，而非"小"作家。若是寻常的年少轻狂也就罢了，过几年也就消停了，可谢尔盖非但笃信自己未来的成就，还莫名其妙地认定，他只有在死后才能获得盛誉。在他死后，亲戚们会将他的巨著遗稿寄到杂志社，等编辑们拜读以后才会意识到，世界错过了怎样的天才。假如谢尔盖向父母宣告了自己的梦想也就好了，父母一定能一巴掌将他拍醒，或者把他送到专业的治疗机构，帮助他恢复理智。可他却只将这一设想分享给了几个朋友，而朋友们为了证明自己够朋友，一律保持缄默，或者并未当真。谢尔盖的父母千方百计地培养儿子对生活的热情，反复向他灌输，如果他不能在一切事情上成为最好的，将来就会一事无成。谢尔盖上学时哪怕得个四分（五分制）都会遭到父母申斥，好像他将来的成就完全取决于这些分数似的，虽然有成百上千万的例子证明了相反的事情。

谢尔盖的长篇小说，说穿了，就是叠加到本土现实的《洛丽塔》[01]，其对读者的冲击力理论上存在于，小说女主人公不是十二

01　俄裔美籍作家弗拉基米尔·纳博科夫（1899—1977）最著名也最具争议的小说，讲述37岁继父与12岁继女的不伦之恋。

岁，而是八岁。冲击波到此结束，接下来便是男主人公不痛不痒的内心纠结。尽管小说直击了男主的自慰场面，又对女主身体的各部位不吝笔墨，但跟市里、州里的街头真实比起来还是差远了。不仅如此，随着大学语文教材的不断深入，谢尔盖忽而仿效屠格涅夫，忽而师法托尔斯泰，忽而步武陀思妥耶夫斯基，后来又往小说里掺入了多甫拉托夫式的看似好笑的小段子，而所有这一切，彼得罗夫都不得不照单全读。每隔一段时间，谢尔盖便在一栋废弃建筑里点起篝火，将小说手稿隆重焚毁。彼得罗夫从不记得小说进展到三章以后，甚至连第三章写完过没有都很难说。小说包含着众多隐秘内涵和典故，谢尔盖每次都不厌其烦地给没文化的彼得罗夫解释，但每一稿都跟前一稿完全不同。小说开篇（头两章及第三章开头）的最后一稿，写到男主人公正在刮胡子，打算去某报纸编辑部，可他那位犟牛一样的父亲却对他百般纠缠。这本来没啥，但在彼得罗夫这个对友谊、尊严之类抱有怪癖的二缺青年看来，谢尔盖肯定是在影射自己，因为男主父亲唱的那首电影主题曲正是他最喜欢的。

彼得罗夫还有一个朋友，两人总一起画漫画，说一个庄稼汉的牛棚被从天上掉下来的宇航员砸了个大窟窿，庄稼汉揪住宇航员，四处讨还公道，索求赔偿，从村里一直告到省里，但省里建议他上空间站去打官司。漫画还不无科幻色彩，庄稼汉和宇航员分属不同种族，此外还有无产者族、军人族、电视人族、月人族，后者只有搭乘月球电梯才能找到。彼得罗夫跟这位朋友相处从来没有任何麻烦。他俩谁也不知道为啥要画这个，他们并没有出版的打算,却在上面投入了那么多的时间和精力,好像那是他们的第二职业似的。

谢尔盖订了好几份厚厚的文学杂志,《文学报》也是每期必买。他总说发表出来的东西都很烂,没有一个人会写,说文学奖项都颁错了人(没颁给他),却从不肯将自己写的东西寄出去。彼得罗夫建议他从小说里抽出一章,作为短篇寄给杂志社,可谢尔盖对着那一章改个没完没了,努力从中剔除只有他自己看得见的瑕疵,以便达到他所谓的"音乐性"。作为从小学到大学一以贯之的好学生,谢尔盖深知,伟大作家非但对鸿篇巨制精雕细琢,即便一首短诗也会反复涂改,用掉大堆纸墨。文学创作的神秘性在谢尔盖的头脑里根深蒂固,他按照自己的方式设想它,赋予它大概从未真实有过的模样。他一面计划在自己的长篇小说问世之前死去,一面又积极准备着接受采访、举办读者见面会,好借机抱怨小说家的艰辛,告诉人们,写小说可不是谁都干得来的。

谢尔盖还坚持记日记,记录他在文学田地里的辛勤耕耘。他把日记也拿给彼得罗夫看,后者于是又多了一份负担。由于谢尔盖将他的全部内心都倒进了小说,他的日记里啥也没有,除了对于自我平庸的无病呻吟,以及对于小说情节及辞藻的反复纠结。谢尔盖眼中的文学进程如此悲哀,如此可怜,如此晦暗,一如爱克曼日记里的歌德,或者爱克曼眼中的爱克曼,或者爱克曼的命运本身(彼得罗夫在阅读谢尔盖的日记之前,刚好读了父亲书架上的《歌德谈话录》)。彼得罗夫搞不懂,谢尔盖为何偏要在文学上浪费青春：文学之于谢尔盖好比对镜自答，想打又不敢真用劲儿；又好比大男人偷摸换女装，想穿又不敢穿出门。

彼得罗夫将这些想法一股脑全说给谢尔盖听了，并且一时激动，建议谢尔盖把他表妹直接办了得了，省得整天在小说里对她意淫，兄弟们也省得看这些个垃圾了。谢尔盖辩解说，小说女主根本不是他表妹，而是文学形象，然后一气之下，把前两章手稿送去了《乌拉尔》杂志。

这次出征令谢尔盖蒙受了奇耻大辱。他在讲述时对自己毫不留情，彼得罗夫却很感兴趣，因为他从未去过任何报纸杂志的编辑部，不知道里面是怎么一回事。彼得罗夫简直不敢相信，在他们这个城市里居然就有家杂志社，里面有人挑选手稿，加以编辑，然后印成一本本纸皮厚书，再被送到图书馆和售报亭，由邮递员分发到订户的信箱，而有人会每月盼着收到并阅读它们。

谢尔盖本可以通过邮局寄送手稿，但他觉得往本市发邮包未免太过荒唐，况且跑一趟编辑部也不费事。难的是迈进去，询问该找谁，因为他担心里面的人会立刻向他投来新奇而嘲笑的目光——就你，也想当作家？谢尔盖胳肢窝下夹着个厚皮夹，绕着商店和售货亭，在大街上足足转悠了一个钟头，直到脸上实在挂不住了，才终于下定决心。

说起手稿，同样令谢尔盖深以为耻。他在那上面耗费了那么多时间，一遍遍在打字机上敲，一遍遍检查拼写错误，仍担心手稿出毛病，担心它不够厚，不符合格式要求，最后恰恰因为格式不符而被拒稿。为此他还特地买了两个专用的回形针，将手稿一页一页角对角地码放整齐，仔细刖好。

出征编辑部之前，谢尔盖特意理了头发，换上西装，刮了胡子，喷了香水，将皮鞋擦得光可照人（皮鞋本就是干净的，因为正值隆冬腊月，平时也穿不着），又用小刷子将自己的方格大衣刷干净。

一楼有家旅行社，里面的人告诉谢尔盖得去四楼。一楼到三楼都很吵闹，有人在楼梯平台上抽烟，烟灰直接弹到棕榈树和橡皮树盆里。四楼却静悄悄的，只有一头铸铁小熊。谢尔盖彬彬有礼地连敲了几扇门，才有一个房间给出了回应，而里面似乎聚集了全编辑部的人，好像是专门来看他这个文学菜鸟的哈哈笑的。谢尔盖连同他的手稿被打发到了一个白发小老头儿跟前，后者漫不经心地接过手稿，说一周后再来或者打电话。

谢尔盖刚走到街上，就恨不得立刻返回去，拿回自己的手稿，从此再不登门。以小姑娘震撼读者的想法不再像从前那样令他振奋了。谢尔盖好不容易才克制住自己，坐车回了家。整整一个星期，谢尔盖都处在一种类似疟疾发作的状态，忽而为自己的手稿感到害臊，忽而预感编辑部马上就会打来电话，将他奉为天才，忽而又觉得手稿如此糟糕，编辑部的人会奉劝他赶紧把笔扔了，从今往后躲编辑部远远的。

一周以后，他重复了自己的出征，甚至重复了在街头长达一个钟头的犹疑徘徊，唯一的区别在于这回他腋下没有了文件夹，并且知道该往哪儿走。他不知为何已然断定，发表是没指望的了，也并不认为听取白发小老头儿的批评建议有任何意义。

更糟糕的是，当谢尔盖终于鼓足勇气上到四楼，怯生生地钻进编辑室，浑身冒汗地准备迎接打击时，编辑们已经不记得他了，他不得不提醒自己是谁，送来了一份什么手稿，里面讲的是什么，而白发小老头儿却把他跟另一个人弄混了，信誓旦旦地说他写的不是小说，而是诗歌。过了好一阵儿，编辑们忽然又都想起他来了，白发小老头儿的眼睛里立刻燃起阴毒的火苗（这或许并非事实，而只是谢尔盖的主观臆想），他很快就找到了谢尔盖的手稿，拽着他进了另一个房间。

白发小老头儿不住地叹气，似乎对谢尔盖的平庸深表同情，他说谢尔盖的小说缺乏原创性。白发小老头儿逐段点评，准确地识破了谢尔盖对这位或那位作家的模仿。谢尔盖的目光认真地追随老人的手指在字母上移动，好像这样便能对手稿做出补救似的。他不由自主地频频点头，同样意识到了自己的平庸与愚蠢。

"不过，你也有写得好的地方，要是再多些就好了。"

白发小老头儿挑出了这样一段文字，说女主人公在放学路上跟自己暗恋的一个男生闲聊，聊得如此投入，回到家才发现，自己身后的裙角被掖在了连裤袜里，那还是她最后一节体育课下课之后，整理衣服时不小心掖进去的。白发小老头儿还欣赏一个细节，说男主人公的妈妈不肯让他爸爸出门去扔垃圾，担心他趁机溜出去喝酒，回到家又是醉醺醺的。

白发小老头儿还建议谢尔盖参加写作研修班，说杂志社有，大学里也有。谢尔盖知道大学里有，但主要是写诗的。此外他还认为，类似的活动纯属浪费时间。他从未听说过有哪位大作家是从写作研修班诞生的。他认为，文学，在特定阶段之前是十分私密的（但这并不妨碍他每次重写了小说开篇之后，都迫不及待地将手稿给朋友们传阅）。谢尔盖答应白发小老头儿，一定会加入某个研修班，一定会同他保持联系，有了新作品一定还会往编辑部送。

此后足足半个多月，谢尔盖一直感觉被侮辱、被损害了，感觉自己像小说里的女主人公，被男主人公玩弄了。他一度决心放弃写作。最后他得出结论，对于创作长篇小说而言，他所欠缺的只是生活阅历，于是决定先积攒经验，三年之后再重新动笔，写完书稿就去死。

十九世纪的人倒是好，不必总拿自己跟别人比来比去，因为除了亚历山大大帝和拿破仑之外很少有别的参考对象。而在谢尔盖生活的年代，甚至在更早以前，广播、电视到处都在宣扬某某作家声名鹊起的事例，他们要么是走了狗屎运，要么是迎合了读者口味，要么是经纪人运作得当，要么就纯粹是命好。谢尔盖刚刚平复下来，开始创作新的长篇——讲述一位水暖工如何热衷绘画，如何在充满傲慢与偏见的艺术圈里奋力拼搏——电视机就又把一则重磅消息砸到了他头上：某个文学奖项颁给了他的同龄人——几乎是同龄人，更准确地说，是个十八九的愣头青。此人被誉为"小安东尼·伯吉斯"，他的好几部短篇已经卖出了电影版权，被认定为前途不可限量。

雪上加霜的是，期末考试，有位任课老师给谢尔盖打了三分。他由此决定：是时候向这个无视他才华的残酷世界展开报复了，而且非要拽上彼得罗夫不可。他不知道从哪儿搞到了一把手枪，想用它来与这个世界决裂。谢尔盖并非信徒，但他担心，万一上帝真的存在，势必会因为自杀向他问罪，保险起见，便请彼得罗夫帮忙。这种信任令彼得罗夫的虚荣心得到了满足，毕竟谢尔盖拜托的恰恰是他，而非其他任何人；因此，从道义上讲，他没有任何理由向谢尔盖的父母泄露其计划。再者说，杀害朋友虽说不是什么好事，可既然朋友自愿如此，又有何不可呢？彼得罗夫甚至从未想过，自己在这件事上有什么不对。为了尽到真正朋友的本分，他起初也曾暗示谢尔盖，不值得为了鸡毛蒜皮这么做，比如出于对杂志编辑或者老师的怨恨。他还举了自己的例子，说他从来就没有幻想过发表自己的漫画，因为他不大相信哪家出版物会对它感兴趣。全叶卡捷琳堡只有一本本土的漫画杂志——《韦列斯》，但恐怕连自己内部人的漫画都塞不过来。此外还有几本迪士尼漫画杂志，关于米老鼠唐老鸭什么的，但这条路对于彼得罗夫之流无疑是封死的。更糟糕的是，彼得罗夫连下塔吉尔师范学院的美术系都没能考上，从此就把当画家的念想彻底扔出了脑袋。"那是你——！"谢尔盖听罢，一脸嫌弃地对他说，似乎彼得罗夫本就是一坨烂泥似的。

谢尔盖对彼得罗夫死缠着不放。原因大概不仅仅在于他对上帝的不可理喻的虔诚，似乎还因为他在自己脑子里编排了某种情节，必须通过彼得罗夫向他开枪才能实现。彼得罗夫猜测，是不是因为俄罗斯很多大作家都是非自然死亡，谢尔盖才打算以自己的英年早逝来弥补天赋。一连好几个月，谢尔盖都在怂恿彼得罗夫答应自己,那股子软磨硬泡的劲儿,堪比小伙子跟大姑娘求困觉。但凡两人独处,除了自杀,谢尔盖就再不会说别的了。他给彼得罗夫打电话是为了说这事,跑到彼得罗夫家里来还是为了说这事。

彼得罗夫最后只得勉强同意,但提议谢尔盖再等等,哪怕等到五月份也好。彼得罗夫琢磨着,别看谢尔盖嘴上说得坚决,过一段时间兴许就变卦了,再者说,到时候他的作品没准儿真能登出来呢。谢尔盖将小说前两章分别寄给了《星星》和《新世界》,因此,有极小的概率,它们会碰对了某位编辑的口味,后者会说:"我说,咱把这个登了吧,指定好玩儿!"或者诸如此类的话——彼得罗夫不知道编辑部是如何筛选稿件的,但从谢尔盖激愤的讲述中,他猜测大概就是这么个情形。

彼得罗夫本以为谢尔盖会渐渐平复,一切将回到原轨——废弃建筑里的闲坐,森林公园里的闲逛,喝着红酒啤酒论文学。不承想,谢尔盖真的参加了写作研修班,继续创作那部关于水暖工立志当画家的长篇,手稿走到哪儿都带着。他还开始详尽筹备自杀事宜。彼得罗夫不知道哪一样更折磨人:听谢尔盖读他的各种遗书,还是听谢尔盖读他的小说手稿。在那些遗书里,谢尔盖谴责父亲对他百般压制,不给予他个性发展的空间,谴责那位大学老师给他打三分,谴责编辑们有眼无珠,谴责当代文坛沉瀣一气。而小说里呢,水暖工的原型就是彼得罗夫本人,尽管谢尔盖掩耳盗铃地将人物设置成了金发碧眼的同性恋。水暖工的中学同学,即谢尔盖本人,则被塑造成了一位功成名就的大剧作家,终日穿梭于各大国际艺术节，仅仅作为一个令翻版彼得罗夫羡慕嫉妒恨的背影存在。在小说第一版里，翻版彼得罗夫竟然对邻居家年仅八岁的小男孩欲图不轨。彼得罗夫读罢大骂："靠，你丫有病吧！""你凭啥说我写的是你呢！"谢尔盖这么辩解着，但还是把小男孩拿掉了。后来他又把小男孩的角色换成了翻版彼得罗夫的同事，描写两位水暖工在主顾的地下室或者住宅里并肩劳作时如何摩肩擦踵，耳鬓厮磨。谢尔盖还剧透了小说结局：水暖工彼得罗夫眼睁睁地看着自己的水暖工恋人被另一个男人撬走，最后一无所有，孤独终老。

春天越近，离谢尔盖父母前往郊外达洽所剩的时间就越少，谢尔盖就越急不可耐。他天天给彼得罗夫打电话，甚至亲自跑到他家里，好确认他没有变卦反悔。彼得罗夫认为这是对他的侮辱，他觉得自己虽不说一言九鼎，至少也是一诺千金吧。唯一潜在的变数是彼得罗夫跟同楼的一个姑娘处对象了。起初彼得罗夫没太当真，可姑娘却动了真格的：她去修车行找他，往他家里跑，假如彼得罗夫假装不在家，她就蹲在楼道口死守。约会本身谈不上不好，跟那个姑娘在一块儿也并不无聊，也正是在跟她交往之后，彼得罗夫才认清楚谢尔盖的计划何等愚蠢，他对世界、对父亲、对老师的谴责多么荒唐。麻烦在于，彼得罗夫不得不想方设法避开姑娘，偷偷跑去找谢尔盖，可姑娘黏他黏得太紧了，每到周末，她一大早就跑到彼得罗夫家，把他摇醒，让他陪自己玩儿。但目前为止，彼得罗夫还觉得挺好玩儿的。

彼得罗夫当然可以跟谢尔盖约定一个日子，一下班就去找他，可问题是他根本不知道自己几点能下班，搞不好整宿都得待在修车行。好在已经不是冬天了，把绒衣卷巴卷巴往脑袋下一垫，在工作台上就能眯个盹。最后两人约定，谢尔盖的父母去达洽后的头一个星期就动手，随便哪天都成，只要彼得罗夫能早点下班。谢尔盖的父母是重度园艺迷，一开春就跑去达洽种菜，整个夏天都待在那儿，连上下班都从达洽往返。

但计划不如变化：谢尔盖也被父母绑到了达洽。在母亲的催促声中，谢尔盖带着慷慨就义的悲壮神情，钻进了父母的红色拉达2106。同样是在这些催促声中，彼得罗夫跟女友帮助谢尔盖往拉达车上塞满了铁锹等各种园艺工具，一大堆箱子、木板、罐头、几麻袋土豆和一大摞空麻袋。谢尔盖的母亲时不时就叫唤一句："哎呀，差点忘了！"谢尔盖的父亲硬逼着彼得罗夫给他的拉达车更换了后刹车片，还站在一旁说风凉话，说就他这个磨蹭劲儿，居然还有人给他发工资。

要不是念着谢尔盖父亲从前待自己不错，彼得罗夫早让他滚一边去了。彼得罗夫和谢尔盖小时候，谢尔盖的父亲总跟他们一起做航模，比如塑料飞机模型和和平号空间站模型，他还能照着"青年机械师"的图纸做出各种轮船模型。而彼得罗夫的父亲却总在加班。

一想到要去达洽，谢尔盖就一肚子火。他对达洽的厌恶似乎超越了一切。这也情有可原：任何一座达洽，任何一块菜地，春天都是一派古希腊地狱景象：经冬下陷的菜畦上散落的根茎残骸，泥泞的田埂，枯败的灌木，坍塌的茅厕——一切都令人心烦意乱，到处都需要拾掇，搬来搬去，敲敲打打。谢尔盖的父亲还有个臭毛病，无论谢尔盖干什么，他总要摇头晃脑、唉声叹气，连彼得罗夫这个不相干的外人都无法忍受。谢尔盖的父亲似乎在以此向妻子显摆自己的能耐，炫耀他对谢尔盖的绝对优势，好像在跟自己的儿子竞争自己的妻子似的。

但总的来说，谢尔盖父母人还算不错，很和善，彼得罗夫的父母甚至放心让彼得罗夫跟他们去达洽，自己好趁机解脱一下（要知道他们连少先队夏令营都不大认可）。那些日子给彼得罗夫留下了深刻印象。他和谢尔盖可以爬到凉台顶上晒太阳——而奶奶却从不允许彼得罗夫这么做，又怕他把屋顶的油毛毡弄皱，又怕他从上面摔下来，怕这怕那。谢尔盖的母亲在自家澡堂子里给彼得罗夫洗澡、剪指甲。有一回，他跟谢尔盖把一个老太太家园子里的马林果全吃光了，老太太跑过来大吵大闹，谢尔盖的父亲护着他们，对老太太说，想要马林果尽管从他家摘，老太太便说，反正她也没孙子，孩子要爱吃，她园子里还有草莓呢，只是得先征求同意，不然就不好了。谢尔盖的父亲便命令两个孩子把老太太家浇地的大桶装满水。两人领命而去，一边打水，一边打水仗。当时用的还是压水井，井把太沉，一个孩子的重量根本压不动，非得两人一起吊在井把上，或者同时跳上去用肚子往下压。压出的水流以那么大的力量击打在吊桶底部，激起那么多水沫，像极了城里街头巷尾的自动贩售机里流出来的不加糖浆的气泡水。

在奶奶的达洽彼得罗夫可就没这么多乐子了。一来街坊四邻全是老头老太太，而且全都无儿无女，别说玩伴儿，连个说话的人都没有。二来奶奶的达洽里别说电视机，连收音机都没有，邻居家倒是有一台，却又极抠门，不肯像谢尔盖父母的达洽邻居那样，把音量开到最大，好让所有人都能听见。彼得罗夫从那台收音机里听到的唯一响动是晚九点的整点报时，因为一到傍晚，四周便陷入一片暴雨将至的沉闷寂静。三来奶奶啥活儿也不让彼得罗夫干，过后又埋怨他不帮忙，净捣乱。奶奶不让彼得罗夫干活是因为很久以前，她的小弟在乡下割破了手指，破伤风死掉了；她过后埋怨则是因为她的确需要帮手。奶奶还不让他下河游泳，怕他淹死；不让他上房，怕他掉下来摔死；甚至连看书都不让他看太久，怕他把眼睛看坏。他在达洽里唯一能做的就是坐在台阶上东张西望，听奶奶发牢骚，埋怨他啥也不干。每年夏天，他都要在奶奶的达洽待上一整个月。而他居然没有疯掉，简直匪夷所思。

临别时，谢尔盖抱着一只罩着粗麻布的水桶，以那样一种眼神望着彼得罗夫，仿佛他已决意在达洽上吊或者吞枪，就在菜园子里那座酷似小房子的暖房里面。谢尔盖凭借吵闹才争取到了带上纸张和打字机的权利，打字机被放在了车顶，用绳子跟木板和铁皮浴盆绑在一起。彼得罗夫想，能在达洽写作倒也并非坏事，他眼前清晰地浮现出这样一个画面：谢尔盖坐在争取来的阁楼里，坐在那张麻花腿、窄抽屉的老书桌前，不停地在打字机键盘上敲打，写出又一个根据熟人杜撰的故事。谢尔盖的父亲倒有一点值得肯定，就是他从不干涉儿子的创作，从不翻看他写的东西，从不瞎提意见，比如该写什么、怎么写，不会动不动就塞本书过来，建议他照着书上的写，也不会站在他身后监工。而彼得罗夫的父亲则不然，在他搬去照顾罹患老年痴呆的岳母以前，动不动就抄起彼得罗夫的画纸，百般挑剔地审视。彼得罗夫没能考上美术系这一事实，令父亲彻底给他的绘画才能乃至他本人竖起了墓碑。假如彼得罗夫的漫画能卖得出去，父亲或许还会承认它们有些价值，可眼下，每次见儿子和他那个朋友埋头画分镜头，他就会冷哼一声："我说小伙子们，你们还是去干点有用的吧！"有一回，彼得罗夫忽然从旁边看见了可怜兮兮的自己，眼前甚至迅速闪过一部关于自己和朋友的黑白电影，片名叫《不务正业》：一群自诩画家的小青年，整天胡涂乱抹些抽象派画作，混迹于爵士乐舞会，较之于艺术家更像酒鬼。终有一天，其中一个因为反苏行径被抓了，画室被查封，其余人不得不进了工厂，可他们干啥啥不成，害得生产队眼看就要输掉社会主义劳动竞赛了，肌肉发达的青年工人们只是笑嘻嘻地取笑他们，而肌肉发达的年长工人们则对他们横眉立目，只有一位姑娘相信他们的才华。主人公给这位姑娘画了一幅抽象派肖像，看着更像讽刺漫画，所有人都哄堂大笑。这时，一位参加过伟大卫国战争的老工人，不经意间聊起了自己的家人，说他们都在德军轰炸中遇难了，还展示了他们的照片，主人公心有触动，事后便凭记忆画起了老工人的妻子儿女。他画到很晚才睡，睡过了换班时间，在共青团大会和工人大会上遭到批判，共青团书记（就是主人公给她画肖像的那位姑娘）来到主人公家里问究竟咋回事？没咋回事。你现在画啥呢？

没画啥。又画那些个没正行的呢？没错。给我看看！不给。争抢间，画布掉落，姑娘大为感动，将画布带到工厂，老工人嚎啕大哭，紧紧地抱住了主人公——以上所有这些画面，电光石火般从彼得罗夫脑海中掠过，就在父亲建议他干点正事的那一瞬间。但老工人拥抱完主人公以后的情节，却再也进行不下去了。彼得罗夫不知道该如何将臆想的电影引向圆满结局，显然，主人公的铣工技艺，并不会单纯因为大家对他绘画技艺的称赞而得到提升。

较之于彼得罗夫的父亲，女友对他的才华要有信心得多。她一听说彼得罗夫喜欢画画，立马预定了一幅自己的画像。第一幅画像被她否了，说画得一点儿都不像，但还是拿回家去了。几天后，女友的妈妈见着彼得罗夫，却夸他画得好极了，简直跟活的一样（原话便是如此——"跟活的一样"）。第二幅画像，彼得罗夫把眼睛画大了点儿，嘴巴画小了点儿，这下，女友简直欣喜若狂。"人体写生画不画？"女友问。假如他俩之前还没上过床，彼得罗夫很可能会觉得难为情，可他们第三次约会就睡过了，当时两人都还没有聊到彼得罗夫的绘画爱好上来呢，而只聊些电影——之前都看过哪些片子，哪些喜欢，哪些不喜欢。女友不大聪明，书也基本不读，除了软皮的言情小说，就那也只是因为她妈会买这种书（她爸则买侦探小说）。也难为她能说出"人体写生"这样的文词，而没有说得更直白粗俗。彼得罗夫赞赏她的文雅表达，却拒绝画她的裸体，因为她真正想要的绝非自己的裸体，而是把她的脑袋安到一个完美的胴体上去，还得把背景画成香车豪宅，手上脚上还要画满钻石和奇葩文身。说到文身，她还真有一个——一团火焰，在肚脐眼周围。这要是被她妈知道了，非得薅光她头发不可。

彼得罗夫没能来得及想念谢尔盖，因为没过几天，他自己也被打发去奶奶的达洽帮忙了。自打彼得罗夫的个头赶上父亲之后（这其实并非难事，因为父亲既非巨人，又非篮球运动员），达洽的无聊生活就终结了，奶奶开始把他当成壮劳力，从早到晚，像非亲生的那么使唤。但彼得罗夫最主要的用途还是翻地，在这件事上彼得罗夫的父亲是指望不上的，因为他总变着法地偷懒：每隔五分钟就要抽支烟，没干一会儿就嚷嚷背疼，动不动就往茅房跑，一蹲就是几个小时，还总溜出去跟邻居喝酒。彼得罗夫其实很能理解父亲，因为辛辛苦苦翻出的菜畦上长的那些土豆黄瓜西红柿，自家厨房里连根毛都见不着，都被奶奶私藏了，八成是卖了钱，留着办后事用呢。据彼得罗夫估计，那必是一场奢华的葬礼：水晶打造的棺材，八匹黑马拉的灵车，由三个本地乐团组成的乐队，当奶奶上路时，头顶还会掠过一支歼击机小分队。

但彼得罗夫喜欢翻地。他如此喜欢挖坑，觉得自己简直像《基坑》[01]里的主人公，而且小菜畦他还嫌不过瘾，非得成片的土豆地才趁他的心。闲置大半年，田里的野草都长荒了，这些草全得连根挖出来，抖落掉根上的泥土，把草梗装进桶里。春天不像夏

---

01 苏联作家安德烈·普拉东诺夫（1899—1951）于1930年创作的反乌托邦中篇小说，讲述苏联农业集体化期间，计划建成一座史无前例的无产阶级大厦，但工程却止步于无休止的挖掘基坑上。

天那么闷热,身上不会蒸桑拿,而只是微微发热,连蚊子(它们就像是从挖开的泥土里钻出来的)叮在脸上都是舒服的,虽然偶尔也会起大包。透过菜地四周尚未抽叶的灌木丛,能看见邻居们也在翻地,从而产生一种集体劳作的感觉。彼得罗夫长成壮劳力那年,收音机已经普及,无线电台遍地都是,人们纷纷把淘汰的磁带录音机带到达洽,四面八方鼓噪着各式各样的音乐,有本国的,也有外国的。焚烧垃圾和烤肉串的烟气从四处升腾而起。男人们穿着裤头雨鞋就能出门干活,谁也不会觉得难为情。跟彼得罗夫隔一块菜地有位壮硕的大叔,在一位老太太(他母亲或者姑母)的吆喝声中,也在翻地。大叔的秃顶闪闪发亮,上身光膀子穿着棉袄,下身是条齐膝的红衬裤,脚上是双暗绿色的胶鞋。大叔停在门口的那辆车,至少值市区两套房。

在达洽已然很好,更好的是赶上奶奶感冒着凉,她便会给彼得罗夫留下一些指示,自己跑进城去,只剩下彼得罗夫一个人。彼得罗夫喜欢奶奶,却不喜欢奶奶用水罐往地头给他送水,问他脑袋晒不晒,要不要戴顶帽子——巴拿马草帽,甚至是她自己那顶遮阳帽,用白色塑料吸管编的,帽顶还有个褪了色的粉蝴蝶结。

当天傍晚,彼得罗夫跑了一趟附近那家小得不能再小的小卖部,买回一大堆啤酒(奶奶要是知道自己孙子偷着喝酒,肯定会提前蹬腿儿),坐在奶奶家黑木屋的门廊上,欣赏起了日落。多好啊,在炮弹射程乃至更远的范围内,没有奶奶,没有谢尔盖和他的奇葩想法,没有一天到晚叽叽喳喳坐不住的女友,有的只是邻居家窗玻璃上的反光,以及足够遥远不致令人心烦的人语声、电视声(美国肥皂剧《圣巴巴拉》之类)、收音机声。

彼得罗夫喜欢翻地,只不过,翻完地的第二天,他只能要么继续翻地,要么在床上挺尸,而在这两种状态之间的转换期,他整条脊柱都会出现难以言喻的疼痛,甚至不能称之为疼痛,而更像是一种诡异的感觉,就藏在后背,骨盆周围,逼得人屏息凝神,不敢稍动,唯恐将其惊醒。他没办法一下子从床上站起来,必须先小心翼翼地从仰躺翻到趴伏,接着撑起手臂,弓起双腿,依次借助凳子、桌子和墙壁的支撑,缓缓站起,步履蹒跚地去趟厕所,然后像只乌龟一样慢吞吞地穿好衣服,一面倾听着脊椎骨和里面的脊髓的动静。听着自己哼哼唧唧,彼得罗夫自己都觉得好笑,可就连发笑都得加着小心。彼得罗夫像拄着拐杖一样拄着铁锹来到地里,开始一下一下慢慢地翻地,好半天后背才活泛起来,好像脊椎骨之间的润滑油冻住了,只有通过脊柱来回活动才能慢慢化冻。一段时间过后,铁锹已经翻动如飞了,但彼得罗夫心里清楚,一旦坐下来歇息,后背的疲软便会立即归位,将他变回一只贴墙游走的大蜘蛛。

一个冬天不见,奶奶的达洽旁边就多出了一座四面院墙的红砖小楼。彼得罗夫记得起初那里只是一片杂草丛生的荒地,后来挖了一个大基坑,坑底总积着一汪水,再后来打了地基,闲置了一两年,可眨眼之间,砖房和院墙就起来了。彼得罗夫喜欢那堵砖墙,墙身笔直,砖缝整齐,砂浆勾缝;可他却不喜欢墙里面的人,他们用这道砖墙与周围人隔绝开来,让外人看不见他们在里头干什么。除此之外,彼得罗夫在这家人面前还颇有些自惭形秽,虽然他只见过那家的男主人。那个男人经常在阳台抽烟,烟头灭在烟灰缸里,时而若有所思地眺望远方——从他的阳台望去,周围形形色色的屋顶尽收眼底,时而同样若有所思地望着彼得罗夫。彼得罗夫很为自己身上的破旧衣服感到害臊:运动裤和旅游鞋已经穿了三年,都快穿烂了,所以才专门拿到达洽,刨地时穿的。他上身是件灰不溜丢的针织衫,上面共有七道横纹,每道条纹上都有一排鹿,头排向左,二排向右,三排又向左,以此类推。这件针织衫大概织于二十世纪七十年代末八十年代初,当时家里人对鹿何以如此热衷,彼得罗夫不得而知,但他猜测,大概跟银鹿车标的伏尔加小轿车有关,兴许是种召唤仪式。

　　男邻居时不时地便走到阳台上望望彼得罗夫,好像彼得罗夫翻的那块地是他的,他在监工似的,而彼得罗夫也的确有了种雇工的感觉。问题似乎出在男邻居的眼神上,那眼神里有种君临天下的自信从容,仿佛整片土地连同地底下的东西全是他的。当他环视四周时,仿佛在筹划将这片土地改建成别的什么,比如别墅区,整个片区都用他家那样的砖墙圈起来,里面全是独栋别墅,每栋别墅又各自圈着围墙。彼得罗夫无端地认定,男邻居家的围墙内一定有一大块平整的英式草坪,一个蓝汪汪的圆形游泳池,虽然眼下还没到游泳的季节,露天泳池暂时也还派不上用场。男邻居穿着黑西装、黑衬衣,还扎了条黑领带,这让彼得罗夫很看不惯,在他看来,穿着西装来达洽纯属装逼。穿着这身黑西装的男邻居如同脱下了蝙蝠侠制服,尽情享乐的亿万富豪布鲁斯·韦恩，跟他一比，周围这些简陋的木屋令彼得罗夫感到窘迫和羞耻，既为他自己，也为周围全体达洽邻居。话又说回来，那个年代很多人都喜欢穿一身黑，好让自己显得更聪明、更气派，彼得罗夫怀疑男邻居正是这么一个故作聪明的家伙。

男邻居耐心地等待彼得罗夫将整块土豆地翻完，当他佝偻着腰，撑着铁锹柄，像个疲惫的老魔法师拄着魔杖站在地头时，才开口问道：

"喂！俄语，会说吗？"

男人显然是把彼得罗夫当成外籍雇工了，原因肯定出在彼得罗夫的黑头发和貌似斯拉夫人却又颇有些亚洲风味的长相上——巡警们就是因为这个才总在大街上拦住他查验证件的。可他也不动脑子想想，外籍劳工怎么可能出现在一位普通老太太家的菜地里？

彼得罗夫点了点头，没吭声，尽管他本可以说，男人自己长得也不像什么高贵人种，而更像是高加索山民。

"我家的花田需要翻一下，我可以付钱。"

按照男邻居的设想（彼得罗夫仿佛看穿了他的心思），一听见"钱"，彼得罗夫立马就会跟他讨价还价，然后满心欢喜地走进他家院子，像个乡巴佬一样打量着眼前的洋房、院子和泳池。彼得罗夫感觉受到了羞辱，他将铁锹插进土里，仿佛那是一面飘扬在要塞塔楼最高点的旗帜，而他是一位护旗手似的：

"有多远滚多远吧，该死的！"

说罢，彼得罗夫便走进了奶奶的木屋，准备烧水泡茶，用电磁炉热汤。他像个老太婆一样不自觉地呻吟着,拎着水壶在水龙头下面接水。渐渐变沉的水壶令他的腰越发难以承受。汤锅倒是没有变重,因为它本就很重。他很想坐下,可一旦坐下去,再想站起来可就费劲儿了。彼得罗夫倚墙而立,后脑勺顶到了一个画框。那是一幅风景画,不知道怎么跑到达洽里来的,上面画着一小片白桦林,一条小路在雪地上逶迤延伸。奶奶和父亲总指着这幅画教训彼得罗夫:"这才叫画画,不像你那些乱七八糟的。"彼得罗夫决定再待一天,等后背完全不疼了再走。他打算傍晚再去一趟小卖部,并庆幸父亲没把车给他留下,不然就他那车技,真不知道怎么把车弄回去。想到还能痛痛快快喝顿啤酒,他很高兴,这对他来说是最好的止痛药,比任何药膏、安乃近都强。

男邻居连门都没敲就进来了。彼得罗夫赞许地看到,男邻居非但一点儿没生气,反倒一脸的欢喜。但他不喜欢男邻居到别人家跟进自己家似的。男邻居拎着一瓶白兰地。在木屋里,他看上去比在红砖墙背景下自然多了。彼得罗夫感觉,男邻居的出现令小木屋蓬荜生辉,不再是从前那个简陋住处,而更像是田园风情的独特设计了。男邻居轻车熟路地伸手探入壁橱,取出两只落满灰尘的酒盅,朝其中一只吹了口气,将杯底的一具胡蜂残骸吹了出来。

"在这儿真他妈没劲。我原以为上班才没劲,没想到,哎!对了,我叫伊戈尔。"

彼得罗夫也报了姓名。

"你年纪轻轻的,脾气咋那么冲?"伊戈尔在桌旁坐下,往两只酒盅里各倒了一盅酒,"坐下呀,站着不累呀?"

彼得罗夫说他坐下去就站不起来了,继续背靠墙站着。

"牛!我没耽误你干活吧?我看你家大棚还没盖膜呢。"

"不耽误。"

"你喝酒不喝?瞧你那狠样,跟个拳击手似的。你该不会是个运动员吧?"

半小时后,再也站立不住的彼得罗夫终于坐到了板凳上,还起身端来了汤锅,给伊戈尔和自己各盛了一碗汤。半小时后,又来了一位男邻居,说看彼得罗夫好像地都翻完了,铁锹能不能借他使使。

"嗬,你眼神倒是挺尖。"伊戈尔对男人夸奖道,"咋着,想不想让眼神变得迷离点儿?"

较之于翻地,男人显然更乐意让眼神变得迷离。伊戈尔飞跑回家,又拿来一瓶酒。等男人的妻子纳过闷来为时已晚,伊戈尔已经开车带着彼得罗夫去小卖部买啤酒去了,而借铁锹的男人已经被温暖的阳光以及顺着静脉泛滥开去的"超强光"化成了一团泥。女人一把揪住男人的后脖领子,拖起来就走,拖到门廊,男人还没忘了顺手抄起那把铁锹。就这样,女人拖着男人,男人拖着铁锹,"拔萝卜"似的走远了。

余下的傍晚时光,彼得罗夫和伊戈尔在露台上痛饮啤酒。伊戈尔一边喝一边兴奋地叫嚷:"靠,真他妈够劲儿,真应该一上来就喝啤酒。"彼得罗夫对此深表赞同,因为喝罐装啤酒的确比用酒盅喝白兰地带劲儿。

第二天早上，伊戈尔准备回城，问彼得罗夫要不要搭便车。彼得罗夫其实也该回去上班了，虽然请的假还没用完，但良心已经在对他说，既然活儿都干完了，也该回地沟里去了。彼得罗夫有种预感，女邻居一定会向奶奶打小报告，说他领人到家里喝酒，奶奶一定会转告母亲，母亲就会怪罪他，年纪轻轻就喝大酒，再过几年准得变成他父亲那样。为了尽量减轻罪责，彼得罗夫将空啤酒罐和空酒瓶通通塞进了麻袋，答应跟伊戈尔一块儿走。

彼得罗夫将麻袋扔在了达洽区入口处的垃圾场。垃圾已经堆积如山，正中央是大件废品，旧吸尘器、旧冰箱、没轮子的手推车等等，四周是小件垃圾，塑料瓶塑料袋、碎酒瓶碎玻璃碎花盆、旧书旧报纸旧杂志什么的。土豆皮之类的厨余垃圾在这儿看不到，因为一切能腐烂的都被填进了堆肥箱，或者干脆就近埋进了菜地。但垃圾堆的一面坡上却堆着去年的土豆秧。

酒精的麻醉劲儿已经过去了，彼得罗夫又没法从坐姿自主转换成站姿了，因此他没坐副驾驶，而是爬到了后排座上，像个古希腊人一样半倚半卧，在坑坑洼洼的路面上哀声连连。伊戈尔一个劲儿地道歉，虽然完全不是他的错。彼得罗夫对伊戈尔说，只要把他送到城边就行，并再三保证他自己能走到单位，但伊戈尔还是一路将他送到了修车行，并且趁着彼得罗夫从车上把自己"掏"下来的时候，认识了巴沙和季蒙。巴沙也回来上班了，抱怨岳母把他当牲口使，他后背倒是不疼，但两只手掌全被铁锹柄磨破了，头也疼得厉害，而且从里疼到外——里边疼是陪岳父喝酒喝的，外边疼是在岳母家达洽的矮门上撞的。

"开吉普那家伙是个什么人？黑社会？"伊戈尔的车屁股刚转过街角，巴沙就问。

"有可能。我也不知道，我奶奶家达洽的邻居。"

伊戈尔把彼得罗夫送到修车行是上午十一点，那时修车行门口已经停了四辆车，四位车主正在屋里海说神聊，他们心情都很好，因为车子都是小毛病，也就换个机油，换个制动主缸，装个万向节什么的。这些活儿基本上站着就能搞定，不用跪着躺着的。正是阳光明媚的春日，干燥，暖和，干这些活简直不叫干活儿，而叫作积极休息了。下午还不到五点，四位顾客便各奔东西了。季蒙提议去趟商店，继续彼得罗夫和巴沙在达洽的消遣。邻近修车行的几个哥们儿也都召之即来，有的还拎着已经开封的酒瓶，可巴沙和彼得罗夫却都想回家了，在经历了达洽的苦役之后，他们渴望好好洗个澡，睡上一大觉。就在这时，来了一辆拉达2109，说变速箱还是离合器有异响。这是个大活，巴沙本想让给其他修车行，但都被谢绝了：有家店正在拆修一台发动机，自己的活儿都忙不过来；另外几个人接了个给瞪羚车换底盘件的活儿，结果中心销卡得死死的，怎么也敲不出来，几个人轮番上阵，十五分钟一换，已经连续敲了五个钟头了。也正是这帮既窝火又没辙的人，极力怂恿大家一醉方休。巴沙只好对车主说，车子可以留下，但活儿得明天才能干了，车主同意了，将车开进修车行就走了。

巴沙和彼得罗夫在修车行门口待了半天（一个坐着，一个站着），还是打不定主意走，因为天还亮着呢，其余人都还干活呢，尤其是给瞪羚车换底盘件的那帮人，老远就能听见他们抡锤打铁的敲击声和绝望的咒骂："靠！你他妈倒是出来呀！"

巴沙提议："不然，今天就开干吧？反正衣服还没换。"

彼得罗夫扭头瞅了一眼静静地停在那儿的拉达车，无奈地说："我最烦摆弄这种前驱车。"

巴沙劝道："至少明天能少干点。"

彼得罗夫在心里叹了口气，朝地沟走去，顺道拿了只扳手和一只塑料桶，用来接变速箱油。

钻出地沟，街上已经黑了，每家修车行门前都有道黄光躺在土路上，彼得罗夫也想躺在这土路上，直到天亮。他没法设想自己还能走到谢尔盖家，看他是否在家，有没有打消自杀的念头。他跟巴沙往外取变速箱时，箱底没抽干净的油淋了彼得罗夫一头，顺着后脖领子流到了背上。后背他用洗衣粉（修车行里用它来代替香皂）好歹搓了几把，头上却没敢用洗衣粉，就这么顶着一头油回家了。

巴沙把彼得罗夫捎到了自家附近的1905年广场站。彼得罗夫喝着从站台上买来的汽水，站着等了半天的无轨电车。跟彼得罗夫一块儿喝着汽水等电车的还有两个人，但彼得罗夫对他们毫无印象，因为他们也跟他一样阴沉着脸，一样沉默寡言，一样是苦逼的加班人。一队巡警原本朝他们走过来，走到跟前却只挥了挥手，他们也知道：假如有人大晚上的在电车站台打摆子，绝不是喝了酒或者吸了毒，而是累的。几个巡警看上去也没什么精神，个头都跟彼得罗夫差不多,走得越远就越像几头小灰驴。

无轨电车终于来了。车厢内闪耀着神奇的昏黄的灯光,远远望去不像真的电车,而更像个电车模型。从远处望去,空旷的车厢显得比实际情况更干净、更完整。当电车慢慢驶近,慢慢停下时,彼得罗夫感觉司机和售票员都像是粘上去的塑料小人。

彼得罗夫每次坐无轨电车,总会有一群疯子跟他纠缠不清,唯独这回一个也没有:也许是天太晚了,疯子们都各回各家了,也许彼得罗夫自己就是那个折磨彼得罗夫并计划杀死谢尔盖的疯子,又或者谢尔盖才是那个疯子,他已经跟彼得罗夫约好了见面,而见面的地点并不在电车上。彼得罗夫直到最后一刻都希冀着,谢尔盖还没有回来;当他看见谢尔盖家亮着的灯时,他又希望谢尔盖的父母也一起回来了,而他们是不会让谢尔盖实施计划的,至少今天不会。

彼得罗夫像溜进别人家似的溜进了自己家,唯恐半路被女友或者谢尔盖截住,连门锁都开得小心翼翼,仿佛一旦门锁弄出超过保密所需限度的响动,立刻便会警笛大作,红灯狂闪,无数个谢尔盖和无数个女友从一切缝隙里钻出来,齐声高喊:"意不意外?!开不开心?!"他轻手轻脚地关上门,甚至屏住了呼吸,就像年轻时贪玩晚归,唯恐将已经睡下的父母吵醒一样。记得有一回,彼得罗夫强忍着啤酒嗝,开锁进屋,掩上房门,再一回头,父母已经齐刷刷地堵在那儿了,差点儿没把他吓死。

漆黑而空旷的房间骤然发出惊悚的尖叫——客厅茶几上的电话仿佛嗅到了彼得罗夫的气息。在最初的几个瞬间,彼得罗夫的整个内脏仿佛跳下了电梯井，许久才从地底深处传来一声惨叫。彼得罗夫安抚好肾上腺素狂飙的心脏，溜进了浴室。他本想摸着黑洗，但黑暗并不彻底，还是有些光亮，足以看清盥洗盆上方的镜子里晃动的身影。电话铃声仍在持续。彼得罗夫用想象的眼睛看到，从天花板上垂下某个黑色生物，状如偌大的一滴石油，没有脸，没有眼睛，却不知用什么盯住了彼得罗夫，而且如此之近，几乎要碰到他的被变速箱油污染的头发了。催命铃每响一声，黑色生物的表皮上便凝胶似的滚过一阵颤栗。彼得罗夫紧紧地抓住盥洗盆坚硬而冰冷的边沿，试图熬过内心的恐惧，接着，他不知怎地，又坐在了浴缸里，灯已经开了，他正往脑袋上抹洗发水，嘴里还哼着小曲。

伴随着持续不断的电话铃声，彼得罗夫吃罢晚饭，躺在了电视前的沙发上，遗憾回家路上没买点儿酒。电话铃声中断了片刻，随后又催命似的叫了起来。彼得罗夫对铃声已经完全适应了，伴着铃声入睡了，当铃声再次中断时，居然反倒醒了。再后来，彼得罗夫听着电视声又睡着了，直至被持续的门铃声和不依不饶的敲门声吵醒。彼得罗夫仍然抱着一线希望——是女友缠着他说话来了；他小心翼翼地翻了个身，从低矮的沙发滚落到地板上，忍着快要哭出来的背痛，慢慢地爬起来，穿上衣服，扶着墙走过去开门。

谢尔盖站在门口，在对自我生命终结的幸福期待中愉悦地颤栗。对于彼得罗夫企图置身事外的行径，谢尔盖并未表露任何不满。他腋下挟着几个邮包，一进屋便将彼得罗夫拽到厨房，向他叮嘱起寄送手稿事宜。彼得罗夫必须在他死后第四十天整,将几份手稿分别寄到几家杂志社的编辑部去。"这里面写的啥?"彼得罗夫问;他知道就算他不问,谢尔盖也会读给他听的。还是那个同性恋水暖工的故事。说水暖工参观了一次画展,心中郁郁不平,觉得自己这辈子是没指望办画展了,事实上,除了跟其他水暖工一块儿喝酒,他的生活没有任何指望。水暖工又一次喝得大醉,因为他听说自己中学时的同班同学,一位年纪轻轻的剧作家,不但已经得了好几个戏剧奖,就连他的舞台布景的草图都在英国的拍卖会上卖出了天价。彼得罗夫从来没跟水暖工喝过酒,只跟修车工喝过,但他想,水暖工跟修车工应该差别不大,至少绝不会像谢尔盖写的那么混蛋。谢尔盖笔下的水暖工完全是种低级生物,只会干些狗屁倒灶的勾当,跟客户谈论各种龌龊话题,对客户坑蒙拐骗,讲述禽兽不如的风流韵事。新稿里还添加了一条情节支线,说有个姑娘爱上了水暖工,但这姑娘跟水暖工一样蠢,整个就是一坨脏兮兮的肉,包裹在从来不洗的内裤和脏得流油的胸衣里,但水暖工却不得不对她假意敷衍,因为他害怕暴露自己不正当的性取向,从而遭到其他水暖工的排挤和围殴。

彼得罗夫想不通,谢尔盖怎么会这么恨他,而他又凭什么忍受这些粗鲁的、原始的、幼稚的、立体主义的变相羞辱。彼得罗夫理解不了谢尔盖获得的那种快感——当他将水暖工写得如此卑贱,与剧作家同学相比一文不值时。彼得罗夫从来没有做过对不起谢尔盖的事,可谢尔盖却仍对他心怀怨恨。上学时,彼得罗夫的成绩一直不如谢尔盖,可谢尔盖仍不满意,好像为了反衬他,彼得罗夫就该故意考倒数第一似的。

彼得罗夫再也受不了了,他打断谢尔盖,问他为什么。

谢尔盖便解释说,小说写的根本不是彼得罗夫,准确地说,小说表面上写的是彼得罗夫,实质上是写人们的浅薄,写他们如何不肯接纳天才;说能够成为文学形象的原型是莫大的荣耀;说人们将来会拿形象与原型做对比,而现实与虚构的差异将产生独特的艺术效果;云云。彼得罗夫反驳说,他并不觉得男主人公是不被同代人接纳的天才,相反,他觉得同代人对他相当接纳,那些水暖工们甚至很喜欢他的画,反倒是男主人公不接纳周围人,认为所有人都是畜生,可与此同时,男主人公自己却干着一切畜生不如的勾当。

"那是因为周围人就是畜生!"谢尔盖叫嚷道,"只有瞎子才看不出来!从上到下,一群畜生!你别以为自己是个喜欢画画的修车工,你就超凡脱俗了,屁!你根本不知道你在别人眼里多么可怜,也包括那些个业余搞音乐的,那些大学生摇滚乐队,那些住在地下室的看门人画家,而你,不过是这群垃圾中的一分子罢了!"

"你行!"彼得罗夫说。

谢尔盖又说:"我从未隐瞒过自己的观点,我不知道你为何会惊讶。我想要的就是摆脱这一切的一切,因为没有任何出路,因为再过几年我就会有老婆孩子,家里会挂满尿片,满屋子屎味、尿味、饭味,要三天两头往达洽跑,还得跟老婆的亲戚们来往,还有愚蠢的婚礼、彩礼,醉醺醺的客人们起哄高喊:'苦啊!'新郎新娘比赛看谁咬面包咬得多,还得去民事登记处,听那里的大婶一本正经地念出那堆老掉牙的废话,孩子三天两头闹肚子、流鼻涕。我妈年轻时有两个追求者,一个是物理数学系的大学生,另一个是我爸,我妈——这个傻女人,居然选了我爸。我爸这辈子就干了一件事,就是毁了我妈的生活,他整天泡在酒杯里,动不动就跟我妈吵架,从不体谅我妈,我就想啊,万一我要是娶个白痴女人,她肯定会嘲笑我写的东西,嘲笑我这个人,再给我生个白痴或者脑瘫的儿子,那我得伺候他一辈子,给他擦口水,为他丢人现眼,我可受不了这个,哪怕想想我都要疯了。人们活得太低级了,没有任何追求,就知道吃饭、喝酒、睡觉、看电视、滚床单。我很确定,假如有人催逼我,我就会放弃写作,变成我爸那样的畜生,只知道闷声喝酒,逼着家里人每天给他买新出炉的面包,根本不管要排多么久的队。现在是好多了,可改革那些年,我为了他这个怪癖,每天都得跟一群老太太一块儿排队,听她们不停地喊叫:'小圆面包一人最多买俩!'"

彼得罗夫一天下来太累了,也太困了,他感觉自己是在做梦,梦见谢尔盖坐在他家,以其俄狄浦斯情结发出探照灯的强光。现实开始在他眼里塌陷,他人还站在那儿,大脑却已经断了片,他看着谢尔盖,听见的不再是后者对于全人类的控诉,而只是一片刺刺拉拉,像从达洽邻居家遥远的收音机里传来的。

"我明天还得上班呢!"彼得罗夫哭丧着脸说,"我知道你有一肚子话要说,可你也得讲点良心吧——你到底要不要死?"

问出这句话时,彼得罗夫还希冀着,谢尔盖会立刻犯尿,说他还有些别的计划，不得不延迟自杀。毕竟，为了他说的那些屁事自寻短见实在太愚蠢了。

"当然要死。"谢尔盖爽快地说，"我来只是交代一些后事，最后说个明白。推托的人是你。要是你一下班就去找我，现在早完事了，你也就能安心睡觉了。咋地，你怕了？"

"我当然怕，"彼得罗夫坦承道，"我跟周围人一样，只是头愚蠢的畜生，当然害怕你那些崇高的愿望。要是我请你做同样的事，你肯定也会害怕的。"

"那是因为你的死没有任何意义，"听到彼得罗夫将他的死跟自己的死相提并论，谢尔盖大皱其眉，"你活得毫无意义，也将毫无意义地死去；而我的自杀能够证明我的真理，证明我不惜为自己的思想去死，证明在我们这个时代，创作是无意义的，要么就染上铜臭，要么就不被认可——哪个更糟，尚未可知。就算我到晚年成了泰斗，我依旧摆脱不了衰老，我会变得老态龙钟，口齿不清，我会得痔疮，这我可受不了。你现在去看电视上那些演员、画家、作家，你会亲眼见证他们如何化为碎片，知道他们也曾像个俗人一样追求女人，忍受便秘或者压力的折磨，他们的笑会随着时间的推移越来越像弱智。我无法忍受，有一天我也会跟在哪个姑娘的屁股后面，像头狒狒一样大献殷勤，炫耀自己的智力、善良和慷慨，以此来掩饰交配的欲望。我也无法忍受，我必须努力让别人听见我，虽然我明知道没有人会听得见！"

彼得罗夫不想再争辩了，他只希望谢尔盖别再缠着他。

"我无法忍受，作家、画家、科学家也全都是普通人，也是跟所有人一样的猴子。这一点令我发疯,我就是因为这个才不想活的——因为这个无论如何都无法弥补的缺陷。"

"知道了知道了。"彼得罗夫说。

彼得罗夫没法发出信号,说是时候做出决定了,要么立马就走,要么就干脆别走了,一直聊到天亮,然后说拜拜。可谢尔盖却又被自己最后一个思绪给迷住了,朗读起小说中的某个片段来,作为对这一想法的佐证。

"上帝呀……"彼得罗夫心想。

这个片段讲的是水暖工画家跟另一个半瓶子醋的业余画家成了哥们儿,两人开始共同创作一幅巨型油画,但更多的只是一起喝酒吹牛,骂周围人全是混蛋,狗眼看人低。

问题或许在于,谢尔盖生性好妒,像个三岁小孩,凡事都想当最好的。假如他想当某人最好的朋友,那就意味着,某人再不能跟其他任何人要好。他之所以讨厌写作研修班,正是因为研修班的负责人对他跟对其他人一个样。他讨厌父亲对母亲好,讨厌母亲对父亲好,讨厌彼得罗夫跟他父母好。

在朗诵欲得到满足之后,谢尔盖再次叮嘱彼得罗夫,务必在他死后第四十天寄出手稿,早一天晚一天都不行。之后他便领着彼得罗夫朝自己家走去。他挽着彼得罗夫的胳膊,虽然只是为了协助他走路,但看着却像是怕他临时反悔,趁黑逃走似的。

街头笼罩着暴雨将至的沉寂,树木也像暴雨之前那样喧哗躁动,而天空却一派澄澈。彼得罗夫怀疑这依旧是梦境的延续,因为倘若头脑清醒,他是绝不会跑到别人家里朝人开枪的。谢尔盖依旧挽着彼得罗夫的胳膊,不住地提醒他脚下的磕绊:"小心石头","小心台阶",这让彼得罗夫怀疑自己是玻璃做的,一旦摔上一跤,整个梦境就会像气球一样炸裂,而他则会双腿一颤,在自己家中醒来。

彼得罗夫希望路上能遇见一位熟人,这样行动就不得不被迫取消,因为毕竟有了目击者,他也就能以此为借口,掉头回去,将自杀推迟到下一次,而下一次还指不定啥时候呢,也许压根儿不会再有机会了。

但无论在大街上,还是在谢尔盖家的楼道里,都连一个人也没碰上,而在以前,彼得罗夫不管啥时候来找谢尔盖,总有人在楼梯平台上、在楼道口、在布满倾斜裂纹的混凝土楼梯台阶上晃悠。楼道口还总围着一群附近的小年轻,他们抽烟、弹吉他(吉他上还贴着躺卧着的长发裸女,都已经褪色发霉了),在彼得罗夫身后爆发出一阵莫名其妙、幸灾乐祸的狂笑。看来的确已经很晚了,连那些小年轻都玩累回家了。

谢尔盖家住三楼,一楼到三楼的楼道里一盏灯都没亮。对此彼得罗夫早有预料。谢尔盖拽着他刚走到楼门口,他就注意到楼道临街的窗户都黑着,只在五楼亮着一盏小灯,勉强照亮了四楼的部分楼道,三楼窗户黑得像从里面糊了一张黑纸,二楼窗户干脆就没装玻璃,透出的黑暗尤其深邃,而一楼自然没有窗户,而是黑洞洞的楼道口。楼道门哪怕冬天也从来不关。走进黑黢黢的楼道,彼得罗夫不是看到而是知道,甚至不是他本人知道,而是他的肌肉记得楼梯台阶在哪儿。每级台阶的中部位置都被磨出了一道浅浅的凹槽。

走进家门,谢尔盖扶着彼得罗夫贴门框站定,自己走过去开了他卧室里的灯,其余地方任由它黑着。谢尔盖将彼得罗夫拽到书桌前,彼得罗夫一手撑住桌面,等着看谢尔盖还能搞出什么花样。他有种预感,谢尔盖的表演尚未结束,眼下还轮不到他上场。

果然。谢尔盖给一位姑娘写了一封绝笔信,这位姑娘是他五年前去隔壁州走亲戚时认识的。谢尔盖甚至会为了这位姑娘跟彼得罗夫争风吃醋,尽管彼得罗夫连她的面都没见过,而只看过她写的信。姑娘在信中含蓄地表达了她对谢尔盖诗歌的赞叹(那首诗谢尔盖没给彼得罗夫看,但显然是献给姑娘的),并夸奖了他的小说。谢尔盖叮嘱彼得罗夫将这封信尽早寄出,越早越好,最好明早上班路上就寄。彼得罗夫却一口回绝了。谢尔盖要求他做出解释。

"你对亲戚朋友、对编辑部什么的怎么着我不管,可这……这也太过分了,这绝对不行,"彼得罗夫语无伦次地说,"这姑娘可没害着你吧?你要说你爸妈让你受委屈了,这我能理解,还有编辑、写作研修班啥的,可这姑娘跟这事有啥关系呢?"

谢尔盖双手抱头,对彼得罗夫的愚笨实在无语。他坐到自己床上——那是张被压弯了的老旧的钢丝床,与他的身材不相称到了滑稽的地步。彼得罗夫刚认识谢尔盖时就是这张床,那时谢尔盖刚上一年级,比彼得罗夫还矮半头,如今的谢尔盖高大魁梧,像个篮球运动员,而且尽管常年伏案写作,背却一点儿不驼(不像彼得罗夫）。彼得罗夫实在想不通，谢尔盖为何没在文学系女生中间受到欢迎。

"你怎么就不明白呢，"谢尔盖像忍受着剧烈头痛似的说，"我写的全部东西唯独跟她有关系！"

"那你他妈还读给我们听？！你就只给她一个人写得了呗！你为啥不跟她住一块儿，读给她听？你担心她的美好形象被日常生活给毁掉，是不是？"

"对，就是这样。无论她是个怎样的姑娘，她也依旧是个愚蠢的'女的'，这是无论如何都改变不了的，她那下面也会每个月流血，她也会喜欢鲜花，梦想着在饭店举办体面的婚礼，邀请一大帮来自苏联各地的亲戚朋友，就是这样！"

彼得罗夫突然猜到，给谢尔盖打三分的那个老师肯定也是个女的。他以前咋就没想到呢。尽管身处此种局面，但彼得罗夫还是差点儿为自己的新发现笑出声来。

谢尔盖陷入阴郁的沉思，随后又逼着彼得罗夫从他写好的几份遗书里挑选出最有意思的一份，好给父母和亲戚朋友留下最深刻的印象。"哪儿还用得着遗书呢，"彼得罗夫说，"就这已经足够令他们印象深刻的了，绝对的。"

谢尔盖拿起最简短的那封遗书，虽然他本人已经预先否决了这一版本，但还是读给彼得罗夫听了。那是简简单单的一句话："勿怪任何人。"第二份是第一份的加长版，除了"勿怪任何人"之外，还有简短的解释，说他认为自己的生活毫无意义，自愿赴死。

接下来的遗书一份比一份长。"勿怪任何人"的想法逐渐消失了，要怪的人越来越多。最后一份写了整整五页，里面充满了对周围所有人或详或略的挑剔指责：怪文学杂志编辑部；怪写作研修班的负责人；怪《乌拉尔》编辑部的白发小老头儿——他自己在生活上和文学上都一事无成，还敢教别人写作，并且决定着稿件的命运；怪母亲偏偏嫁了这么个男人，还对他逆来顺受；怪父亲一辈子没读过一本严肃文学。遗书里还详细交代了那把手枪的来历：他父亲从前当过押解兵，退役时顺走了一把手枪和一个弹夹，私藏起来了。谢尔盖唯独没有指责彼得罗夫，但这或许仅仅是因为，他还指望着后者帮他扣动扳机呢。"这就够意思的了。"彼得罗夫心想。

不知道谢尔盖为啥要把所有遗书挨个读上一遍，因为他显然已经选中了最后一份，作为对所有人的完美报复。谢尔盖将桌上的废纸清走，把最后一份摆在桌面正中，让台灯的光束打在上面，将其他版本通通塞进了第一层抽屉，然后像完成了一笔交易似的，从抽屉里取出一把手枪，仰面躺到床上，头放在枕头上，枪管顶进嘴里，食指扣住扳机。

"我说，"彼得罗夫疑惑不解地问，"你叫我来是干什么的？"

"按一下我的手指就成。跟往常一样，简单得很。"

彼得罗夫撑着桌面，绕过桌子来到床前，皱着眉头，抓住了谢尔盖的手。彼得罗夫固然觉得遗书、小说什么的都很荒唐可笑，但对于谢尔盖的决绝却不得不心存敬意。他喜欢和某些人相处，就因为他们能够做到他自己做不到的事。

"你真的想好了？"

"大耳查布去上学，来吧。"

彼得罗夫扣动了扳机。他抽出自己的手，谢尔盖的手立刻垂了下去，好像他并没有死，而只是被打晕了。鲜血从谢尔盖嘴里喷涌而出。彼得罗夫一阵反胃，忙别过头去。他感觉谢尔盖还没死透，还有的救，差点儿没跑去叫警察和救护车。

半晌他才意识到，这回玩大发了。于是他做出了这场共同行动中唯一理智的举动——从桌上拿走了那份充满谴责并揭发父亲非法持有枪支的遗书，换成了一份简短的（不是最简短的那份，而是第三份），又将其他版本的遗书全部揣进兜里。

走出房间时，彼得罗夫不知怎么想的，顺手灭了灯，连头也没回。谢尔盖家的外门装的是撞锁，彼得罗夫使劲一关，门就锁上了。然后，他生平头一回去售货亭买了一盒烟，好让自己平复下来。他在电影里经常看见这样的桥段，一个戒烟多年的人，在遭受了剧烈打击之后就又重新抽起来了。也别说，好像真的管用。

几天后，彼得罗夫参加了谢尔盖的葬礼，之后便几乎再没有想起过这件事了。他把谢尔盖的那些遗书通通烧了，小说手稿和那封写给姑娘的绝笔信则扔进了垃圾堆。

第七章
小彼得罗夫的流感

彼得罗夫的病渐渐好了,彼得罗娃也渐渐好了,小彼得罗夫却越发严重了,看着都叫人心疼。他几乎已经失去了一切兴趣,躺在客厅沙发上,头扎进被子里,面向墙壁,只在父母叫他吃药时才做出反应。吃药时,小彼得罗夫一脸严肃而痛苦的表情,一眼也不看彼得罗夫,只盯着他手里的药或者杯里的水。他时不时便从被子底下发出一阵剧烈而急促的咳嗽,像是被什么东西卡住了,直咳得喘不上气来,咳过一阵又戛然而止,害得彼得罗夫夫妇三番五次从房间里跑出来,担心儿子失去意识或者憋死过去。

彼得罗夫觉得自己简直是个畜生——他跟妻子反锁了客厅门,一天之内偷偷摸摸要了两次,以抚慰彼此因生病而变得轻飘的肉体。似乎是出于对儿子的流感的尊重,他俩专程躲到了另一个房间。要的过程颇为滑稽,因为两人的鼻塞和咳嗽都还没好利落,当彼得罗娃咳嗽时,彼得罗夫感觉她是想把他从她身体里挤出去,而彼得罗夫则像个小毛孩似的不住地吸溜鼻子,搞得彼得罗娃忍不住想笑,她咬住枕头一角,身子却因为努力憋笑而抖个不停。

不过，在儿子生病的整个期间，这种隐身模式下的做爱是夫妻二人唯一的放松方式。其余全部时间里，他俩都像是在某位远房亲戚家里做客一样局促不安。他们在屋子里蹑手蹑脚，将电视音量放到最低，彼得罗夫连翻动书页（那是美国作家布莱特·伊斯顿·埃利斯的 *Glamorama*，彼得罗夫买它完全是冲着封面[01]）都小心翼翼，仿佛任何轻微响动都会损害儿子的整体状态。

彼得罗夫和彼得罗娃生病的时候，一个慰问电话也没有；当彼得罗夫拖着病体，跨越全城去上班、去喝酒的时候，谁也顾不上理会。可小彼得罗夫一病，电话几乎要被打爆了。彼得罗夫怀疑父母生他只是为了抱孙子，假如孙子能够绕开他这个儿子从其他途径获得，父母一定求之不得。彼得罗夫把这个想法告诉彼得罗娃，后者说她也有同感。他们回绝了彼得罗夫的父亲，回绝了彼得罗夫的母亲，回绝了彼得罗娃的母亲，回绝了彼得罗娃的继父——他们四个都非要赶过来照顾生病的孙子（外孙）不可。每个人都要求跟小彼得罗夫说话。彼得罗夫将话筒塞进小彼得罗夫被窝里，后者从被子底下以孱弱而嘶哑的声音做出简短回应：不用来，爸妈照顾得很好，嗯，给我吃药了，嗯，给我喝果汁了，嗯，让我看电视，可我不想看，什么都不用给我带，不，我不想吃巧克力，没有我想要的新游戏。彼得罗夫的父母和彼得罗娃的

....

01 小说于1998年出版，是对名人崇拜及消费主义的辛辣讽刺。此书目前尚无中译本，但在俄罗斯很受欢迎，版本众多，封面各异。经与作家本人确认，吸引主人公的封面系漫画风格，一个身穿风衣的男人用铁锁链牵着一头骷髅犬。

父母像是在相互较劲，都想把小彼得罗夫拉拢到自己这边来。两对亲家从一开始就互相较劲儿。刚结婚那会儿，他们较量谁培养的子女更优秀，谁能给新婚夫妇更多的帮助，谁的生活更成功。彼得罗夫的父亲是一名工程师，对从事普通工作的亲家很有些瞧不上眼；可反过来说，彼得罗娃是大学生，彼得罗夫不是，这又令彼得罗娃的父母引以为傲，他们认为彼得罗夫呆头呆脑的，配不上自家女儿，是一朵鲜花插在了那啥上。当然，这个想法只有彼得罗娃的母亲说出来过，而彼得罗娃的继父则向亲家关系中引入了某些理智的冷静，一旦有人出言不慎，导致争吵急剧升温，他便会说："虽说我是个外人，可我得说……"每到此时，其余人便会将其打断："谁说你是外人啦，你疯啦？"

当彼得罗娃提出离婚时，她的母亲无法掩饰幸灾乐祸，因为她始终觉得彼得罗夫智力发育得不太健全，配不上她成熟稳重的宝贝女儿，这下女儿总算能找个般配的丈夫了，而不是彼得罗夫这个痴迷画画不务正业的懒汉。彼得罗夫按照修车工的方式喝了两天闷酒，彼得罗娃的继父也乐得作陪。也正是他，令彼得罗夫多少平复了心情。他说，彼得罗娃突然提出离婚，不见得就是因为彼得罗夫，她肯定有她的原因，说不定是被荷尔蒙冲昏了头脑，女人嘛，在荷尔蒙的刺激下啥事干不出来呢？继父说："她是个铁一样的女子，一旦爱上了谁，就是一辈子。好在她没有爱上一个四眼混蛋，像你爸那样的，一听我说话就摇头叹气，你别介意啊，谁叫他就是那样的呢！说出来你可能都不信，连我亲生儿子都没她那么在乎我。我记得有一回，我喝醉了，其实也没喝多少，我妈,非要帮我清醒清醒,我老婆也是,还要把我的酒倒进洗碗池里,被我硬抢过来了。大晚上的,我就坐在楼底下喝酒。这时,闺女过来了,她那年好像才八岁吧,她把我抱住,站了一会儿,就走了。当时我那个眼泪呀,刷就流下来了,我坐在那儿,想不明白呀,我这么一个混蛋,咋这么好命,我不配呀!我这辈子干的都是招人嫌的事,谁都恨不得让我滚远点儿,可她却总在我身边。我可是个少有的二百五啊,而你呢,你是个好小伙子,我不相信她会永远离开你。"

彼得罗娃的继父说自己是二百五并没有夸大,他有时候的确会干些出格的事,除了脑袋抽筋之外没有别的解释。他带外孙的时候从不喝酒,假如临时把小彼得罗夫托付给他,而他又刚好喝了酒,他便会先去睡上一大觉,把酒醒透了。所以就更令人不解,头脑清醒的继父带外孙去动物园,怎么会隔着玻璃墙举着外孙逗弄白老虎。小彼得罗夫呢,也被姥爷的疯癫传染了,张牙舞爪地要跟老虎比试一番。结果祖孙俩被管理员逐出了动物园,并被拉进了黑名单。要是爸妈带着,小彼得罗夫还能进去,却总提心吊胆,唯恐被人认出来,再被轰出去。

彼得罗夫的父亲得知离婚的消息,平淡地说:"意料之内。门不当,户不对。"

总之,婚后初期,双方父母就儿女婚姻中的输赢展开拉锯战,随后进入短暂的休整期,偶有小摩擦,再后来,随着孙子的出生,父母竞赛升级为祖父母竞赛。彼得罗夫夫妇离婚之后,祖父母们的孙子争夺战并未中断,但在此之外,他们又找到了新的课题,即相互探讨，彼得罗娃的做法是对是错。所有人，除了彼得罗娃的继父，最终都达成共识，即错一定出在彼得罗夫身上：不是因为他那个漫画，就是因为他总不着家、不思进取，再要么就是没法满足妻子。当他们得知，彼得罗娃离婚之后仍跟彼得罗夫住一块儿，所有人都惊呆了。彼得罗夫也是一头雾水。连彼得罗娃自己，恐怕都说不出个所以然来。这实在是某种无法解释的魔幻行为。

彼得罗夫以前还不觉得，但儿子一病，他发现，自己的烦躁与妻子惊人地相似。彼得罗夫更喜欢儿子没病的时候。小彼得罗夫的咳嗽对于烟味的敏感简直匪夷所思，彼得罗夫刚想在厨房或者浴室抽根烟，小彼得罗夫的咳嗽就醒了，非得等到彼得罗夫掐灭烟头，烟味彻底散尽，咳嗽才肯再次睡去。简直邪门。在用三根烟勾起了儿子的三阵咳嗽之后，彼得罗夫再想抽烟就只能穿着棉拖棉服、光着脑袋跑到阳台上去了。彼得罗夫不喜欢在楼道里抽烟，也不知道为啥，就是有种深入骨髓、难以克制的厌恶。可阳台门偏巧开在客厅，彼得罗夫每次开关阳台门，都会卷进一股冷流，他也知道这对儿子不好，可谁叫儿子不肯回自己屋，非要蜷在客厅沙发上呢。儿子的执拗多少为彼得罗夫开脱了部分罪责。

阳台的气温计显示，目前只有15度，好在没风。彼得罗夫刻意多吸了几支，囤着。边吸边看着楼下人来人往。楼下一天到晚有人遛狗，一会儿这几条狗，一会儿那几条狗，一会儿小狗，一会儿大狗。小狗作势要吃掉大狗，大狗当真要吃掉小狗，怎奈有狗绳或笼嘴拦着。他看见新手妈妈推着婴儿车走在机动车车道上，随后慢吞吞地让到一旁，给慢吞吞的小区车辆让路。由于积雪的缘故，小区里的一切都是慢吞吞的。就连儿童游乐场里用易散的雪球打雪仗的小孩子们也全都慢条斯理的，不跑，而只站在原地，闪躲着迎面飞来的雪球或者散开的雪粒。还有小孩子用铲子将各种小玩意儿埋到雪地里，同样慢吞吞的，像被冻僵了似的。

一个小女孩，刚才也在打雪仗，仰头看见阳台上的彼得罗夫，便问小彼得罗夫要不要下来玩。彼得罗夫很是惊讶，他原以为儿子并没有朋友，无论在小区，还是在学校——除了一个面色苍白的小个子男生，看着跟学前班的孩子似的。同样令他惊讶的是，小女孩没叫儿子的名，而是叫了他的姓，她问："彼得罗夫要下来吗？"（她一仰头，蓝色系带的毛绒尖顶帽就滑到了后脑勺上。）彼得罗夫之所以感到惊讶，是因为他自己也几乎从未被人叫过名字，打小人们就叫他"彼得罗夫"："问彼得罗夫去"，"嗨，彼得罗夫"；就连叔叔阿姨，哪怕在他很小的时候，也只叫他的姓，不叫他的名。彼得罗夫回答说，儿子不出去，因为他生病了。这时，一直站在小女孩身边的一个小男孩问能不能到他家来玩。彼得罗夫说不行，否则他们会被传染的。

"传染就传染呗！"小男孩开心地说。

"你傻呀？"小女孩说，"马上就放假了。"

遭到拒绝之后，孩子们便对彼得罗夫没了任何兴趣，继续跑一边玩去了。后来不知道商量好了去谁家玩，呼啦啦全跑没影了。

彼得罗夫心想，这下那户人家可热闹了。

游乐场上只剩下了几位身穿鲜亮羽绒服、手里拿着各种零碎的母亲，和一位板着脸拍打擦脚垫的大爷。大爷把各式各样的好多块擦脚垫悉数挂在了一架单杠上。这架单杠很有些年头了，彼得罗夫刚搬过来时就有了。单杠共分三段，左边最低，谁都能玩儿，右边比左边略高，中间最高最长。单杠原先刷过蓝漆，多年下来，蓝漆已经掉光了，变得锈迹斑斑，但三根横梁都被擦得锃亮。单杠旁边另有一个龟壳状的圆顶铁架，多年来仍未褪色，一直是最初的黄色。再旁边是一方沙池，上面本就落满了雪，扫雪车又把铲掉的雪堆在了上面，开春之前恐怕是别想重见天日了。游乐场上本来还有一架秋千，安装之后没过多久，也不知道谁那么手欠，把秋千座椅给扯下来了，后来连链条也被人拆了，从此秋千就变成了另一架单杠，只是要高得多。

拍打擦脚垫的大爷看样子是在搞大扫除，彼得罗夫几次来阳台，其他人都换了，唯独大爷还在执着地拍打。他用的是一只塑料拍子，很像带手柄的奥林匹克标志，只不过不是五环，而足足有十来个。

出来第六趟之后，正当彼得罗夫为了避免散发过多的冷气，试图以最快速度穿过客厅时，小彼得罗夫却把他叫住了，求他把《一个男孩》给他拿过来。《一个男孩》是小彼得罗夫对爸爸的漫画的叫法，而彼得罗夫自己取的名字叫《一秒千劫》。小彼得罗夫其实完全可以自己去爸爸卧室拿，厕所他自己就能去，可他的声音和表情都透露着楚楚可怜，这种可怜劲儿又被他的演技和自我正义感渲染夸大了，彼得罗夫只得默默地给儿子拿来了漫画，虽然他并不愿意将自己的漫画拿给别人看，担心画纸被弄脏、弄皱。这种事儿子还真干得出来，而且已经不止一次了，都是他跟他那个小伙伴一块儿干的。有一回，小彼得罗夫为了向他的小伙伴证实漫画是画上去的，而不是印上去的，居然舔湿了手指，把某一页边角的铅墨弄花了。这虽说算不上灾难，却令彼得罗夫心里很不痛快。

小彼得罗夫无端地认定，"一个男孩"说的就是他。漫画里的男孩的确跟小彼得罗夫同龄，也是个差等生，同样不爱说话。小男孩跟父亲开车出门，就在父亲的车跟一辆从侧面冲出来的大卡车相撞的前一秒钟，外星人出现了。外星人的时间跟地球人的时间几乎是垂直的。外星人将飞碟悬停在汽车上空，却搞混了技术程序，误将劫持模式弄成了召唤恶魔模式。男孩帮外星人解决了麻烦，外星人于是抹除了他的记忆，将他送回到了被劫持的前一秒钟。小彼得罗夫非常担心小男孩会在车祸中挂掉，虽然彼得罗夫并没有这种打算。

小彼得罗夫最喜欢的是，外星人一再邀请小男孩留下来，都被小男孩拒绝了。他还喜欢，在小男孩去到的那个星球，算术并非精密科学，而是约略科学，算加法时，算着算着，得数可能会清零，或者有不止一个正确答案。他还喜欢，故事里起先说人类是从那个宇宙被驱逐的，因为他们构成了可怕的威胁，但后来真相大白：人类是自愿离开那个宇宙，定居到我们这个星球的，只留下了唯一的一条隐秘通道，好在必要的时候对那个宇宙施以援手。

彼得罗夫将一叠画稿塞到沙发靠背和小彼得罗夫中间,被子动了动,小彼得罗夫用双肘撑起身体,朝外挪了挪,看了起来。他几乎每次都会从头看起,仔仔细细,一直看到爸爸在他忘记追更的这段时间里新画的部分。

彼得罗夫打开电视机,调低音量;他要等儿子读完,好把画稿重新收好。儿子打喷嚏或咳嗽时会尽量用被子蒙住,以免溅湿画纸。儿子面向彼得罗夫的那侧脸颊上,红晕如此诱人,彼得罗夫真想凑上去亲一口,但他知道,儿子肯定会一脸嫌弃地叫着躲闪的。别说他了,儿子连他妈都不让随便亲。对于体统,小彼得罗夫有自己的一定之规,他跟爸妈亲吻除非是小别重逢,比如爸妈下班回家,再就是他刚洗完澡或者需要安慰时爸妈可以亲他。最令彼得罗夫夫妇感到委屈的是,对于爷爷奶奶姥姥姥爷,小彼得罗夫非但任由他们亲昵,还主动投怀送抱。彼得罗娃的母亲对外孙的爱最浓烈、最澎湃,有一回彼得罗娃实在看不下去,没好气地说:"妈,你这是幽会小情人呢吗?"还有一回,姥姥又跟外孙腻腻歪歪,彼得罗娃对母亲扔下一句"等你们亲热够了再叫我们",便把彼得罗夫拽走了。彼得罗夫临走前,咕哝着对岳母道了声歉,后者则兀自对外孙亲个没完,事后才回应说:"那是因为你们不爱他,所以他才不跟你们亲。"

或许的确如此。失去儿子带给彼得罗夫的痛苦,或许远不及彻底失去妻子。对于自己有儿子这件事,彼得罗夫总觉得像过家家,儿子在他看来就像个没羞没臊的宠物。小彼得罗夫最好玩的时候是四到六岁,简直像个活洋娃娃,小嘴永远微张着,露出一排小白牙,牙也像是玩具厂给装上去的,连炖肉都嚼不烂。那二年,彼得罗夫私底下一直管儿子叫"彼得罗夫两件套",因为儿子在家里永远只穿两件衣服,从不肯穿全乎了,却也从不只穿一件,而不多不少永远两件:穿了袜子裤头就不穿背心,穿了背心袜子就不穿裤头,穿了背心裤头就不穿袜子。

小彼得罗夫至今仍喜欢新年,但已经不像从前那么虔诚了,他已经完全确定,严寒老人不是真的,他之所以仍期待和他见面,只是为了履行所有孩子都在履行的新年仪式,假如其他孩子突然间都不喜欢新年了,他也一定会跟着这么做。而在四到六岁那两年,他却喜欢得不得了:全家一起去买枞树挂饰,一起装扮人工枞树,一起挂彩灯,这一切都令小彼得罗夫欢天喜地;爷爷奶奶姥姥姥爷用落满灰尘的纸箱子,给他拖来了自己小时候收藏的新年玩具,有斑驳褪色的玻璃球,有动物摆件,还有两颗挂在枞树顶上的塑料星星(一颗会发光,一颗不会发光),这更让他如登天堂。他总是坐在枞树前,盯着枞树挂球里自己的被扭曲的影像。今年他还一次都没问过家里啥时候摆枞树,而往年一入冬,甚至从秋末的第一场雪开始他就不停地追问,还会跟其他小孩子攀比,看谁家先摆枞树。每年枞树被撤掉时他都会很伤心。

小彼得罗夫还会追问各种问题,而且对于父母的回答似乎并不完全信服。不知为何,他对电器尤其感兴趣:电视节目是怎么进到电视机里头的,电脑游戏是从哪儿来的,怎么做的,为什么电话里能听到住得那么远的人说话。可有些事情他却觉得理所当然，比如汽车会走。彼得罗夫说可没那么简单，接着便给他讲汽油蒸汽微爆，带动发动机活塞之类的，小彼得罗夫听得很不耐烦。相反，对于家里停电了还能通电话，小彼得罗夫却几乎当成了魔法。说服小彼得罗夫相信某件事的概率取决于他自己对其真实性的判断。他不相信毛绒玩具是由工厂里的机床生产的，因为它们每一个都那么温暖、那么独特，绝不会是成百上千批量生产的。他不相信星星的光要走几年甚至几千年。彼得罗夫能理解儿子，他自己也不大喜欢那个相对论，不肯将之视为颠扑不破的真理，在他的漫画里，就算飞船超越了光速，也不会出现什么时间悖论。

儿子不喜欢听普通汽车发动机的工作原理，却缠着爸爸给他解释漫画里的空间通道，飞车发动机的构造，太空警察穿的密闭服。彼得罗夫便煞有介事地一通胡说，什么特殊的反重力物质啊，什么在空间站的特定条件下制作出来的异常坚固的材料啊，而小彼得罗夫居然心悦诚服，虽然这些解释听上去比生小孩的原理还要玄乎。对于班上同学关于生小孩的说法，小彼得罗夫完全不屑一顾，因为那并不符合他的内心感受，他甚至还向爸爸求证过那些说法的真实性，而彼得罗夫不得不同意，说是的，基本上就是这么回事，可小彼得罗夫脸上还是写着不信。

不知道什么时候，彼得罗娃也溜进来了，坐到了彼得罗夫身边，接着不知怎地，儿子连被子带漫画爬到了爸妈腿上。即便隔着被子和衣服，彼得罗夫仍能感受到儿子散发的热度。彼得罗娃也感觉到了，她给儿子量了个体温，皱了皱眉，又给儿子吃了一片退热净。夫妇俩继续坐等儿子退烧,从早晨就开始等,眼看天就要黑了,而小彼得罗夫的体温别说1度,连0.1度都没降。小彼得罗夫穿着棉袜子的小脚像两只毛绒爪子似的,忧伤地探出了被子。

儿子夜里睡觉总爱踢被子,彼得罗夫每天清晨都要先到儿子房间,走到熟睡的儿子跟前,伸手摸摸他的脚丫,假如脚丫是凉的,彼得罗夫就帮他盖好被子;假如是暖的,彼得罗夫就会莫名其妙地想:"去你的吧!"然后就随他去了。

可眼下,彼得罗夫却恨不得把儿子身上的被子一把掀开,把他整个埋进冰块里——儿子身上的干热太可怕、太不正常了,简直像取暖器发出来的,又像是彼得罗夫跟谢尔盖小时候一起躺在上面晒太阳的屋顶。

如同心灵感应一样,岳母打来电话,建议用伏特加给小彼得罗夫擦擦身子。出乎岳母意料,彼得罗夫家里竟然没有伏特加;再说,医生已经告诫过彼得罗夫夫妇不要这么做,而较之于岳母,他们自然更信医生的。

巴沙也打来了电话,而且早就料到彼得罗夫一定在家,所以没打手机,直接打了座机。彼得罗夫绕过茶几上一天下来堆积的三个马克杯,扯过电话线,同巴沙就两家人的健康状况交换了意见。巴沙说他高烧不退已经两天了,都快烧毛了,恨不得现在就嗝屁,只要能凉下来——嗝屁着凉嘛。巴沙说他们全家都瘫在床上,没有人照顾他,而他需要照顾,他承认他喜欢生病时被人围着转的感觉,可眼下全家人都病了,一点儿生病的乐趣都没有了。巴沙说:"全倒下了,就跟库利科沃战场似的。你说躺着就躺着吧,可他们还给你找事,好不容易挣扎着爬起来倒杯水,好嘛,订单一下子就从四面八方砸过来了:'给我也来一杯','再给我来点儿饼干','给我来杯果汁',好像就等着我爬起来呢!我成了个端盘子送吃喝的女服务员了。倒有一样好——没有人对我咸猪手。除了人,还有条狗等着遛呢。真恨不得拿几根狗绳绑在一起,把它从阳台上系下去,等它遛够了再吊上来。因为牵着它在街上一逛半个钟头实在是没有力气,狗也是,该死,到处乱拽。"

彼得罗夫则同巴沙分享了自己生病期间的痛楚感受,顺便讲述了他与伊戈尔的奇遇。这个故事彼得罗娃早餐时已经听过了,现在不得不原封不动地听了第二遍。

巴沙感到惊讶,向来不撒酒疯的彼得罗夫,怎么会被人关在灵车里。"向来不撒酒疯"的说法,不知怎地,令彼得罗夫有些不服气,他坚称自己肯定是撒酒疯了,不然怎么会被人从外面锁上呢。巴沙问他身上有没有增添什么淤青、黑眼圈之类的新印记,彼得罗夫说他跟妻子都没发现,巴沙便一口咬定,说彼得罗夫肯定没撒酒疯,否则绝不可能如此轻易地全身而退,说他被关在灵车里一定另有原因。

彼得罗夫忽然想起来,还没跟巴沙提维克多·米哈伊洛维奇呢,就是修车行的那位前主顾。听说彼得罗夫遇到了这个祸害精、滚刀肉、混不吝(巴沙对这类顾客都是这么称呼),巴沙一下子来了兴致,声音明显精神了,讲话也不再齉鼻了,连咳嗽都没那么频繁了。巴沙猜测，正是由于这位主儿，彼得罗夫才被关在灵车里的，没被大头朝下插在雪堆上就算幸运的了。彼得罗夫说，那人至今仍对修车行恨得咬牙切齿。巴沙说："那还用说，那头大笨象。"所谓"大象"，既是指那人庞大臃肿的体型，又是因为大象爱记仇的传说。

巴沙说出了自己的一点担忧，即彼得罗夫很可能会因为参与偷运尸体而被追责。早晨彼得罗娃也表示了同样的忧虑。彼得罗夫也不是不担心，好在目前还没有人就此事找上门来，所以他也就暂且不去理会这个令人糟心的念头了。

"一遇见这个伊戈尔准没好事，"巴沙说，"我一见着他就头大，真恨不得找地方躲起来，可每次都禁不住他勾搭，真他妈邪门……就好像他会催眠似的。说起来了，他到底是个什么人？"

巴沙也被伊戈尔坑过。岂止巴沙，修车行里所有人都上过伊戈尔的当。有一回，他们禁不住伊戈尔忽悠，从修车行跑去看少儿足球比赛，还在路上就稀里糊涂地喝醉了，坐在看台上继续喝，喝着喝着，伊戈尔就开始往球场上扔火焰信号棒，差点没跟体育场的保安队干起来。打那以后，修车工们再见着伊戈尔，张口就让他滚蛋，可每次都禁不住他诱惑，又跟他喝到烂醉。

讲完所有这些事，彼得罗夫才跟巴沙聊到小彼得罗夫的病情。说他病得很厉害，高烧一直不退，简直让人害怕。巴沙却宽慰彼得罗夫，说就是这样的，不这样病好不了，他们全家都在发烧，他连体温计都不用，省得徒增烦恼。彼得罗夫不赞成这种做法。巴沙说："我有什么法子？该吃药吃药，该卧床卧床，剩下的就等着曼尼通到我们家来，随便把谁带去永恒狩猎王国了[01]。"话音刚落，电话那头便传来拍击声和巴沙的叫唤声（想必是巴沙的妻子不赞成丈夫的这种乐观精神）。"你们俩守在儿子身边，哭丧着个脸，有啥用？"巴沙满不在乎地继续宣扬他的宿命论精神，"让小伙子出去透口气，要是他能动弹；不然就让他一个人清净清净，你说他本来就恶心难受，还得瞅着你那张臭脸，哪儿还有力气跟病魔做斗争？"

这时，话筒被巴沙的妻子抢了过去，说要跟彼得罗娃说话。彼得罗娃翻了个白眼，她不大喜欢跟人打交道，却还是把话筒接过去了，跟巴沙的妻子聊起了孩子们生病时的感受。巴沙的妻子推荐了一种偏方——洋葱汁、煮沸的牛奶加蜂蜜。彼得罗娃应承说会给儿子试试，脸上却写满了拒绝，巴沙的妻子紧接着又推荐了另一种偏方——芦荟汁加蜂蜜（里面最好也加入煮沸的牛奶和洋葱汁）。

假如彼得罗夫对这些偏方的疗效深信不疑，他肯定会立马跑去调配，不容分说地给儿子灌下去，无论后者如何抗拒；可巴沙一家喝了不还是全体瘫倒？显然，这些偏方并没有带来预期的疗效，而只带来了额外的痛苦。

"还是给我来点儿汽水吧？"小彼得罗夫试探着问。儿子不大相信能说动父亲上街给自己买果汁，彼得罗夫却理智地想，反正自己已经上过几次街了——到阳台上抽烟跟上街没啥区别，再说

....
01 曼尼通为古印第安人部落的神灵，永恒狩猎王国是土著信仰中的阴间。

烟也快抽完了,虽然抽烟也谈不上享受,只能勾起咳嗽,但货该囤还是得囤。

彼得罗夫暗自许愿,等他再回到家,儿子的病已经好了,烧也开始退了。因此,去商店的路上他故意走得慢慢吞吞,排队结账时还礼让了几个人,除了几位老太太,还有一个只买了一罐啤酒的男人。彼得罗夫买了烟,汽水买了一大桶外带一小罐,女售货员看他的眼神颇有讽刺意味,好像他买的不是汽水,而是酒——大桶的晚上干光,小罐的留着明早醒酒。

彼得罗夫仍没有足够的勇气回家面对生病的儿子,便随意溜达到了无轨电车站台,坐在那儿,慢慢地喝光了罐装汽水,又将肺部灌满烟气。但回家的决心似乎并未因此增加。他腋下夹着汽水瓶在街上闲逛,又抽了两支烟,这才往家走去。彼得罗夫感觉自己像个旷工者,很为自己的怯懦感到难为情,可走到楼道口他还是又逗留了一会儿,像在等谁似的,又抽了一支烟,抽完之后又站了十来分钟,似乎在等待退热净最终在儿子体内发挥退热消炎的功效。

彼得罗娃带着毫不掩饰的愤怒——这愤怒因其平静的语调反而更加凸显——质问彼得罗夫,他一个半钟头死哪儿去了。彼得罗夫想不出该如何解释,他闲逛的真实原因如此荒唐、幼稚,连他自己都觉得自己像个三岁小孩儿,对眼前的局面完全无能为力。他无力左右儿子的病情,只能干坐在旁边看着,没有半点用处。只能坐等病情自动好转。彼得罗夫没有回答妻子的质询,但妻子已经猜到了,便责怪他像个小孩儿,说儿子生病就够她受的了,还得为他担惊受怕，以为他在路上出了什么事。他可倒好，嫌家里憋闷，跑到街上闲逛去了。

"不是有手机嘛……"

"你把手机忘家里了！你个蠢驴！"

两人并肩挨着儿子坐在沙发上，儿子又把被子裹严实了些，面冲墙壁，愁眉苦脸地躺着，只有对着瓶子喝汽水时才坐起来。小彼得罗夫喝汽水时的神态令彼得罗夫想起了他小时候的一件玩具——一头小熊，看着软，摸着硬，一边嘬奶瓶一边哼哼。小彼得罗夫也在哼哼。小彼得罗夫突然想起来（也许他一直都记着呢，只不过现在才下定决心说），说他明天想去青少年剧场参加枞树联欢会，他担心自己这种状况去不成了，因此很不开心。"去什么联欢会！"彼得罗娃说，"裹着被子去吗？"儿子的生病似乎令她松了口气，因为既然儿子参加不了联欢会，那化装服也不用再继续缝了。彼得罗娃超级讨厌缝衣服，刚从衣柜里取出针线，还没开始缝她就要疯掉了。（彼得罗娃还讨厌套被罩，当她不得不这么做时也会抓狂。）

彼得罗娃说，哪怕烧退了他也哪儿都不能去，以免出现并发症。小彼得罗夫伤心地大哭起来。彼得罗夫便说，要是烧退了，他就带儿子去。小彼得罗夫对彼得罗娃说："要是退不了，你也得把化装服缝好，我可以穿着去学校的联欢会。""学校的联欢会又不是明天。"彼得罗娃说。"哼！"小彼得罗夫透过眼泪和被子抗议道，"现在说不是明天，等是明天了你又该说没时间了。"小彼得罗夫表现出平日里罕见的任性。彼得罗娃恨恨地啐了一口，取来针线和没缝完的刺猬索尼克的蓝裤子和蓝上衣,冲丈夫骂道:"都是你!"

对于儿子一心要去枞树联欢会,还非得穿着化装服去,彼得罗夫确实脱不了干系。刚进十二月他就注意到,跟他们隔着两家修车行,有家专门更换汽车皮革、定制车身彩绘的店,里面的人利用空闲时间,用纸浆、氨纶和有机玻璃做了好几头怪兽,放在角落里,新顾客往往会被吓一大跳,老顾客则齐声喝彩。彼得罗夫便请他们给自己儿子做一个面具,作为新年礼物。两天之后,面具做好了,还不只是面具,而是刺猬索尼克的蓝色头套,氨纶做的刺,亮闪闪的塑料眼睛,眼神里闪烁着彪悍与狡黠。这个头套在彼得罗夫看来如此漂亮,要不是年纪不允许,他自己都想戴着它去参加枞树联欢会呢!

小彼得罗夫眨巴着疲惫的小眼,看着彼得罗娃缝。想到妈妈不但要照顾生病的自己,还肯答应给自己做化装服,小彼得罗夫感到了稍许安慰。为了给爸爸也找点儿事做,他叫彼得罗夫给他找个动画片。儿童频道正在演《图坦斯泰恩》,彼得罗娃气得直跺脚,说缝衣服也就算了,图坦斯泰恩她可受不了。"听着,在我缝衣服的时候,我要看我想看的节目。"彼得罗娃严正声明,并抢走了彼得罗夫的遥控器。小彼得罗夫说:"你不是要缝衣服吗,你还怎么看?""看不见,我听。"儿子索求未果,便又让爸爸去给他拿刺猬头套,他要试试。"你就不能老老实实躺会儿吗?"彼得罗夫问,心想儿子没准儿已经好些了,既然又知道调皮捣蛋了。然而,当他拿来头套,一摸儿子的额头,心里不禁咯噔一下。"降了吗?"

儿子察觉到了爸爸的触摸,尽管后者极力将其伪装成无意的触碰。"咱们量一下。"彼得罗夫尽量故作轻松地说,转身拿体温计去了。

儿子一解开睡衣领扣,一股热浪便迎面袭来。量之前,彼得罗夫将体温计甩了又甩,在吊灯底下反复端详着水银柱的闪光,好像这能起到作用似的。"真凉。"小彼得罗夫用胳肢窝夹住体温计说。"先躺下,别乱动。"彼得罗夫说着,拿走了头套,摁着儿子在沙发上躺好。"那我得看动画片!"小彼得罗夫借机要挟。彼得罗娃恨恨地骂了一句,但还是妥协了。

《图坦斯泰恩》里的木乃伊显然让小彼得罗夫联想到了什么,他问:"听说杀人凶手临死的时候,那些被他杀死的人的鬼魂儿会围在他床前,是真的吗?""谁跟你说的这种蠢话?"彼得罗夫问。"姥姥说的。""我不知道,我既没杀过人,也没死过,所以我也没办法验证。"彼得罗夫诚恳地说,因为他的确相信他手上并没有一条人命。彼得罗娃漫不经心地说:"那都是瞎编的。就算围在床前又能怎样?还能把凶手送到法庭上吗?"小彼得罗夫听罢,不知为何,冷笑了一声。

体温计显示39.5度。

儿子问自己有没有好一点儿,彼得罗夫嘴上说好点儿了,却仍旧坐在那儿,被一个念头攫住,这个念头里没有任何字眼,只有无助与恐惧的感受。当妻子疑问地看向他时,他只挤出了一个愁闷的表情,并沮丧地甩了甩手。彼得罗娃问:"不然叫救护车吧?"彼得罗夫说:"可是,巴沙一家不也都在床上躺着呢吗,也没啥事啊。""他们没准儿38度呢,咱儿子都多少度了?而且都一整天了。""已经39度5了。"彼得罗夫低声说。"不行,还是得叫,"彼得罗娃说着,咬断线头,"他们还能因为一个电话把咱毙了不成?顶多骂两句,怪咱们打搅了他们休假。万一儿子真有个好歹呢?"

但彼得罗夫没有立刻打电话,而是又等了一段时间,指望着病情会有所好转,随后又给儿子量了一回,又借此拖延了一点时间。彼得罗夫发现,全家人都以那样的表情坐在沙发上,好像不只小彼得罗夫,而是所有人都夹着体温计似的。新的测量结果显示,小彼得罗夫的体温又升高了0.1度,彼得罗夫却谎称体温照旧。彼得罗娃刚好缝完了,儿子便迫不及待地将闪烁着绸缎光泽的蓝色衣裤套在了黯淡的睡衣裤外面。刚从被窝里钻出来的儿子散发出一股阵亡的吞噬细胞味、星星牌清凉油味(那还是彼得罗娃早晨给他抹的)和桉油味。彼得罗娃问彼得罗夫打算什么时候打电话。彼得罗夫说,再量一次体温就打。小彼得罗夫穿着刺猬服在屋子里转起圈子来,但很快就浑身发冷,又脱得只剩睡衣,钻进了被窝。

"又要量,"小彼得罗夫不满地嘟囔道,"我想睡觉了。"彼得罗娃跪坐在儿子脚边,身穿黑色绒线连袜裤和黑色高领绒线衫,黑色衣服映衬着白色皮肤,黑白相间,如同死神。"刚才你闹着要化装服的时候咋不想睡觉呢?"骂完儿子,她又转向丈夫:"怎么着,要我亲自打吗?"

儿子的体温又上升了一个刻度。彼得罗夫叹口气,拿起话筒,按了两个数字,心里却想:"不该叫救护车,该叫消防车。"听见话筒里冗长而单调的蜂鸣声,彼得罗夫下意识地站起身来,像是为了向即将被他搅扰的人表示尊敬似的。他清楚地看到,自己像极了一个原本只打算更换汽车零件,却被查出重大隐患而被迫长久滞留的车主。他下意识地摆出一副悲怆而负罪的表情,好像是他把儿子害成这样的。

"我不要去医院。"小彼得罗夫预先声明,大概是考虑到,从医院前往联欢会的可能性要比从家里(哪怕发着烧)小得多了。"也没人说现在就要带你去呀。"彼得罗娃以不大自信的声音回答说。

听筒那头传来一个如此疲累的女人声音,仿佛刚刚推完石头又做了变性手术的西西弗斯。"是这样的,"彼得罗夫谦卑地说,"我家孩子发高烧了,您能来一趟吗?""我倒是能去,"女医生说,"但得等值班结束了。救护车我也能派,如果病得很重的话。""嗯,病得很重,孩子烧到39度多。总之,他不太好。""我也39度,我也不太好。什么原因引起的发烧?流感吗?""不然还能是什么原因?"彼得罗夫讶异地问。"原因多了去了,"女医生疲惫地解释说,"比如败血病。你确定是流感?""好像是。"彼得罗夫说。"有意识吗?"女医生问。"有。"彼得罗夫点点头。"有没有惊厥、呕吐、腹泻?""好像没有。"彼得罗夫越说越没底气。女医生怒了:"你怎么总是'好像''好像'的?你难道没在身边看着吗?啊?你人在哪儿呢,怎么会不知道他有没有惊厥呕吐腹泻?"彼得罗夫被这一通连珠炮轰得乱了阵脚,忙解释说,"好像"只是他的口头语,事实上确定没有惊厥、呕吐和腹泻。女医生说:"那就等有了这些症状再打吧。""这是什么意思?"彼得罗夫急了。"就这个意思!"女医生也毫不示弱,"你以为你是今天头一个发烧的吗?所有人都在发烧!眼下是流感爆发期——流感,能不发烧吗?你想让我把哪辆救护车拨给你?去接羊癫疯病人的那辆?那还是去接被一锅开水扣在身上的孩子的那辆?再说医生就是去了,能拿你家孩子咋着?""我咋知道……总该有法子退烧啊!这难道正常吗,一整天了都这么高!""生病本来就不正常。你别给他裹太厚,没准儿问题就出在这儿。你给孩子裹三床被子,烧降得下来才怪。等真有什么事儿再打吧,比如有些不大像流感的症状。再不济还可以往额头上敷条湿毛巾啊,也不能光用药片对身体狂轰滥炸。对了,你们有给他吃药吧?还是说你们也是迷信自然力量的那号人?""有吃药,只是不大管用。""总之,该说的我都说了。"女医生说罢,便撂下了听筒。

彼得罗夫仿佛被这番对话掏空了,塌着背站在原地,垂下的手里攥着听筒,茫然地一下一下敲击着大腿。彼得罗娃问:"那边怎么说?不肯来?"彼得罗夫说:"说流感发烧是正常的,让我们给他吃药,敷毛巾,别裹太厚。"

小彼得罗夫的两只小眼睛里闪烁着晦暗的欣喜。"也许真该给他盖薄点,"彼得罗娃说着,也不征求儿子同意,直接扯掉了后者身上的厚被子,吩咐道,"来,用沙发罩盖。"小彼得罗夫顺从地裹住了沙发罩,他先是用里面裹,又嫌里面的布太硬,跟粗麻布似的，便又踢腾着将沙发罩翻过来，用柔软的那面贴住身子，又适应了好半天，看是否暖和。彼得罗娃将厨房的擦桌布沾了水，拿过来要往儿子脑门上放，被儿子打掉了，说太臭。于是彼得罗娃又从冰箱里拿来一袋未拆封的速冻水饺，敷在儿子额头。小彼得罗夫笑了，说过半小时饺子就熟了。

"可惜没有热水袋，"彼得罗夫苦涩地说，"不然只需要换换水就好了。"彼得罗娃说："你冰箱里有那么多袋饺子，换着用就行了。"

看着脑门上顶着速冻饺子的儿子，除了害怕和无助，彼得罗夫还感到了愤怒。这是一种可怕的感觉，但他隐约觉得，儿子是在装病——要是真病得厉害，应该躺着说胡话才对呀。他甚至遗憾儿子没有上吐下泻，否则就可以顺理成章地把他交给医生，从而将对儿子健康的责任转移到专业人士身上了。速冻饺子将儿子的体温引入了堪称滑稽的轨道，更让彼得罗夫觉得，儿子与其说是生病发烧，不如说是在胡闹耍宝。彼得罗夫不知为何，没办法完全同情儿子，他只知道，当他自己生病难受，发着烧四处折腾时，他的感受是真实的，可儿子的痛苦却并不真实。彼得罗夫为自己无法充分感知儿子的痛苦而痛苦，而这种因自我冷酷而产生的痛苦他却能够充分感知。只有自己的病令彼得罗夫觉得真实，儿子的病更像是一场游戏，而儿子玩得太入迷了，哪怕死在游戏上都不肯停手。

彼得罗夫感觉自己像是某个愚蠢的圣诞话剧（或者短篇小说）里的人物，那是他有一年在姑妈家做客时，在某份《真理报》的倒数第二版上无意间看到的。当然，在此类故事里，通常不是父亲，而是母亲守在垂死的孩子的床前，无助地哭问："为什么？"这时就会出现一位天使，对女人解释说，反正这孩子以后长大了也是个道德败类，将来死后还得下地狱，倒不如现在死了，上帝还能拯救他。在另外一些版本里，天使还会向女人展示来自儿子的假定性未来的场景——他如何喝酒、抽烟、做爱，总之，干着几乎所有成年人都会干的事，而上帝免除了孩子向寻常成人生活的堕落，将他变成了一个小天使。孩子的母亲总会莫名其妙地心悦诚服，感激涕零地开始祈祷。彼得罗夫看见自己也在这个故事里面，他感觉自己随身带着这个故事，如同抱着一个硬纸箱。而硬纸箱就像一个房间，里面有三个玩具小人和玩具家具，而在它周围，除了黑暗一无所有。

为了摆脱这种无力感以及对儿子的愤怒，彼得罗夫从客厅走进卧室，感受着内心彻彻底底的黑暗，仿佛笼罩硬纸盒的黑暗并非臆想，而是真实，而他自己就在这黑暗中沉沦。他漫无目的地切换着电视频道，其中一个恰巧在重播经典影片《简·爱》，刚好演到幼小的简和一个患有肺结核的小女孩，在同一床被子底下沉沉睡去。总的来说，《简·爱》里面正义得到伸张，恶毒的舅母及其子女遭到报应令彼得罗夫满意，但女主角最好的女伴咳血而死却令他耿耿于怀。

彼得罗夫努力回想，自己小时候生病时有没有人像照顾小彼得罗夫这样围着他转。但他想起来的却并非生病本身，而是请病假的甜头，当流感基本过去之后——他可以不用去上学，待在家里想干啥就干啥。父母都去上班了，家里只剩下他一个人，他自己热饭吃，牛奶不想热，就直接喝冷的，后来挨了一顿骂。打那以后，彼得罗夫吸取了教训，牛奶继续喝冷的，但总会在锅底倒一点儿牛奶，坐在火上，故意烧到微焦，以此瞒天过海。他还记得有一回他没病找病，好逃避去马明-西比利亚克的故乡维西姆[01]的参观。参观的头天晚上，他特意泡了个冷水澡，然后只穿着小裤头在阳台上吹冷风，结果第二天早晨睁开眼，反倒感觉比之前更结实了。最后只得一大早挤上学校的巴士，跟全班人一道，晃晃悠悠两百多公里，就为了看几间小木屋，听人讲解枯燥的作家生平。到维西姆非但路途遥远，而且每隔二十分钟就得停车休整一下，因为班上有个同学一直晕车想吐。

彼得罗夫小时候最怕的还不是流感，而是脑炎疫苗。那才真正令他吃尽了苦头，至今难忘。打完疫苗，所有人都跑来跑去，伺机绕到谁的身后，照准那人肩膀的针口部位猛力拍打。彼得罗夫遭受了暴风骤雨般的袭击。他不仅肩胛骨下方疼痛难忍，而且一连几天头痛欲裂，比高烧咳嗽鼻塞加起来还要难受。彼得罗夫头疼得直恶心，咽唾沫也疼，眨巴眼也疼，连点头都疼，他感觉自己的脑子在一锅肉汤里上下翻滚，不停地磕碰着颅骨内壁。

跟彼得罗夫一样，彼得罗娃似乎也准备放弃了。她也走进卧室，脱掉身上的黑衣服，换上睡裙，开始往脸上手上抹夜霜。

"儿子咋样？"彼得罗夫问。

01　马明-西比利亚克（1852—1912），俄国小说家、戏剧家。1979年，位于下塔吉尔市郊的维西姆村为其开辟了故居博物馆。

"还能咋样，就躺着呗。"彼得罗娃没好气地说，"能有啥法子？"

二人开始了一场奇特的竞赛，看谁能撑得更久不去看儿子。为此二人开始不停地换台，每换一个便交换一下意见——看两眼还是继续换。此间二人还彼此搭话，尽量显得若无其事。彼得罗夫问彼得罗娃自己感觉怎么样，彼得罗娃说没事。彼得罗娃又问彼得罗夫自己感觉怎么样，彼得罗夫也说没事。有那么一段时间，二人成功地制造出儿子不在家的假象，成功地伪装成平心静气的样子。二人佯装无事地来到厨房，彼得罗夫拿着一包烟在手里把玩，努力克制去阳台抽烟的欲望，以免看见病中的儿子。末了，还是彼得罗娃先撑不住了，她提议不再吃退热净了，改吃阿司匹林试试。彼得罗夫说小孩儿不能吃阿司匹林，却又说自己小时候也吃过阿司匹林，也没什么事。"你确定你吃的是阿司匹林吗？"彼得罗娃不大相信，"阿司匹林不是对胃黏膜不好吗，还可能引发脑水肿。""我现在对什么事都不确定了，"彼得罗夫坦承道，"我甚至不确定，咱们给儿子喝了一整天的退热净是不是假的。现在啥东西都有可能造假！"

夫妻俩便去药箱里翻阿司匹林，指望着这个由彼得罗夫父母传下来的古董药箱里还能有几片。药箱里有芥末膏、绿药水、高锰酸钾（还是小彼得罗夫小时候用稀释的高锰酸钾溶液坐浴那回剩下的），有彼得罗夫父母留下的从来没有人用过的碘酒，有彼得罗夫上小学时给生病的狗狗买的左旋霉素（那条平日里活泼温顺的狗狗死活不肯吃，要是硬掰它的嘴，它就发狠似的斜眼龇牙）。还有一卷药棉，表面看着还像棉花，里面却跟木头一样梆硬梆硬的。药箱里光创口贴就有三种，一种是灭菌型的，创口面是个小绿长条，粘贴面还蒙着一层薄膜，另外两种是卷状的，一宽一窄，跟绝缘带似的。创口贴不能当绝缘带使，这一点彼得罗夫很小的时候就长了记性——有一回，他用创口贴给坏掉的螺丝刀缠了个手柄，拿着它跑去修理坏掉的熨斗，而熨斗还插着电。药箱里有两支体温计，一支是新的，另一支的套子已经旧得发黄。新的是以为旧的丢了才买的，后来才发现旧的掉进沙发坐垫的缝隙里了。还有止咳药水，彼得罗夫总共只喝过两次，头一次喝完他觉得太难喝，宁肯咳嗽也不肯再喝了；第二次喝就是两天前他临去修车行时。喝完他才意识到自己没法开车了，因为一直往上返酒嗝，交警不用测酒仪就能给他开出罚单来。还有治伤风的滴剂，但彼得罗夫一见说明书上说可能产生依赖就不敢再用了。药箱里还有好几盒星星牌清凉油，小小的圆形铁皮盒，看着跟红色药片似的，只有一个还基本满着，其余的都差不多没了，却每个里面都还剩着一丢丢，因此都还没丢。直到彼得罗夫自己有了儿子，他才体会到这种无害的整蛊带来的欢乐——给生病的儿子往鼻子底下抹带有薄荷醇的清凉油，看他被熏得挤眉弄眼，眼泪直流的滑稽样。药箱里可尔瓦乐、瓦洛科金、缬草滴剂一应俱全，虽然家里目前还没有人有神经或者心脏方面的问题。过氧化氢甚至备了两种，一种溶液，一种药片。药箱里连可乐定、葡萄糖口服液这种稀罕物都有，还有两种给小彼得罗夫吃的维生素，都是白色小塑料瓶，一种是橙色的大糖球，一种是蓝色的小糖球。

唯独没有阿司匹林。

彼得罗夫主动提出去趟药店。"我可知道你,一去又是俩钟头。"彼得罗娃说着,摸了摸睡着的儿子的额头,不禁皱了皱眉。彼得罗夫说:"那就你去。""现在可是晚上,"彼得罗娃的语气里似乎有种莫名的愉悦,"你就放心让我一个人上街?""那就咱俩一块儿去。""万一儿子出点啥事呢?""那你说咋办?"彼得罗夫咬牙切齿地小声嚷嚷着。"我哪儿知道,"彼得罗娃也学着丈夫的样子说,"我昨天给你洗牛仔裤的时候,裤兜里有片药。那是不是阿司匹林?我好像把它搁厨房了。"

"是阿司匹林,可是它太老了,恐怕都跟我一般大了,好像是二十世纪七十年代的。"

"你昨天不也吃了吗,也没事啊。"

彼得罗夫不赞同给儿子吃那片老阿司匹林,他宁肯跑一趟药店,虽然他并不清楚最近的24小时药店在哪儿。然而,在说话的同时,两人已经在下意识地朝厨房移动了。

"我不是昨天吃的,是前天。再说我前天不光吃了阿司匹林,还喝了茶,好像还喝了酒,说不定是这些东西一块儿搅到胃里,中和反应了呢?而且我感觉,那阿司匹林也不咋管用。"

"咱先给儿子吃了,看看情况,再决定去不去药店吧。能不能找着还两说呢,我不记得把它塞到哪儿了。"

彼得罗夫不知怎地,一上来就奔了厨具柜。他认为应该从最不可能的地方找起,因为丢的东西往往就在这些地方。他们先搜索了厨房里的一切表面位置，因为丢的东西往往就在眼皮子底下，之后才去检查那些逻辑上可能的地方，比如餐桌、装工具的抽屉、装刀叉的抽屉、装大小圆底锅的抽屉、装大小平底锅的抽屉、一排更像装饰品的铁皮香料罐。在一个贴着"姜黄"标签的铁皮罐里，彼得罗夫夫妇发现了小彼得罗夫装满零钱的存钱罐，不禁惊讶于儿子的狡猾。在装刀叉汤匙的抽屉里，彼得罗夫发现了彼得罗娃从自己家里带来的那把刀。彼得罗娃忙解释说："儿子打电话的时候我正做饭呢，我急着往这边赶，就顺手把刀塞包里了。"彼得罗夫不解地问："这还没到周末，你怎么就让他上我这儿来了？"彼得罗娃说："图书馆原想搞个新年联欢会，我本来是生病也得去的，所以就让他上你这儿来了，可后来又取消了。我还想一个人在家待着呢，这下可好。""你要是有人了就直说。"彼得罗夫恳求道，他不希望彼得罗娃突然嫁给别人，他希望他们之间的关系是可预期的，这样他凡事好有所准备。"去你的！"彼得罗娃摆了摆手说。

彼得罗娃原以为睡裙口袋里是，掏出来一看，却是退热净包装袋的一角。随后她又叫道："呀，我肯定是塞那儿了！"掏出来一看，却是些窸窣作响的方形糖纸，在厨房耀眼的灯光下泛着白光。

闹了半天，阿司匹林在冰箱搁板上，跟止痛药膏放一起了。那药膏是彼得罗夫买来缓解背痛的，但基本上没用过，因为根本不管用，只是味冲，搞得彼得罗夫闻起来跟个糟老头子似的。"可不是嘛！"彼得罗娃恍然大悟地说，"我当时正在厨房里忙活呢——儿子跟我要汤喝。那时你已经睡着了。"

站在儿子的病榻前,夫妻俩就给药剂量问题又商议了一番:吃一整片,还是只吃半片。其实这个提议本身就让彼得罗夫觉得胡闹,眼前这个包在灰纸里的、外缘一侧似乎还带着参差不齐的齿痕的药片令他高度怀疑。他再次提出要去药店,都已经开始换鞋了,被彼得罗娃拽住了胳膊。彼得罗娃坚持要试上一试,说阿司匹林终归是阿司匹林,不像牛奶,会酸掉。于是二人便摇醒了小彼得罗夫,让他把药片吃下去。彼得罗夫起先给儿子倒了杯汽水,但彼得罗娃担心胃黏膜负担太大,便又让他给儿子倒了杯白开水。儿子倒头便又睡了,好像压根儿没醒过似的。彼得罗娃又给儿子夹了个体温计,蹲在沙发边上守着,防止体温计掉了。彼得罗夫像一匹被拴住的驽马站在那儿,将一张阴晴不定的脸凑近彼得罗娃。"真要疯了,还是没降!"彼得罗娃说。他们将儿子额头上的速冻水饺换了一袋新的,将已经变热、略微融化的那袋放回了冰箱。没等他们走进厨房,儿子就把沙发罩蹬到了脚底下,自己冻得缩成一团,却依旧没有醒转。他呼吸时发出哼哼唧唧的声音。那声音如此尖细,犹如老鼠的呻吟——假如老鼠也会长时间流感发烧的话。彼得罗夫夫妇给儿子盖好,儿子当场就又踢掉了,夫妻俩反复试了好几遍,每次都被儿子踢掉了。

没有尼古丁的加持,彼得罗夫实在看不下去了,便走到阳台上点着一支烟,看着夜里空空荡荡的小区。儿童游乐场上并无任何照明,却有一大块蓝莹莹的光斑。彼得罗娃抱怨说:"我不行了,我去睡觉了。够了!希望一觉醒来一切就都好了。再这样下去我恐怕要昏倒了。"彼得罗娃这会儿自己也当了逃兵,但彼得罗夫却已经没力气对她反唇相讥了。彼得罗娃又说:"对了,你刚才开阳台门的时候,儿子的呼吸好像轻快些了,不然,把通风窗开大点吧?反正也不可能更糟了。呃,我是说,当然还有可能更糟,可眼下这种情况,咱还能咋着呢?可以给他再抱一床被子过来,他要是冷,自己会盖的。"

彼得罗夫其实也已经撑不住了,可假如彼得罗娃不先说累,他是不肯睡的。这自然也是某种竞赛,这说明彼得罗夫跟他的父母和岳父母并无多大差别,无论他多么渴望有所差别。在关于儿子的竞赛上,彼得罗夫稍微做出了妥协,他也想尽量得些分数,毕竟儿子终归是儿子。但在其他事情上,彼得罗夫认为自己和父母及岳父母毫无共通之处,他认为父母那辈人简直无可救药,其生活观同样不可理喻,在他们看来,过去的一切都比现在强多了,更公平,更安全,甚至更丰盛。彼得罗夫的父亲从不掩饰他对儿子的工作的鄙夷,说他只顾挣钱,根本不管自己服务的是什么人,是全靠一辆车养活一大群孩子的可怜司机,还是光进口车就趁好几辆的富豪,说这种思想无论对彼得罗夫本人,还是对整个国家都不会有任何好结果。岳父虽然没有说过这种话,但看样子也是这么想的。

彼得罗夫关掉客厅里的灯,也躺下睡了。他本来从背后抱着妻子,但不久就被妻子用胳膊肘推开了,因为他一直动来动去,纠结着要不要起来查看一下儿子的情况。好不容易到了进入梦境的紧要关头,两条大腿突然压在了他的身上,把他吓得一个激灵,登时醒明白了,准备好迎接又一个焦虑的日子了。他对妻子的毫无睡相极为恼火,也想用胳膊肘把她推开,可她的身子离他的胳膊肘太远。他便试探着从她的双腿下面抽出来,心想这还睡个屁,还是起来抽根烟再说吧。他伸手摸到手机,一看,才凌晨一点半。这么早就在房间里乱转、在厨房里枯坐,未免太诡异也太无聊了吧。正是带着这样一种既恼怒又神经兮兮的念头,彼得罗夫又睡着了,但没过四十分钟就又醒了,悄悄溜到了客厅。什么变化也没发生,除了小彼得罗夫将沙发罩拽到了身上,又用被子盖住了脚以外。趁彼得罗夫溜出去的这会儿工夫,彼得罗娃已经滚到了床那头,把整床被子都卷过去了,只给彼得罗夫留下一个边沿。彼得罗夫小心地将自己的半个身子和一条腿塞到被子底下,又将脑袋固定在枕头上,以免睡落枕了。枕头很快就被焐热了,彼得罗夫小心翼翼地将枕头翻了个面,唯恐吵醒彼得罗娃,可后者却丝毫没有醒转的意思。

又过了一段时间(彼得罗夫忘记看表了,反正他病还没好,哪儿也不急着去),彼得罗夫觉得脖子疼,口又渴,便爬了起来。彼得罗娃找茬似的说彼得罗夫动来动去的烦死了,而彼得罗夫却想到,自己夜里似乎总起来喝水,听哪个电视节目里说这好像是糖尿病的症状。彼得罗夫在浴室里对着水龙头喝了一通凉水,反复盘算自己起夜喝水的频率,最后得出结论:起夜喝水并不算多,更多的是些类似梦游的情形。他时常梦见自己仍在修车行,沾了两手润滑脂或者润滑油,于是就在床单上蹭手,或者摸到浴室,打开水龙头洗手,还仔细地搓香皂,接着才会彻底醒转。梦里本是一片亮光,醒来却发现自己正置身于恐怖骇人的黑暗之中。当彼得罗夫把自己梦游的事告诉巴沙时,巴沙说他也会。他老婆有一回被吵醒了,看见巴沙正在她的化妆盒里翻腾,说要找九号扳手。巴沙解释说:"大概是汽油蒸汽对神经的刺激。"

喝饱了水,彼得罗夫打着哈欠,伸着懒腰,转动着椎骨间像卡了一块鹅卵石的僵硬脖颈,来到客厅。儿子身上的沙发罩和被子都掉了,他直挺挺地趴在那儿,显得比站着时更高,也更成熟些,他的脸在晦暗的光线下显出不健康的苍白。通风窗被穿堂风吹开了,客厅里冷得要命,跟街上差不多,至少彼得罗夫感觉如此。他感到一股彻骨的寒冷在体内涌动,因为他发现,儿子的面色如此惨白,身子像是被拉长了,睡裤和袜口之间原本不超过一厘米的距离,眼下几乎有五厘米之多,仿佛睡裤一夜之间变成了七分裤。彼得罗夫伸手去摸儿子的脚,隔着袜子都能感觉到他的脚何等冰冷。他又去摸儿子的额头和脸颊,也是彻底冰冷的。彼得罗夫登时吓得浑身筛糠。他把手探到儿子的睡衣底下,发现儿子的胸口和肚子也全是冰冷的,而且肋下还感觉不到心跳。"完蛋了。"彼得罗夫心想,将手掌贴到儿子脸前,想试探他的呼吸,却也感觉不到,彼得罗夫又在心底念叨了一遍:"完蛋了。"他不知道这种情况该如何是好。他最后一次有这种感觉还是在他祖母的葬礼上,但那时他啥都不用管,只需要在棺材边上站上一会儿,在丧宴上喝酒就行了。

彼得罗夫俯身盯住儿子,竭力捕捉哪怕一丝一毫的动静,比如睡衣图案的颤动,好证实儿子的呼吸。但一点儿动静也没有,寂静密得透不过气来,彼得罗夫身体内外的一切都彻底僵死了,他像丢了魂一样,完全不知所措,尽管他应该立即拨打急救电话,告诉医生他儿子眼下的情况比流感要糟得多。

绝望之中,彼得罗夫先是摇了摇儿子冰冷的肩膀,接着又使劲儿捅了捅他的腰眼,想把儿子唤醒。

儿子突然活了过来,不满地哼了一声,蜷起身体,一只手四处找东西盖。彼得罗夫心里岂止落了一块石头,简直落了一场雪崩。他忙把被子一角塞到儿子四处乱摸的手里,后者一把将被子扯到身上。彼得罗夫坐了一会儿,仍在为方才的恐惧心悸不已,而他那沉重的想象力仍在惯性的作用下继续向前滚动,在他的内部视野铺展开了儿子葬礼的场景。

他踩着棉花走进卧室,倒在床上,床垫托着彼得罗娃颤了两颤,但后者也像死了一样,丝毫没有醒转的意思。彼得罗夫久久地躺在床上,呆望着天花板。他很想摇醒妻子,告诉她自己刚才的经历,那简直太匪夷所思了,如同霓虹闪烁、骏马华鞍的旋转木马。他觉得这是对他的一个教训,他不该让漫画里那个被儿子当成自己的小男孩死去,而应该尽快给漫画安排一个happy ending,并且今后再不允许漫画中的人物跟家里人哪怕有一丁点相似之处。他不该效仿年轻时的谢尔盖,因此,关于那个白天在学校教小孩子读书,夜里猎杀各种恶棍的超级女英雄的构思同样是十分可怕的。

"上帝啊,"彼得罗娃仍背对丈夫,迷迷糊糊地嘟囔,"你到底还睡不睡？你今天还得带他去联欢会呢——哪怕他发着烧，你忘啦？"

"那个，他现在不烧了。不知道啥时候退的。"

"嗯，那就好……"

第八章
成年期待者剧场

对于清晨由妻子和儿子的争吵开启，彼得罗夫并不感到意外。还在昨天，当小彼得罗夫还瘫在沙发上的时候，争吵就已经开始酝酿了。彼得罗娃压低了声音责骂，唯恐吵醒彼得罗夫；彼得罗夫意识到，她是有意让自己睡过头，好来不及赶往青少年剧场。小彼得罗夫则相反，扯着嗓子喊，一心想要吵醒彼得罗夫，不让他睡过头。但小彼得罗夫的声音是嘶哑的，听上去也像压低了声音似的。假如他们都是用喊的，睡梦中的彼得罗夫恐怕会误以为是电视机的声音，也就不会醒来，而这种压低声音的窃窃私语，被昏沉的大脑当成了针对自己的阴谋，令他猛然惊醒并削尖了耳朵。

"你就是胡闹，"彼得罗娃不容分说，"你昨天好不容易才能站起来。你自己昨天有多难受你都不记得了吗？说不定还会更严重呢！我可不是你爸，被你支使得团团转。我可不想让你得肺炎。要真得了肺炎，立马就得去医院，然后就得在医院过年了，小畜生！"小彼得罗夫顶了句嘴，具体没听清楚，因为被泪水哽咽了。

"是，没错！"彼得罗娃低声喝道，"他是好爸爸，我是坏妈妈，一点没错！我不让你干蠢事，所以就是坏妈妈；我没有什么都依着你，所以就是坏妈妈。好极了。总之，我是哪儿也不会让你去的，就这样。就算你的好爸爸跟我拼命也没用。"

彼得罗娃和小彼得罗夫彼此相处的时间，要比他们跟彼得罗夫相处的时间多得多，两人之间早就积攒了大量的不满和愠怒。相比之下，他们对彼得罗夫则要宽容得多，因为他们并不经常见他，至少不是天天见。彼得罗夫继续装死，盼着妻子和儿子能够自行解决。睡觉的时候，彼得罗夫成功地将枕头顶到了一边，脑袋直接枕在床单上。他脸朝下趴着，清楚地闻到了床单布料的气味，那气味似曾相识，不是他家床单被褥的惯有气味，倒像是他曾经在姑妈家做客时闻到的床单味。纵横交错的布匹纤维近在眼前，具体图案反倒看不清了，床沿则像地平线一样遥远。彼得罗夫觉得有趣，便将视线忽而集中在眼前的纤维上，忽而集中在床沿上，忽而集中在暖气片上，床单由此逐渐变成了一块白色光斑，外缘还有一圈淡白色光环。小彼得罗夫和彼得罗娃仍在低声撕扯。彼得罗娃虽然嘴上不同意丈夫和儿子起床外出，可房间里却洋溢着咖啡和早餐的味道，而且恰恰是学校食堂所特有的那种白菜和肉的混合味道。彼得罗夫本想悄没声儿地溜到浴室去冲个澡，可他的身体却像是洞察了他的阴谋似的，以一阵剧烈的咳嗽出卖了他。那咳嗽中混杂着流感和尼古丁两种动因，若是二者择其一，彼得罗夫或许还能压制，但二者一同发难，势必干呛而持久。彼得罗娃应声而至，预备将炮口由小彼得罗夫转向彼得罗夫——剧场之行的主谋。"你还是要带他去?"彼得罗娃对坐在床上的彼得罗夫发问,后者边咳嗽着边点了点头。小彼得罗夫从身后抱住彼得罗娃,双手环在她的小腹,倒好像反对他去联欢会的人是爸爸,而妈妈正护着他似的。小彼得罗夫还从彼得罗娃身后探出头来,用两只哀怨的小黑眼睛盯住彼得罗夫,眼神中掺杂着些许责备,以防彼得罗夫屈从。

彼得罗娃虽然嘴上反对,却给儿子洗了澡,把儿子原本扎煞着的头发洗得香喷喷顺溜溜的,还梳成了由女理发师精心设计的发型(女理发师在红色座椅的扶手上架了一块板,把小彼得罗夫放在上面,鼓捣了半天)。连床上都有股儿童沐浴露的糖果香气。彼得罗娃也喜欢用这种沐浴露;每次夫妻俩亲热,这种气味都往往令彼得罗夫兴致全无,尽管同样的味道从儿子身上散发出来令他觉得格外可爱。彼得罗娃又换上了一袭黑衣,儿子的手脚在其映衬下显得尤其惨白。看到这种由于冬天和流感造成的惨白,彼得罗夫几乎也要改变主意了。妻子和儿子都站在那儿,等他做出决定,尽管彼得罗夫已经表明准备好了。彼得罗娃低吼道:"他还是个孩子,我能理解,你可是个大人啊。你俩打算合伙气死我呀?""我说,"彼得罗夫说,"能不能先让我洗漱穿衣服,然后再做决定。"

就连在浴室里,妻子和儿子都不肯放过彼得罗夫,虽然他很想把他俩轰出去。"不是,你真要带他去?"妻子提高了嗓门问,儿子则在妈妈身后探头探脑,唯恐爸爸少了他无声的支持会打退堂鼓。彼得罗夫刮胡子时,从镜子里瞥见妻子正对自己怒目而视，便忍不住道:"有什么的嘛，坐上车就去了，有什么要紧？又不用等公交，他连冷空气都来不及喝两口。""可他会传染其他人哪！""应该不会吧。"彼得罗娃这边刚不纠缠了，小彼得罗夫又开始步步紧逼，暗示快要迟到了，哪怕是迟到的可能性都令他担心。彼得罗夫洗完澡穿好衣服，却并没有像小彼得罗夫期待的那样，急着扒拉两口饭，然后赶紧出发，反而走到阳台上抽烟去了。小彼得罗夫以悲伤的叹息目送爸爸走向阳台，说了句:"吸烟有害健康。""是吗？我都不知道哎！"彼得罗夫揶揄地问，他喜欢这样逗弄儿子。

吃早饭时，小彼得罗夫一直盯着爸爸，目光不时从他脸上滑到手机屏幕的时间上，惹得彼得罗夫几乎笑岔了气。儿子让他想起了修车行里的一位女顾客，每次听见修理工骂娘她都要沉重地叹上一口气，结果，她不得不频频地叹气，几乎要因为换气过度晕厥过去了。这位女顾客也总不停地抬腕看表，不停地翻白眼，每过两分钟就问一遍"快好了没"。

小彼得罗夫在蓝色化装服外面套上了暖和的绒裤和毛衣，但父母仍不肯放他下楼——彼得罗夫得先把放在家里保暖的蓄电池装到车上，再给车预热，把车厢里连日来积攒的冷气全赶出去，等一切妥当，他才会用电话震一下彼得罗娃，后者才肯放快要憋疯的神兽出笼。

彼得罗夫其实并不乐意出门。他装好蓄电池，打着火，便拿起一柄橙色塑料刷扫起车上的积雪来。这是一辆白色的拉达2105，父亲传给他的。不知为何，拉达2105绝大多数都是白色的，2106

则以红色和橙色为主,至于2109,除了白色或茄色,彼得罗夫简直想象不出其他颜色,有一回他看见一辆宝蓝色的2109,心里便莫名地有种抗拒。

儿子从厨房窗户谴责地望着彼得罗夫——也许并无谴责,只是寻常地望着,但却对彼得罗夫的良心产生了谴责的压力。彼得罗夫阴险地朝厨房窗户笑了笑,坐进了车里,看看车厢对于生病的儿子来说是否已经足够暖和。但车厢还没有暖透,冷热空气仍在明显地交互移动,坐垫依旧冰凉。彼得罗夫甚至担心,冰凉的坐垫会让自己的肾受凉,让儿子二次感冒。前挡风玻璃上挂着一株小枞树,向车厢里散发出香水味道,但彼得罗夫每次回家,他的衣服乃至整个人依旧散发出汽油味。枞树旁边还用细绳挂着两个皮毛骰子,象征着前任车主——彼得罗夫父亲的冒险天性,彼得罗夫却总感觉那像两颗睾丸,还是一只公猫的睾丸,与方向盘上包裹的毛皮(同样是父亲的杰作)来自同一只公猫。父亲还往换挡杆上套了一枝用有机玻璃做的玫瑰花。彼得罗夫每次坐进汽车,都恨不得把这些劳什子通通扒下来,因为巴沙每次看见都要嘲笑一番。但每次彼得罗夫都拖到下次。

谢尔盖的父亲穿着一身灰大衣,穿过小区朝商店走去。他故意不往彼得罗夫的车子这边看,因为他很气不过,为什么谢尔盖自杀了,彼得罗夫却没有。彼得罗夫也觉得不大公平,自己还活着,谢尔盖却在地底下年复一年地腐烂下去,但他也没办法,他既不想上吊,也不想吞枪,他原则上是幸福的。谢尔盖的父母以及很多同班同学都将彼得罗夫视为懦夫,认为他有义务追随朋友而去，要么自愿，就像古印度为亡夫殉葬的妻子；要么借助外力，比如车祸或者疾病。彼得罗夫对此不以为意。打小父亲就指着鼻子骂他窝囊废，他几乎也默认了自己的窝囊，因此对这些并不当一回事。

对彼得罗夫而言，谢尔盖之死最有趣的一点在于，谢尔盖的父母先是被沉重的痛苦压弯了腰，但不到一年，就变得比谢尔盖在世时更加精神抖擞，显然，谢尔盖生前对他们同样造成了压抑。经过痛苦的洗礼，他们仿佛重新焕发了活力，而在谢尔盖生前，彼得罗夫感觉他们已经是老头老太太了，几乎和自己的祖母同龄。赋予他们力量的，或许是打算在彼得罗夫的坟前跳支舞的愿望，但更有可能是源自他们的养女，从一个被剥夺了抚养权的女亲戚那儿过继来的。据彼得罗夫的母亲说，他们早就在为养女步入青春期积攒力量了，因为这个养女可不是个省油的灯，十来岁就学会了偷家里的钱，逃学，说脏话，还不干家务。"基因问题。"彼得罗夫的母亲为自己挑选了这样一个高级字眼而自鸣得意。无论谢尔盖的父母和全体亲友如何小心在意，养女的结局已不可避免，生物学包办了一切，人力已无可奈何，剩下的只有靠到椅背上，等着看酒后乱性的报应。

车子暖透了，彼得罗夫用电话震了妻子一下，保险起见又按了一下喇叭。儿子几乎立刻就蹿出来了，仿佛是从五楼瞬间位移到一楼的。楼道门照例没有关严，又用一块砖头给撑住了，显然又在等人，但彼得罗夫没去看等的是什么人，他只见门上贴着一张方格纸，上面潦草地写着"请勿关门"，纸张四角各贴着一块透明胶带。儿子钻到副驾驶座上,气喘吁吁的,像刚跑完步一样,将刺猬头放在膝盖上,扭着身子去扣安全带。彼得罗夫对儿子说出了早就想好的玩笑话:"你的脑袋没忘在家里吧?""没忘。"儿子回答说,隔着红色连指手套抚摸着刺猬头上的刺。

彼得罗夫精神不错,开出小区时甚至还跟儿子开玩笑,说万一转弯时不小心撞上一个人或者一辆车,那可就哪儿也去不成了。但玩笑归玩笑,他们还真的有可能迟到,因为时间已经很紧了,无论走哪条路(无论是古尔祖夫大街,还是三八大街,或者穿过陶里亚蒂街上莫斯科大街)都有可能堵车。这两年市区忽然添了那么多车,恐怕只有清晨和深夜才能畅通无阻地开到市中心,而不必堵在暴躁的车主和似乎同样暴躁的车辆中间。

小彼得罗夫焦急地盯着手机上的时间,但他们果然遭遇了轻微的堵塞。先是在列宁街入口处,接着是在列宁街上、广场之前,接着刚通畅了没一会儿,便又死死地堵在了伊谢季河大桥上——有个冒失鬼图快,走了电车道,结果跟一辆迎面开来的电车亲了嘴。路上仿佛圈出了一个舞台,演员是愁眉苦脸的小车司机、眉头紧皱的保险公司职员,以及手持黄色卷尺、一本正经的交警。为了避免撞伤演员,所有车辆都得小心翼翼地绕过舞台,依次穿过骤然缩窄的车道瓶颈。看着车辆慢吞吞的,小彼得罗夫居然急出了一头大汗,帽檐下面的刘海儿全粘在脑门上了。"别着急,赶得上。"彼得罗夫说。"哼,赶得上,"儿子用颤抖的声音怨恨地说,"我早就说要早点儿出门的。"

好不容易下了桥,立马又堵在李卜克内西街的入口处了。

再有一刻钟就上午十点了，而十点正是联欢会开始的时间，可他们仍堵在红绿灯前，望着"竞技场"电影院。小彼得罗夫的脸阴沉得如同电影海报上的亚历山大大帝。街对过就是音乐喜剧剧院，彼得罗夫后悔没买那儿的联欢会的票。再说那家剧院里还有"马克比克"快餐店，看完演出正好去吃点东西；沿街不远处还有家书店，吃完东西还能顺便去逛逛，而青少年剧场周边啥好玩的都没有，除了有座滴血教堂[01]。彼得罗夫对滴血教堂没兴趣，令他感兴趣的只有几个与教堂相关的事实：建教堂的时候死了几个穆斯林；教区总在要钱用于教堂供暖和维护，尽管教堂才落成不久；彼得罗夫还做过一个梦，梦见教堂对面建成了一座庞大的犹太教堂，如同一个巨大的白色立方体。开车经过时，彼得罗夫竟无端地期待着能够看见那个巨大的白色立方体。

"嗯，的确不太妙。"彼得罗夫坦承道。小彼得罗夫没说话，只是委屈地别过头去，望着人行道旁慢慢聚拢的行人。突然之间，奇迹出现了，车流像被施了魔咒一般，一下子通畅了，彼得罗夫前面的车辆并未消失，却变得稀少了，跑得也更快了。彼得罗夫打算绕过一辆停在建筑学院站的电车，他有种预感，不能开太快，果然，一个红褐色头发的高个子男生差点儿没钻到他的车轮子底下。男生似乎急于步入梦想中的学府，因而决定"鹿跃"穿过机动车道。"真是好险。"彼得罗夫试图唤起儿子的同情心，想到自己差点儿撞死一个大活人，他忍不住浑身哆嗦。小彼得罗夫只是

---

01 坐落于俄国末代沙皇尼古拉二世全家被处决处，于2003年建成。

白了他一眼，随即浮夸地别过脸去。彼得罗夫自知理亏地叹了口气。他小心而快速地驶过了余下的一大段路程，刚在剧场附近的红绿灯前停下，小彼得罗夫便急不可耐地解掉了安全带，虽然他知道父亲还得找地方停车，然后才能前往剧场。

　　青少年剧场夏天看着还行，两旁都是绿意葱葱的，但冬天剧场前面就未免太过空荡，周围也太过萧索了，看着不像是专门面向孩子们的。休息室内光线昏暗，入口处的一排玻璃门黑黢黢地连成了一片，黑洞洞的高窗不友善地向外张望，悬挂在入口上方的金属雕像远远望去仿佛三角怪兽的脑袋。剧场夜里看上去要欢快得多，因为下面有路灯照着，馆里也亮着灯，冬季的白天则一派阴郁。彼得罗夫从来没去过剧场，哪怕上小学时，他也总能想法子逃避学校组织的集体观戏，比如契诃夫的《海鸥》啥的，尽管语文老师反复强调，剧场观戏等同于平时上课，剧场溜号视同旷课。从班上同学们的讲述中彼得罗夫了解到，剧场是一个乏味至极的所在。就连比所有人都更亲近文学的谢尔盖，对于幕间休息和茶点部的兴趣也要比演出本身更浓厚。这还有可能是因为，语文老师带领全班同学先后去了两家剧场，看了两场《海鸥》，以此证明对契诃夫的解读可以何其丰富，她甚至计划带队去下塔吉尔市的剧场看那里的《海鸥》，只是由于全班坚决抵制才算作罢。对于小学生而言，看一遍《海鸥》就已经够够的了，看第二遍时，同学们便对演员们的装腔作势哄笑不已，有个小男生还大声而滑稽地模仿每一位演员的台词，直到被轰了出去。至于彼得罗夫，哪怕他坐在电视机前观看某出剧目，也总忍不住会去注意那些假定性的舞台布景,以及那些随意摆放在包围着演员们的昏暗之中的象征性的家具。他总有种感觉,哪怕他坐在家里看电视,一旦他就主人公的行为说句什么不妥的话,悲剧女神或者喜剧女神就会出现在他身后,朝他后背推搡一把,骂他傻瓜。

彼得罗夫将车停在剧场一侧(旁边有道围栏,后面在建什么),小彼得罗夫立刻冲了出去,彼得罗夫则不紧不慢地跟在后面。在存衣处,小彼得罗夫毫无悬念地被泼辣的女人们挤到了队尾,她们加塞的神情如此自然,小彼得罗夫连一句话都说不出来。彼得罗夫感到惊讶,竟然没有一个女人愿意关照别人家的孩子。"去他的存衣处吧,"彼得罗夫说,"你就在这儿脱吧,我给你拿着。不然出来还得等半个钟头,搞不好再把号码牌弄丢了。"

进出剧场都不必排队的前景令小彼得罗夫满心欢喜。他狡狯地朝排队的人群笑了笑,在入口旁的软垫方凳上脱起衣服来。彼得罗夫还没来得及问儿子有没有带双轻便点儿的鞋来,否则还要拖着冬靴在联欢会上跑来跑去,小彼得罗夫已经从棉服的深兜里掏出了一双帆布鞋。彼得罗夫顺从地将棉服夹在腋下,另一只手里拿着儿子的冬靴,靴筒还朝外冒着热气。小彼得罗夫将脱下来的绒裤和毛衣分别塞进棉服的两只袖管,连指手套和帽子则塞进了棉服口袋,又从棉服内兜掏出了演出票和手机。彼得罗夫问:"不然我跟你进去吧?里面不会有人欺负你吧?"儿子对父亲的担忧哂笑了一下,检查了一下蓝色裤子里的手机,又翻来覆去地确认了一遍演出票上的日期和时间。"我在这儿等你,还是去车上?你希望我在哪儿?"彼得罗夫冲着儿子远去的背影喊道,但儿子没有回答，混入了涌向观众厅的人流中。

彼得罗夫没来由地认定，在剧场里人们应该保持安静，可存衣处乃至整个休息室（休息室里面比外面看上去要敞亮得多）都乱哄哄的，孩子们跟在自己家里一样东奔西跑，家长们呼儿唤女，也跟着跑来跑去。周围有好几位家长在问孩子要不要去厕所，彼得罗夫这才想起自己忘问儿子了，儿子这会儿没准已经尿急了，那可就什么节日的欢乐都无从谈起了。彼得罗夫对儿子会感染别人的担心也纯属多余：在普遍的嘈杂声中可以分辨出好几处纠缠不休的咳嗽声，有孩子的，也有大人的。很少有孩子不吸溜鼻子的。一个仙女打扮的小女孩（仙女的标志是她背上的两只翅膀和手里的魔法棒，翅膀是用铜线和粉红色纱布编的，魔法棒是透明塑料的，顶部有颗会闪光的星星），手里攥着一块方格图案的大手帕（应该是她爸爸的），不停地擦拭着通红的鼻子。看来，流感杆菌正像雪花一样在大厅飘舞。

人群中最为醒目的是一位身材高大的女教师，她身边围着一群孩子，身上穿着反复清洗的新年服装，看着像从保育院来的。较之于她正在点名的孩子们，女教师显得身形庞大，再加上她那身带亮闪片的红裙子，她脸上的古铜色粉底霜和猩红色唇膏，令女教师及其身旁相形失色的孩子们组成了一幅拼贴画，孩子们仿佛从尘封多年的苏联《女工》杂志的封面上剪下来的，而女教师则像是从最新一期的德国《布尔达时装世界》上剪下来的。

"各找各的伙伴！"女教师的语调相当平静，声音却盖过了周遭的躁动、喧哗与咳嗽。彼得罗夫心想："假如她平常说话都这么大声，真不知道喊起来会是什么样。"他再也受不了休息室里的乱乱哄哄，走到了街上。彼得罗夫打算在剧场附近转转，最好找个小酒馆进去坐坐，总比一个人坐在车里听着广播喝闷酒强。但他不敢走太远，怕儿子突然需要他的帮忙或者在场。

双层玻璃门完全隔绝了剧场的喧闹。彼得罗夫点着一根烟，慢慢地从人声鼎沸中平复下来。看着入口处几个正在吸烟的男女，以及通往地下通道的宽而缓的斜坡，彼得罗夫感觉自己仿佛遭受了长达半小时的学校铃声或者汽车报警器的折磨。从周围人呆愣愣的表情来看，他们的感觉也跟他一样。

偶尔，集体吸烟的静默会被烦人的汽车喇叭声打破，像在召唤什么人似的。"简直是疯人院，"一个抽烟的女人对另一个抽烟的女人低声说，"记得小时候，有一年我拽着我妈，穿了一整个城，去参加了一场新年联欢会，是她们单位给职工子女举办的，她不小心说漏嘴的。这回我又上了广告的当，早知道这样，还不如就近买张俱乐部的演出票呢。"对方反驳说："不会呀，这儿的礼物要好些，演员也更专业些。""其实最好是叫严寒老人上门服务，只不过伊戈鲁什卡会提前喝醉，把整个节日都毁掉。""我们单位每年都会叫严寒老人，但凡有孩子的家庭都会去。我老公反正是一次都没扮演过。其实啊，男人就是大孩子，他们心里边也信这玩意儿。连我自己对这个也蛮有兴趣的。"

彼得罗夫装出一副并未偷听的样子，还特意稍稍别过身子去，但女人们的声音太低了，以致彼得罗夫竖起的耳朵不禁微微抖动，好像狗狗听见主人对它说"吃"或者"散步"时那样。

"我说女士们,你们也真是够了,"一位抽烟的男人介入了女人们的谈话,听沙哑的嗓音像个大老粗,可看上去却既体面又斯文——他敞怀穿着风衣,风衣下面是类似伊戈尔的西装三件套,西装上衣也没系扣,敞开的衣襟下面是扣紧的马甲,但不像彼得罗夫那样紧绷在大肚腩上(假如他也穿西装的话),而是紧贴在结实的腹肌上,皮鞋擦得锃光瓦亮。看其他男人的样子,似乎也早就想插话了,只是尚未下定决心。"向你们致敬,姑娘们,感谢你们对男性的态度。"男人冷嘲热讽地说。

"别这么阴阳怪气的。"第一个女人,也就是说疯人院的那个回怼道。她身材娇小,一身亮绿色夹克衫,一头近乎红色的亮褐色头发,看上去像个女大学生。她的发型像是出自醉酒的男理发师之手,后者脚步踉跄着,胡乱剪掉了她的刘海儿,推光了她的鬓角和后脑勺,就将她赶出了理发厅。真是奇怪,这样一个奇装异服的年轻姑娘,居然已经有了一个酗酒的儿子了(伊戈鲁什卡)。

"就是。"第二个女人说,就是为青少年剧场辩护的那个。这是个身材魁梧的大婶,比彼得罗夫高两头,宽一倍,身上的皮草像是长毛斑点狗皮的,头上的圆帽子黑白相间,像个足球。"难道你们并不像孩子那样喜欢严寒老人?我才不信呢。"女人宽容地俯视着男人说。

"你说错了,"男人彬彬有礼地说,"我更喜欢雪姑娘。"其余男人们听罢,赞许地嘻笑起来。

彼得罗夫尽力不引起别人注意,但在场所有人都时不时地瞟他一眼，因为只有他一个人抱着一堆孩子衣物。彼得罗夫感到很难为情，当他又一次捕捉到异样的目光时（那是个身穿墨黑色聚乙烯雨衣、头戴满是灰尘的便帽的小个子男人，很像电车上那个怯懦小老头的年轻版），便对那人解释说（其实也是说给其他人听的，省得他们再用那种眼神看他）："我儿子的，省得在存衣处排队。""知道。"小个子男人答道。

彼得罗娃打来电话，心急火燎的。彼得罗夫咳嗽着抽着第二根烟，沿台阶走下剧场门廊，走到一旁，以免其他人听见。

"你们那边没啥事吧？"

"好像没啥事，咋了？"

"他帆布鞋忘拿了。他不会是穿着冬靴进去的吧？我反正不记得他有带帆布鞋。你该不会是让他穿着体操鞋进去的吧？体操鞋可冷。"

说到体操鞋，彼得罗夫想起来，儿子上幼儿园的时候，有一回演出，他穿着体操鞋、高尔夫球袜、短裤、T恤衫，头上还顶着两只动物耳朵，幼儿园的女老师要给他拍照，让他把T恤衫掖到短裤里头，可小彼得罗夫不喜欢这样，因为爸爸就从不把T恤衫掖到牛仔裤里。女老师跟小彼得罗夫几乎吵了起来，女老师硬给他塞进去了，等到演出时，小彼得罗夫一看照相机对准自己了，立马把T恤衫给扯了出来。"你瞧瞧他干的好事，"事后女老师向彼得罗夫告状，"把整个照片都毁了。"彼得罗夫一直记着儿子犯倔的这桩趣事，想等他长大了讲给他的新娘子听，就像他自己的父母告诉彼得罗娃，彼得罗夫六岁那年，拿着父亲的刮胡刀片，将自己所有照片上的眼睛全给剜出来了。彼得罗夫当时挨了骂还不服气，心想反正剜的是自己的眼。他自己也说不清，当他拿到父亲的那盒刮胡刀片时，心里边在想什么。

"帆布鞋他带了，"彼得罗夫宽慰妻子道，"他把鞋塞在棉服兜里了。""这个狐狸崽子，"妻子说，不知是在称赞，还是在谴责儿子的狡猾，"他在那儿咋样啊？你摸他脑门了吗？没再烧上来吧？出门前我给他吃了药，以防万一。"彼得罗夫说好像是没事，没觉得儿子有烧得难受，并老实地承认忘了摸儿子的额头，因为往剧场赶的路上差点儿撞了人。"他还把手机关了，"妻子埋怨道，"我先给他打的电话，可这个小混蛋却'暂时无法接通'，你跟他说，以后别再关机了，不然我把他耳朵揪下来。""应该是里面的人统一让关机的吧，剧场嘛。"彼得罗夫分析道。"行吧，不浪费电话费了。"彼得罗娃说完便挂断了电话。听声音就知道，儿子的手机打不通很让她着了急。

门廊上的性别之争仍在继续。红头发的年轻女人说："你别以为自己西装革履的，就能唬得住我。我老公也是整天穿西装，看着人五人六的。可他也就在下属面前装装，实际上啊，比孩子还孩子呢。真的，我不说瞎话。你们知道我跟他是咋认识的吗？他他妈的是把我偷出来的！真的。"

"你老公难道是高加索人？"穿西装的男人惊问。

"啥高加索人哪，"红发人恨恨地摆了摆手，"我现在压根不想提这个。我想说的是，你别看他表面上一本正经，实际上三天两头不着家。你说你找小三儿去了你就直说呗。我也不是不能原谅。

我也知道，男人嘛，'四十五，心里苦'。当然，他还不到四十五呢，但都一样。可他非得编一些鬼话来糊弄人，我想想都觉得好笑。关键是他承认自己爱着另一个女人，可又说那个女人在下面呢。"红发女说着，朝脚下一指。

"难道是死了？"问话的并非西装男，而是旁边的一位大爷，看样子是带孙子或孙女来联欢会的，穿着一件方格外套，很像彼得罗夫上小学时穿的那种（当时几乎全班同学都穿这种外套，经常搞混，有一回，彼得罗夫到家开门时才发现，兜里的钥匙是别人家的）。

"不是死了还能是咋了？"红发女嚷嚷道，她对老头儿明显不像对西装男那么客气。众人一齐点头，意思是除了死以外不可能有其他解释。"所以说嘛，"红发女继续说，"你们男人总不肯实话实说，总爱编些鬼话来糊弄人。"

西装男讽刺地笑了笑，说："是啊，当然要实话实说。这话我听了不知道多少遍了，可每次一说实话，指定挨嘴巴子。从小我妈就让我认识到，每当有人跟你说：说实话，没事的，你就等着挨揍吧。我倒是想说实话呢，可舌头不听使唤哪，这是渗在骨髓里头的。"

"也许的确是这么回事，"红发女随和地说，"可问题并不在于你们撒谎，问题在于你们不会撒谎，尤其是即兴发挥的时候。"

"不对吧，我好像就来得挺快的。"西装男说。

"你，我不知道，反正我老公只要一撒谎，我肯定能感觉出来，因为他每次都吹些不着边的丰功伟绩。什么他把一队巡警灌醉了，还跟他们一块儿巡逻了两天，什么空军节那天差点儿跟一群空降兵干起来，什么他带着一群修车工去看少儿足球队（他的矿厂赞助的）比赛，所有人都喝醉了，又差点儿没跟球场的保安队干起来。昨天又说什么坐着一辆运尸车，遇见了一位老朋友，又坐着运尸车到了另外一个人家里，喝了一整宿，把死人忘在了脑后。说什么他那位朋友喝断片了，他跟酒友们就打算把他跟尸体掉个儿，好让他第二天醒过来吓一大跳，可刚拖到半路他们又改主意了，然后就把他忘在街上了，后来就再也找不着了，想必是自己回家去了。"

彼得罗夫完全呆住了，原本要去点烟的打火机也僵在了半路。他回想起来，女人刚才说她家有个爱喝酒的"伊戈鲁什卡"，他想当然地以为是她儿子，现在想来，应该是她对伊戈尔的戏谑称谓，因为丈夫在她眼里就是个长不大的孩子。

红发女继续说："他还有个幻想出来的伙计呢——美国电影里最近不正流行这么，就跟从前流行孩子得哮喘似的。只不过其他人幻想出来的朋友都要么比自己快活，要么比自己有钱，他可倒好，幻想了一个傻逼出来——上帝原谅我说脏话——一个臭修车的。我跟他说，除非你让我见见那个修车工，否则我绝对不信，因为世界上就不可能有那么衰的人。可他却只知道笑。一看就是扯谎。"

汽车喇叭依旧不依不饶地叫唤，彼得罗夫终于忍不住朝难缠的汽车望去，发现竟是伊戈尔的吉普车，但驾驶座上的人不是伊戈尔，而是另外一个男人，伊戈尔坐在副驾驶座上，一边向他招手,一边从一个金属扁酒壶里喝着什么。彼得罗夫用双手和脑袋同时示意伊戈尔,他没法跟他们去,走不开,还得带儿子呢。为了让伊戈尔明白自己儿子在剧场里头,彼得罗夫又亮了亮手里的东西,将头朝门口撇了撇。

"喏,车上那个就是他,嘚瑟样!去你的吧,亲爱的。"红发女说罢,将烟头扔到垃圾箱脚下,转身走进了剧场。一部分人跟着她进去了,另外一些人继续留在外面。看见伊戈尔,西装男吃了一惊,道:"原来您是伊戈尔·德米特里耶维奇的夫人?"一阵恐慌瞬间扩散开来,西装男迅速地消散在了空气里,比他留下的那团烟雾散得还快。

"唔,"穿方格外套的大爷说,"这姑娘人倒是不错,就是脾气太坏。""一点没错。"小个子男人接茬道。这句随声附和拉大了他与电车上怯懦小老头的距离,反倒让他跟彼得罗夫的父亲有了几分相似——彼得罗夫的父亲跟人聊天时(不是跟彼得罗夫,而是跟自己的熟人)就是这样的。彼得罗夫的记忆殷勤地向他展示了他上小学之前的一个场景,他跟父亲一块儿在黄色罐车前面排队买格瓦斯[01],父亲就是这样和颜悦色地跟一起排队的人聊天的。后来他们拿到了满满一大杯,那么大,那么沉,彼得罗夫自己都端不住,而且如此澄澈,如此清凉,彼得罗夫真想再带一杯回家。

伊戈尔的司机继续鸣笛,剧场门口聚拢的人群开始纳闷,红

---

01 原文квас,传统的斯拉夫酸味饮料,由面粉、麦芽或黑麦干面包发酵而成,或加入香草、蜂蜜;亦可由甜菜、水果、浆果制备。

发女都走了，为啥还鸣笛。彼得罗夫用脸上的表情告诉伊戈尔的司机和伊戈尔本人，他是不会过去的，然后便走向了自己的车，边走边整了整从胳肢窝出溜下来的儿子的棉服，将眼看要掉的棉靴抓得更顺手些。他将车上的广播音量调大，想借此咽下伊戈尔对他的捉弄。尽管那个恶作剧只实施了一半，却足以令彼得罗夫对伊戈尔心生厌恶。他讨厌伊戈尔的狂妄自大，讨厌他那种大哥大的腔调，讨厌他对周围所有人的玩世不恭。彼得罗夫明白，自己遭到这种对待怪不得别人，毕竟，他算什么呢？修车工？画家？父亲？丈夫？似乎每一样都沾点边，却又哪一样都算不上。他甚至想到了《圣经》里的一句话，说有些人既不冷也不热，而是温吞的[01]。彼得罗夫很想把这句话改成："你既不冷也不热，而只是个衰货。"他不喜欢这句话，每次有人提起都令他厌恶，因为这话就是说他的。可他有什么法子呢，谁叫他生来就是这样的呢？他没办法强颜欢笑，像电台主播那样，轻松自如地从一个话题转向另一个话题，像小孩子或者小麻雀从一个枝头跳向另一个枝头。彼得罗夫又突然想到，自己前两天就做到了既冷且热，而且是在这两个字的最直接意义上。他为自己抖的这个机灵无声地笑了。接着他便看见伊戈尔闲庭信步地朝他的车子走来，忙抹去了笑痕，装出一副出神凝望车窗外空地的样子。

伊戈尔并没有像彼得罗夫预料的那样敲打车窗，而是一把拽开了副驾驶座那侧的车门，见副驾驶座上放着小孩衣物，也没伸

---

01 参见《启示录3:15-16》：我知道你的行为，你也不冷也不热，我巴不得你或冷或热。你既如温水，也不冷也不热，所以我必从我口中把你吐出去。

手去挪，而是跨出一步，拽开后车门上了车。车厢内瞬间充斥了某种强大气场，令电台广播营造的欢乐气氛顿时黯然失色，因为伊戈尔辐射出的，乃是宿命的能量。

"咋地，生气啦？我们还生你的气呢，谁叫你偷摸溜了呢。不告而别，真不够意思。"

彼得罗夫没说话，暗自整理着思绪，好一次性堵住伊戈尔的嘴，免得他倒打一耙，也不给他油嘴滑舌的机会（这在伊戈尔或许并非刻意为之，而是习惯使然），而是直接将他引入正经的谈话，尽管彼得罗夫一次也没能做到过。

"咋地，我老婆又在背后说我了？你们认识了？"

伊戈尔大刺刺地坐在后排座中央，彼得罗夫沉默地从后视镜里看着他那副心安理得的模样。

"你这车有点挤呀。"伊戈尔挑剔地说。

"我不觉得。"彼得罗夫的声音由于过分严肃而略显干哑。

"咋地？见着我老婆了？你们认识了？"伊戈尔又问。彼得罗夫仍没说话，因为明摆着的，他见也见了，认识也算认识了。

"她正抽风呢，因为我过年不想去海边，"伊戈尔解释说，"我压根就不喜欢什么沙滩、太阳、海水啥的。我更喜欢在阴影里待着。我倒是可以让她俩去——我老婆、我闺女，可一家人不在一块儿算什么新年呢，谁家这么过年呢。再说我这边还有事呢。"

"我知道你有啥事，"彼得罗夫脱口而出，"喝酒加乱窜。"

眼下，和伊戈尔坐在同一辆车里，彼得罗夫尤其尖锐地感觉到，他的生命已经变成了废墟。虽然废墟并不存在，存在的是家庭、工作，所有人都是相对幸福的，但彼得罗夫看到的恰恰是废墟，在这一刻，他感觉自己就是谢尔盖，还没有正经开始生活，便已经对生活大失所望。彼得罗夫也渴望些别的什么，但不同于谢尔盖，他并不知道自己真正想要什么。他仿佛在迷雾中彷徨了许久，刚从里面走出来，却发现自己正坐在车里，有儿子，有老婆，有个把朋友，但所有人都是完全陌生的。彼得罗夫的生活仿佛被切成了几段，眼下他正站在其中一段的末端，但他却觉得这是一切的末端，如同死亡。彼得罗夫本以为自己是主角，却突然发现，他只不过是某个宏大构思中的某个支线的主角，而这个宏大构思要比他的整个生命复杂得多，也阴暗得多。他就像伊沃克人，一辈子窝在自己的星球，而周围却在上演星球大战的古希腊悲剧。他又像是屌丝罗宾，跟猫女结了婚，而在另一个平行世界却住着阴暗的蝙蝠侠。伊戈尔本人虽然并不十分阴暗，却能让每个与之接触的人变得阴暗。令彼得罗夫耿耿于怀的恰恰是这种配角的感觉，这种感觉在他听完伊戈尔妻子的讲述之后便萦绕不去。

这一令人不爽的发现刺激了彼得罗夫本就微弱的自尊。伊戈尔显然觉察到了彼得罗夫的心绪，讪讪地笑了笑，继续从扁酒壶里喝着什么。两人的视线在后视镜里相撞，伊戈尔有些招架不住，又讪笑了一下，扭头看向一旁，似乎终究觉得有些对不住彼得罗夫，但不是因为打算将醉酒昏睡的他关在棺材里，或者因为把身患流感的他丢在了冷飕飕的棺材车里，而是因为别的什么。

"她就知道撒泼,其实除了我,谁还会稀罕她呢,"伊戈尔说,显然是指妻子,"女儿不是我的。谁还会要她这样一个被人踹了的女大学生呢。当然,我知道,她完全可能找到别的什么人,毕竟她还年轻。说来真是奇怪。一个女人爱我,却离开了我,因为不想毁掉我的生活;另一个女人不爱我,却仍旧跟我一起生活。你们人类就是奇怪。"

"我们人类?那你是谁?外星人吗?"彼得罗夫恼怒地问。

"如果考虑到苏联解体才十几年,人类已经发生了何等巨大的改变,是的,我几乎是太空来客。甚至可以说,我是虚空来客,因为我带来虚无。"伊戈尔大笑起来,同时认真地凝视后视镜,看彼得罗夫是否喜欢这个笑话。但彼得罗夫并不喜欢,他压根就没听懂。伊戈尔便又扭过头去。

"开灵车的家伙后来匆了,知道躲不过去,就又给我打电话,我就让他上咱们那儿去。那时候你已经喝断片了。我本来想让你睡沙发的,可又怕维佳真对你下手。他对你可是恨之入骨哇。你睡着了,他的仇恨却醒过来了。他想用靠枕把你闷死,等夜深人静了再把你扔出去。简直跟疯了一样。套用一句名言:如果戏剧开头沙发上有一个靠枕,最后肯定要用它闷死一个人。[01]"

"其实应该这么说,"彼得罗夫也被勾起了兴致,插话道,"如果戏剧开头得到了一粒药片,最后肯定要把它给谁吃下去。"

"什么药片?"伊戈尔问,不知是真不知道还是装不知道。彼

---

01 源自契诃夫的戏剧创作理念:"如果戏剧第一幕墙上挂着一杆枪,那么在最后一幕这杆枪一定要打响。"

得罗夫耐心地给他讲述了儿子生病当晚发生的事，说兴许是药片起了作用。

"你们俩真是疯了，"伊戈尔不无吃惊地评论道，"要说你媳妇儿能干出这种事来，我信；至于你，我还真没想到。就算对非亲生的女儿，我都不敢冒这种险。你们俩有毛病吧，过期的药给孩子吃？要是你口袋里装了根大麻烟卷，是不是也得给儿子抽两口？何况还是一整粒，哪怕先吃半粒也好啊。你们还把他带这儿来了，他刚好点儿？我真是服了你们了。"

"喂，我说，"彼得罗夫怒了，"那药片你们不是也给我吃了吗？还差点儿把我扔进雪地里，这你们就觉得没毛病了？"彼得罗夫想到，当初他还跟巴沙争辩，说自己肯定是撒酒疯了，谁承想，自己居然是被活活扔出去的，跟扔个塑料假人一样。彼得罗夫突然无语了，不知道该如何表达自己的愤怒。

"当时的情况要复杂得多，"伊戈尔耐心地解释说，"我们不是有意的。起初我们只想把你放到车里，好让你能清醒过来，也能躲开维佳。后来才有了把你装进棺材里的念头，好让你被冻醒之后醒得更彻底些。后来又决定不把你往棺材里装了，因为太麻烦了，就直接把你放在旁边的座椅上了。然后我们又回屋喝了一会儿，过会儿又担心你小子别被冻坏了——你瞧，我们没把你忘喽！我们三个就又回到了车上。维佳当时已经喝得一把鼻涕一把泪的了，他说你们修车工其实并不坏，是他自己太各色了，甚至决定亲手把你抱回家去——还不是他家，是你家。可到车上一看，你人不见了。看了周围的雪地上，好像也没脚印啊。我们甚至还打开棺材看了看，连死人身子底下都找了。你到底跑哪儿去了？"

"我是在前排座位上醒过来的，还系着安全带。"

伊戈尔一拍脑门："靠，可不是嘛！你当时身子总往下出溜，我们担心你万一吐了，很可能会被呛死，还是司机把你弄到前面去的呢，他还说，只要好人能活着，他啥都舍得。我们咋把这茬给忘了？咋就没想到去前面看看呢？这得喝了多少哇！"

"你们就是畜生，"彼得罗夫下了结论，"要是再晚醒一会儿，我就没法在这儿坐着了，肯定肺炎住院了……灵车司机后来咋着了？有事没有？我醒过来的时候看见警察了，所以就偷偷溜了。我可不想再找麻烦了。"

"他能有什么事？"伊戈尔不解地皱了皱眉，"我们就说，司机对市区路况不熟，走岔了，给警察塞了点钱。我又给死者家属拿了点钱办丧宴，他们本来打算在家里搞的，吊丧的人来得多，连个坐的地方都没有。这家人一向入不敷出，这回却在死人身上挣了点钱。你是没见着他们用铁皮焊的那个墓碑，连流浪汉坟前的十字架都比那个体面，总之寒碜极了。所以司机啥处分都没有，甭为他担心。但我怀疑，下次再见面，他就该躲着我了。"

"为啥什么事到你这儿都这么轻巧？"彼得罗夫不忿地说。

伊戈尔开怀大笑，拍了拍彼得罗夫的肩膀，笑着问："在你这儿不轻巧？你有没有想过，你为啥会是这个样子？"

"我刚才正琢磨这事呢，大概是因为我不大聪明吧。因为我不擅长结交有用的人，专门擅长结交你这种人。"

伊戈尔不理会彼得罗夫话里的讥讽，脸上仍挂着微笑："难道你真的以为，你就是不走运？你当真这么觉得？也就是说，你周围的一切，你身边的人，都不合你的意？"

彼得罗夫无法用言语解释。他只是有种感觉，一切都不该是现有的样子，除了他眼下拥有的生活之外，还应该有另外一种生活，一种宏大的生活，为另一种未知的东西所充满，但绝非修车地沟，绝非家庭生活，而是别的什么，一种不那么世俗、不那么庸常的东西。尽管这种生活规模宏大，但彼得罗夫活了近三十年，却从未触碰过它，因为不知道该如何去做。彼得罗夫有时会觉得，他的脑子大部分时间都深陷于某种类似于流感谵妄的状态之中，无数的荒诞念头对他纠缠不休，他并不愿意去理会它们，可它们却一个劲儿地往他脑子里钻，妨碍他理解某些更为重要的，却难以表达的东西。

"你看，"彼得罗夫试着向伊戈尔解释，"我只是个修车的。我一辈子都只是个修车的。这一点我早就看透了。平常我根本不去想它，修车就修车呗，也没啥不好。只是有时候会觉得悲哀，因为我这一辈子都提前算定了，连我自己的后事都能看个大概。区别仅仅在于，我跟巴沙谁先蹬腿儿，谁去参加谁的葬礼，就这。我死后啥也留不下，除了一个儿子，这点巴沙比我强，就他妈的因为，他孩子比我多。所以，当我发现，我整个一辈子都已经提前画好了，就像用铅笔打好了底稿，只剩下勾边了，我心里就难受。所以我才会怨天尤人。"

"得了吧，什么怨天尤人哪，"伊戈尔又笑了，"不至于。你觉得我就幸福了？你见我成天带着司机乱转，总是西装革履，想忽悠谁忽悠谁，我就幸福了？"

"至少你过的是自己想要的生活。"

"我有不育症。"伊戈尔微微偏过头去，显然是想从不同角度（从后视镜和侧旁）观察彼得罗夫对这一重磅消息的反应。"但不是绝对的不育，而是选择性不育，女人能怀上我的孩子的几率只有百万分之一。医学对此无能为力。我从前有个女人，她实在接受不了，便离开了我。全球变暖大概就是打那以后才开始的。我搬到了乌拉尔，因为这里的环境更适合我。在这儿，我又爱上了一个女人。她好不容易终于怀了我的孩子，后来却——"

"我知道，"彼得罗夫打断他说，"你老婆说了，说你从不隐瞒自己爱着另一个女人。"

"是吗？"伊戈尔看样子并不吃惊，"她怎么什么事都跟陌生人说？"

"跟陌生人才更容易些，"彼得罗夫解释说，"比方说，正因为我跟你几乎不认识，所以才能敞开了说这些疯话。"

"总之吧，"伊戈尔似乎并未注意到彼得罗夫话里的讥讽，继续说道，"你能想象吗，假如谁对我有恩，帮助了我深爱的女人或者我的孩子，我会怎样让他的生活天翻地覆？"

"我能想象。"

"真的？"伊戈尔微微直起身子。

"假如你连一个路人甲的生活都能让它天翻地覆，让他对你们的相遇没齿难忘，那我自然能够想象，你对自己的恩人能干出什么事来。"彼得罗夫竭力往自己的话里塞入更多毒药。

伊戈尔叹了口气,道:"你真没劲。我不知道你对别人咋样,反正在我面前你很衰。真让人伤心,靠!你知道吗,就跟作家一样——俄国作家一直在扩充罪孽名单,比如布尔加科夫增添了怯懦,又有谁来着,加上了忘恩负义。假如我是作家,我一定会把'害怕显得可笑'加进去。当然,这无非是换了种说法而已,早在《吹牛大王历险记》里就已经提到过了。"

"没错,那里面的确有说过——'板着脸干蠢事'。"

"正是。说到'板着脸',谁能比我更有资格?可我呢,整天在斯维尔德洛夫斯克州和周边地区逛来逛去,也没有因为周围的景象陷入忧郁呀。"

"而且你也并不显得可笑。你总是将别人置于可笑的境地,自己却永远高高在上。"

"嗯,这倒是事实,"伊戈尔坦承道,"但这仅仅是因为,我周围的人都喜欢打肿脸充胖子,其实大可不必。你瞧瞧人家古希腊众神,总爱耍活宝,一会儿变成天鹅,一会儿化作金雨,为了女人啥都肯干。那时候的人也简单,不像现在。"

彼得罗夫反驳道:"以前的人住的是洞穴,穿的是兽皮,他们从定义上就简单,哪怕他们把自己身上挂满了獠牙,脸上涂满了彩绘。"

"别,我可不想探讨得那么深入。至于希腊人,我想说,他们绝非那么愚蠢,那么简单。假如有谁能用俄语把那些神话复述得更准确些,你肯定就会明白了。普罗米修斯盗火之后,众神不仅将盗火者缚在了悬崖上，他们还诅咒了人类，让人类永世劳作，却永远得不到真正想要的东西，而永远跟理想差着那么一丢丢。就拿火来说吧，它带给人类的不光是好处，它还会烫人，还会引发火灾。哪怕是一只按照图纸订做的板凳，人们也会觉得缺点什么，早晚会有什么缺陷暴露出来。人类的意愿没有一个能够无可指摘地实现。真正的好事和坏事，只有无意中才做得出来。古希腊人早就明白了这一点，所以从不钻牛角尖。如今的人呢，却死抱着成功不放，一心想要得到点什么，可具体是什么，连他们自己也不知道。他们总是给自己设定需要达成的目标，但没有一个能够达成。凡人永远在期待着别的什么。我们差不多又回到你的那些痛苦和内心折磨上来了，但那绝不止你一个人有。"

两人都沉默了。彼得罗夫试图反驳，说比如运动员以打破世界纪录作为目标，后来不就实现了吗？他本已经张开嘴，想要说出这个论据了，但他料想伊戈尔一定会狡辩。他会说，运动员的目标不只是世界纪录，除此之外他们还有别的目标，比如维持体能，照顾家庭，保持纪录长期不被打破，问题便随之而来。所有人都在致力达成某种生活理想，好比沿着特定航标到达指定港湾，但生活永远在航标周遭汹涌澎湃，它是变化莫测的，不可遏止的。

"我又怎样呢？"伊戈尔突然开口问道，"你根本想象不到我有多幸福，当我得知我爱的人得救了，我的孩子也得救了时。而且，假如那是刻意为之的，一切都会适得其反。而这里却是完全偶然的，只是一个小人，一个正在感冒发烧，自己却还不知道的小人，适时地伸出了自己的小手。她本来是一定会死掉的，要么死于难产，要么就是别的什么意外。要么她就会把孩子打掉。而如今，虽然她离我很远，但至少她还活着。我的儿子也还活着。你现在一切都很好，虽然你有些怨气。而且会一直好下去，直到老死。总之，谢谢你。不要甩开我这头大灰狼，伊万王子，我对你还有用。"

彼得罗夫决定一言不发，因为他看出来，伊戈尔又喝多了，就像那晚在维克多·米哈伊洛维奇家里那样。

"好吧，我走了，不然他们该找我了，"伊戈尔说着钻出了车子，"再会。"

望着伊戈尔远去的背影——背影以那样一种方式移动，仿佛根本没有过任何交谈，仿佛伊戈尔只是一个从车旁经过的陌生人——彼得罗夫突然从那个醉酒的夜晚想起了什么。在那段回忆里，彼得罗夫坐在雪地上，伊戈尔也像现在这样远去了，如同一个陌生人，似乎也提到了"凡人"这个字眼，也是伊戈尔在车里说的，还有那晚的某些闲聊，多少也与这个字眼有关。这段回忆如此迅速而模糊，彼得罗夫觉得仿佛有人往他脑子里插入了一张幻灯片，随即又迅速抽走了。彼得罗夫皱起眉头，竭力想看清楚，当他醉醺醺地坐在雪地上，而伊戈尔手扶着围栏远去时，灵车旁边到底是什么东西。但回忆溜走了，因为广播里响起了ABBA乐队的声音。彼得罗夫并不喜欢这个乐队，但他喜欢这首关于新年的歌曲，准确地说，是那首歌的MTV——新年前的萧索，清晨，满地彩纸屑，落地窗，一个女人站在窗前：这一切深深地触动了彼得罗夫的心弦。

ABBA乐队之后是斯汀伤风感冒的嗓音，而且正是那首令彼得罗夫耿耿于怀的歌——Fields of Gold。彼得罗夫头一次在广播上听到这首歌时，误将"gold"听成了"cold"。彼得罗夫英语学得不好，准确地说是学得很差，刚好差到让他将"金色的田野"误听成"寒冷的田野"，偏巧那首歌恰恰如此空旷、清冷，在他眼前铺展开一片乌拉尔前所未见的原野，一马平川，别说山岗，连棵树都没有（只有一棵歪脖树，大致站在他内部视野的左侧位置），只有一望无垠的高草，草叶上挂着清霜。彼得罗夫为此专门买了斯汀的光碟，打开一看就傻眼了。当那首歌响起时，彼得罗夫的大脑一直拒绝相信是彼得罗夫错了。

歌曲结尾的和弦被广告打断了，接下来是各种欢乐的口水歌，仅在中途为戴伦·海斯的忧郁呻吟所打断。当放到俄罗斯"迪斯科事故"乐队的《新年好》时，儿子打来了电话。彼得罗夫关掉广播，钻出车子，走向剧场，边走边检查有没有落下什么（他最担心的是靴子掉了）。

儿子就穿着那身化装服站在剧场门廊上，充分享受着化装服引发的赞叹，对路过的大人们"进屋去，小心着凉"的忠告却充耳不闻。对大前天晚上记忆模糊、对昨天晚上却印象深刻的彼得罗夫发出一声绝望而短促的怒吼，小彼得罗夫立刻逃进了剧场。开始穿鞋之前，儿子递给彼得罗夫一只塑料眼球，是从刺猬头套上掉下来的，但即使离开了脑袋也没有失去狡黠。"好极了！"彼得罗夫说，意思当然是糟透了，不该弄坏头套的。"还能粘上去。"儿子信心十足地说，因为确实还能粘上去，也就五分钟的事，甚至连五分钟都用不了，最重要的是他没把眼球弄丢，而是攥在了手里——彼得罗夫从儿子的简短回答里听出了这么多潜台词。

在他们旁边，一个女人带着一个很小的、约莫只有四岁的小女孩；小女孩已经穿好了冬装，女人自己也穿好了大衣。彼得罗夫没能立刻认出女人便是儿子的班主任，因为他没见过几回女班主任，况且她这回穿的又是便装。女班主任却像是专等彼得罗夫认出自己似的，因为彼得罗夫刚打完招呼，她便做出了回应，并且妩媚地笑了笑，仿佛她并非一位女教师，而只是个寻常女人。彼得罗夫总共只参加过两次家长会，第一次是儿子刚入学，第二次是同年级其他班一个小男孩失踪那回。女教师两次见面都板着面孔，岂止不像个女人，简直连人都不大像，很有点标准化的意思，仿佛女教师全是在工厂里批量生产，再用集装箱分发到各个学校去的。"您请见谅，我一下子没认出来您。"彼得罗夫诚恳地说。"是啊，您在我们学校可是稀客。"女教师仍带着笑，笑里又带着些许责怪，似乎在说，假如彼得罗夫能一天到晚在学校附近转悠，每堂课都蹲在教室就好了。女人跟彼得罗夫差不多年纪，但因为常年管着一群小彼得罗夫那样的孩子，显得比彼得罗夫要成熟稳重得多。她暗示彼得罗夫，她并不介意他把她和女儿送回家去，因为坐电车太折腾了。这与其说是请求，莫如说是委婉的命令。彼得罗夫很清楚，要是他拒绝了，儿子指不定会遭遇什么呢，被揪掉脑袋自然是不至于，但女教师对他的态度势必会受到影响。女教师一只手里拎着一个塑料袋,里面应该是换下来的衣服和鞋子;另一只手里拎着两份剧院赠送的糖果礼品——一份是她女儿的,另一份是小彼得罗夫的。女教师拿着小彼得罗夫的那份礼品,像是扣留了人质。

送她们回家其实也没啥,只不过彼得罗夫已经饿坏了,他原指望着回家路上能吃上两块糖果,顺便逗逗儿子(最好吃的舍不得吃,结果却进了别人的肚子),尽管他猜那里面无非是些便宜的硬糖。可要是女教师在车上,彼得罗夫就不好意思,甚至干脆没法那么干了。

更令人难以忍受的是,女教师在车上还故意跟女儿复习起了英语,似在有意无意地显示,连她四岁的女儿都比他这个三分的笨蛋儿子强得多。假如女教师的女儿当真能叽里呱啦来上一段英文,彼得罗夫大概率会随喜赞叹,而非嫉妒失望,可母女俩复习的却是用英语从1数到10。小女孩还总是搞混,女教师就给她提示下一个单词的头一个音节,小女孩从母亲甜腻腻的音调里隐约察觉到一丝威吓,便开始认真配合,并装出一副开心的样子,但她死记硬背的那些单词显然对她不构成任何意义,因而将"five"和"four"的顺序颠倒了。想必她连俄语的1到10都还数不明白呢。但这不知为何激怒了母亲。到数字7上又出现了意外,女教师拖着长音提示小女孩"塞——",可小女孩说出来的不是"塞温",而是"塞车"。彼得罗夫和小彼得罗夫忍俊不禁,小女孩也跟着笑了。女教师又羞又恼,涨红了脸,但很快就压住了怒火,转而夸赞起小彼得罗夫的面具和化装服来。"你们穿的什么?"彼得罗夫问。"就是从商店买的小狗服。"女教师从塑料袋里掏出了一个带长耳朵的毛绒面具,好让彼得罗夫仅凭一个脑袋想象出整个服装的样式。彼得罗夫还真能想象得到,因为他在商店里见过类似的服装:"下面是棕黄色的坎肩和裤子吧。""对对,"女教师说,"不看脑袋,狗跟狐狸根本分不出来。商店里还有熊和狼,坎肩和裤子是棕色和灰色的。可女孩子家家的,打扮成熊或狼未免太奇怪了。""为啥不扮成仙女或者雪姑娘呢?"彼得罗夫问。"仙女和雪姑娘的也有,我们刚穿上就脱下来了——太轻佻了,几乎是透亮的,穿那个去联欢会,还不如直接穿内衣内裤呢。"女教师回答说。"那兔子的有吗?"彼得罗夫又问。"我小时候就年年穿兔子服,跟现在的几乎一模一样。搞得我对兔子都过敏了,什么短裤上的短尾巴啦,铜丝弯的长耳朵啦。我到现在还有顶兔子帽呢,已经洗得发黄了。简直不忍直视。"女教师说,"再说那个雪姑娘服装,根本就是糊弄小孩的。就是一套白裙子。穿一身白裙子,然后跟人说你是雪姑娘,这不是开玩笑吗?您没进去真是可惜。里面光蜘蛛侠就十五六个,各种型号都有,按大小个排成一排,都能编个环舞节目了。我跟您说,这个新年枞树联欢会,从咱们还是孩子的时候起就几乎没变过。还是那些游戏,还是严寒老人绕着圈跑,想把所有人都冻住。"

彼得罗夫将车子开上了三八大道,希望那边能顺畅些。那里的确顺畅些,但红绿灯还是要等的。一车人都不说话了,各自整理着思绪。

率先整理好思绪的是女教师,看来她心里藏着一整本能跟学生家长聊的话题。她开始怀念过去的旧时光,当孩子们梦想着成为宇航员和飞行员,而非大款和二奶的年代。彼得罗夫总听父母、岳母说这种话,耳朵都快磨出茧子了。女教师说着说着,又回到联欢会上的蜘蛛侠泛滥上来了,义愤填膺地说,如今根本没有新的、好的儿童文学,孩子们顶多读些《哈利·波特》,这还算好的,总比读那些垃圾的儿童侦探小说和恐怖小说强,可就算垃圾小说,读也总比不读强,不然大部分孩子就知道游戏和手机。

彼得罗夫便对《哈利·波特》进行辩护,又说苏联时期留下了大批的优秀儿童文学。女教师说,一半的苏联儿童文学如今的孩子都看不懂了,因为在那些从少先队和共青团时代留下来的书里面,全是少先队员和共青团员。就连一些当代作家,骨子里也仍旧是从前的共青团员和少先队员,甚至在儿童文学里夹带一些今天的孩子根本不可能读懂的幽默。"就拿您儿子读的'宇青团员'来说吧,可能您会觉得好笑,我也觉得好笑,老一辈人都会觉得好笑,但孩子是肯定不会懂的。"彼得罗夫心里一冷,忙问:"他从哪儿看见这个词的?""您瞧,"彼得罗夫的不知情令女教师很是得意,觉得自己比家长更了解孩子,"是他在课外阅读课上说的。照我的理解,所谓'宇青团员'是这样一群奇葩,他们口头上说要征服宇宙,心里却清楚宇宙是不可能被征服的,因此便龟缩在自己的星球,贪图现代舒适,而不愿意去未知的星际空间冒险。我起初以为您儿子啥也没读,全是自己瞎编的,但听到这个词我就知道了,小孩子是想不出这么个词来的。"小彼得罗夫的脸臊得通红,惴惴不安地偷瞄爸爸,被彼得罗夫的目光狠狠地烫了一下——儿子该读书不读,竟拿自己的漫画充数。

女教师继续道:"游戏就不用说了,那里面什么都有可能发生,那些鲜血四溅的场面当然会令孩子们着魔,可那毕竟是电脑游戏,还能理解。可您知道您儿子都在读些什么吗?简直可怕。您想必是听广告里宣传什么书就给儿子买什么书吧。您应该自己先读一读,毕竟您了解自己的儿子,知道那些书会对他造成什么影响。书里面的内容简直可怕,说一个小男孩差点死在车祸里,后来又被外星人给救了。您知道这会让孩子产生什么念头吗?他会从楼顶上往下跳,以为外星人也会来救他,从而开启冒险之旅。这种书简直是噩梦。我专门去书店找了,想看看书里的结局到底是怎样的,可是没找到。您在哪儿买的这种烂书?"

彼得罗夫看着儿子,儿子的脸臊得更红了。"我也不记得了,好像是从市场上吧。"彼得罗夫含糊地说。

"我一猜就是从市场上,"女教师以教训人的口吻说,"有些家长从市场上给孩子买那些脑残玩具,一装上电池就唱些个充斥着脏话黑话的歌曲,什么'弗拉基米尔中心监狱'[01]之类的;您呢,给孩子买这种怂恿自残的坏书。您知不知道,看这种书、玩这种玩具长大的孩子将来会变成什么样?"

"我不知道,"彼得罗夫耸了耸肩膀,"我们小时候,书上不也

---

01 位于弗拉基米尔州弗拉基米尔市,1783年由叶卡捷琳娜二世下令建成,是俄罗斯最古老、最有名的监狱之一,曾关押过众多知名人士,如今里面关押着全俄罗斯最危险的刑事犯。俄罗斯著名歌手米哈伊尔·科鲁格(1962—2002)于1998年推出的同名歌曲更令其名声大噪。

会讲法西斯拷打青年游击队员吗,也没见有人因此疯掉啊。书里边青年游击队还会把敌人的火车搞翻呢,也没见'我们班'有人去搞翻火车呀。"

彼得罗夫之所以刻意强调"我们班",是因为跟他同校的一哥们儿后来真的跑到车臣建设"伊斯兰国"去了,还成功地发射了几枚爆破弹,最后在某个山林里被击毙了。因此,无论彼得罗夫服气与否,女教师的话还真有几分道理。

"我们那时候街上可没这么乱,"女教师说,"就算你想去搞火车也没机会呀,所有火车都是自己的,也没有敌人,除了当年的德国佬。可现如今呢,仇恨无处不在,大街上任何东西都有可能成为仇恨的目标,有的是对象可以发泄仇恨。如今的孩子们从一年级就开始约架,这难道正常吗?"彼得罗夫不得不承认这并不正常,女教师便趁势又将矛头对准了大众文化在儿童教育中的负面作用,批完电影批音乐,以教师的犀利将其批驳得体无完肤。"您看过动画片《南方公园》吗?《辛普森一家》呢?里面连性爱场面都有。这还是大白天播出的。这能教出什么好来?"彼得罗夫试图在记忆里搜索《辛普森一家》里面的做爱场景,但没能找到。

车子总算抵达了目的地,女教师一推车门,一股由她本人造成的高强气压便打着呼哨旋出车外,彼得罗夫当即如释重负,勉强朝女教师笑了笑,装出一副聊得很愉快的样子。

接下来的一路小彼得罗夫都没吭声,直到车子驶进小区,车轮打着滑在小区里绕来绕去。他当然知道不该拿爸爸的漫画充当课外阅读作业,担心一到家爸妈就会逼着他坐下来读"正常"的书，而这是他万万不愿的，对于假期他有着自己的规划，那里面没有书，只有电视和玩伴。彼得罗夫本想对儿子说，假如妈妈逼他，他会帮他说话，可又很想对儿子的多嘴多舌稍微地打击报复一下，便没说话，只问他请着病假去参加联欢会，班主任骂他没有。"学校第二天就因为流感停课了。"小彼得罗夫不满地嘟囔道，但不是冲爸爸的问题，而是埋怨自己不走运。儿子幼稚的忧愁令彼得罗夫开怀大笑。他问儿子："你那个朋友生病了吗？"儿子忧郁地摇了摇头："他妈不让他上咱家来，怕他被传染。他妈就是个刻耳柏洛斯[01]。"听到儿子口中冷不防蹦出这么个字眼，彼得罗夫险些一脚踩了刹车，仿佛真有头地狱三头犬从眼前的路面上钻出来了。

又像是有人往彼得罗夫的脑子里插入了一张幻灯片似的，他回想起来：他坐在雪地里，背靠着围栏，伊戈尔站在他面前，而在伊戈尔右腿边蹲坐着一头大狗，在路灯的照射下，狗影刚好有三个头。"见鬼去吧！"彼得罗夫狠狠地甩了甩头，想把这个荒诞的念头从脑袋里甩出去。他想，自己回忆起的应该不是那晚的情景，而是某个梦境，只不过太过逼真罢了。那晚伊戈尔也许压根没说过"凡人"这个字眼。当时，在围栏边上，伊戈尔说的是："赶紧起来吧，你这该死的混蛋，你会被冻僵的。"但彼得罗夫不知为何，就是不肯起来，伊戈尔便去找人帮忙，当彼得罗夫注视伊戈尔的背影时，那只狗就跑不见了。

----

01 古希腊神话中看守冥界的三头恶犬，为万妖之祖提丰和蛇身女怪厄喀德那所生。

"什么见鬼去吧?"小彼得罗夫问。他知道"见鬼去"不算脏话,便壮着胆子说了出来。彼得罗夫回答说:"你们女老师的建议,你朋友的妈妈不让他来找你玩儿,还有你的长舌头。"但他仍有些心神不宁。他的记忆竭力捕捉着那幅雪地图里的另外一些什么,但一切都滑向了无稽之谈,完全的怪诞,仿佛伊戈尔在对灵车司机说,他车上的棺材里根本没有死人,刻耳柏洛斯将死人的魂魄注入了尸体,死人复活了,跑回家去了。当伊戈尔说这些话的时候,彼得罗夫始终无法逼停由酒精驱动的旋转木马,继续坐在雪地里,对于这一切并未感到惊讶,而只顾努力地抑制着恶心,而那恶心大概源自彻底的恐惧。

假如彼得罗夫此时打开车上的广播,他一定能听到主持人在讲述一桩咄咄怪事:新年前夕,一群死者家属弄丢了死者遗体,后来死者却好端端地自己回家了。广播里还播放了对灵车司机的采访,他是这一离奇事件的目击者;以及对几位警察的采访,他们起初还以为是场恶作剧,后来亲自用警车把复活的死者送回了家,因为后者死活不肯再回到灵车上去了。

第九章
雪姑娘

马林娜当时正在外语学院读大三,她从未想过自己有一天会扮演雪姑娘。也是赶巧,那年期末她几乎门门功课都是免考,她都已经计划好回老家——小城涅维扬斯克——跟妈妈和弟弟团聚去了,可当时正像壁虱一样缠着她的一个戏剧学院的男生,却邀请她在新年枞树联欢会上扮演雪姑娘,顺便挣点外快。男生说之前扮演雪姑娘的那个女生病了,至于其他替补演员,一半他看不上眼,另一半被其他剧团挖走了。

马林娜不相信自己有表演才能。她认为萨沙(那个男生)只是为了接近她才想出了这么个笨法子,好让他们之间除了互通姓名之外,还能有些金钱上的瓜葛。马林娜怀疑之前的雪姑娘并未生病,因为大学生赚外快的热情岂是生病阻挡得了的呢?她断定,临时生病、无法胜任、被挖墙脚等等全是萨沙编造的,目的只是为了跟她走得近些。马林娜觉得这一切都是徒劳:雪姑娘她扮演不来,萨沙她也不咋喜欢,尽管他看上去是个快活、善良、机灵的小伙子。他俩已经约会过几次了,但并无任何特别之处,无非就是玫瑰和沿着夜晚的街道散步。玫瑰马林娜得一直抱在怀里；散步时她总会想念宿舍的厕所，因为他们逛得太久，街上又冷，但马林娜不敢直言相告，唯恐毁坏了自己在萨沙心目当中的光辉形象。马林娜已经开始诅咒去女友家庆祝生日那天了——说是女友，其实只能算熟人罢了，马林娜只不过是在教室和宿舍待腻了，想找点乐子，结果真就被她找着了。

"女友"家就住市区。女友的父母借故外出，把整栋房子都留给年轻人"找乐子"。除了大学同学之外，女友还邀请了她的中学同学，她和他们一直保持着联系，因为她本就是个爱好交际的活跃分子，不像马林娜这个女运动员。马林娜一直觉得，她能考上外语学院多亏滑雪滑得好。她原本打算报考体育专业的，却鬼使神差地报了外语学院，结果还真考上了。母亲为此痛哭流涕，断定马林娜没良心，不肯帮助家庭，只求自己嫁入豪门，而把她和弟弟抛给命运。看在马林娜总以滑雪成绩捍卫学院荣誉的分上，学院的男生们对她还算尊重，尽管认为她不大聪明。男生们一般不大待见学院的男女运动员们，而后者中的某些人也的确头脑简单；可一旦遇到外院敌对势力挑衅，还非得倚仗运动员们的体力和耐力不可。学院有个练举重的男生，脑袋像榆木疙瘩；还有个练游泳的男生，笨得没法形容。举重运动员好歹还用功学一学，尽管考试时流的汗比他参加训练和比赛时还要多；而游泳运动员则笨到了极致，除了游泳啥也不会，比赛时能够游对方向简直都堪称奇迹，马林娜甚至怀疑，他连穿衣服都得他妈帮忙。游泳运动员经常迟到，要么就干脆不来，因为他总记不住教室，又看不懂课表。他书写时犯的错误都是灾难级的，连三年级小学生都不会犯的那种。他的眼睛里有种无能为力却又吞噬一切的空洞，如同深不见底的大海。游泳运动员评上了"准运动健将"，这估计已经是他运动生涯的顶点了，但人们却以那样一种态度对待他、对待举重运动员和马林娜，好像他们都已经是奥运冠军了一样。马林娜不喜欢这种态度，这些过高的期待令她惶恐，她一早就知道，她无法达成这些期待，尽管在大学生运动会上她偶尔也能摘银夺铜，还评上了等级运动员。也不知怎地，对于象棋运动员和跳棋运动员，同学们的态度与对待其他运动员截然不同，因为象棋、跳棋人人都有，象棋运动员和跳棋运动员随时随地能让敢于挑战的人一败涂地，这种强大实力令同学们心生神秘敬畏，几乎将其视作了祭司。也正是基于这样一种崇拜心理，马林娜大一时甚至还交往过一个哲学系的象棋手，一个相当乏味的乡下男生，他宣称象棋并无任何神秘之处，只不过有些人幸运地拥有一个好记性，能记得住数千种开局布阵法，另外一些人则幸运地拥有一对好父母，后一种幸运儿毕业之后不会被分配到荒郊野岭，否则，关于象棋以及辩证唯物主义相对于其他哲学体系的优势，他就只能跟地质勘探队队员和棕熊探讨了。

马林娜的母亲无缘无故地认定，女儿进了外语学院，就等于一脚踏入了"大世界"，将来会混迹于衣冠楚楚的外交官和翻译官的高端圈子，一定会忘掉老家这帮穷亲戚，兴许十来年才回来一趟，而且看啥都一脸嫌弃。而马林娜则想象不出，她学的英语和德语在老家涅维扬斯克能派上何种用场，然而，毕业之后她多半会被打回原籍，去教当地的小孩子。这其实也没什么不好，只是马林娜不喜欢小孩子，她仍清楚地记得，她自己上小学时在英语课上都干了些什么。孩子们根本不理解为啥要学英语。德语嘛，将来去东德旅游还能有点用处，英语呢，学了又能跟谁说去？英语简直跟高数一样抽象，什么不规则动词啊，时态啊，定不定冠词啊，完全停留在俄语层面，跟大洋彼岸扯不上半毛钱关系。和高数一样，学英语的唯一用处恐怕就在于，将来辅导孩子作业不至于太丢脸。

系里同学对马林娜不免高高在上，知道她毕业之后多半会去中小学教书，能回涅维扬斯克还算好的，搞不好真的会被发配到某个穷乡僻壤，茅房盖在大街上，还得养牛养鸡维持生计。马林娜对此并不恐慌，因为上大学以前她在老家过的差不多就是这种日子。她只是有些想不通，自己何苦如此拼命，她本可以考体育系，学体育，将来安安生生地去个农村，教当地的小孩子们滑雪。不过，只有系里同学才会看不起马林娜，而受邀参加女友生日派对的人对她则一无所知。足有一人多高的烟雾贯通了整个三居室，仿佛氤氲在夏日阳光里的晨雾。客厅里，黑胶唱片机正卖力演唱着法国歌手乔·达辛的歌曲，一对对青年男女随着音乐起劲儿摇摆。女生们烫着鬈发，男生们蓄着小胡子和络腮胡。男生们都穿着艳丽的合成纤维衬衫。在马林娜看来，这种合成纤维简直如同噩梦，它能瞬间吸收人体的汗液，男生们刚把它穿在身上，还没走动便散发出一股汗酸味，甚至干脆像拖拉机手那样一身汗臭。为了遮盖这股酸臭味，所有男生都喷了香水，而且喷了那么多，还大模大样地在壁炉前抽烟聊天，马林娜真担心香水散发的酒精气体会引发爆炸。

厨房里也有人在摇摆，甚至摩肩擦踵，看着也像在跳舞，只是没有音乐。厨房窗户四敞大开，或坐、或站、或倚着厨房家具的人们正喝着波尔特温酒、抽着烟卷，所有人都在抽，无论男女。身为女运动员的马林娜平时偶尔也会抽烟，起先她还为自己的运动生涯担心，后来有人给她看了某位定向越野比赛的冠军，吃饭像大象，抽烟像蒸汽机车，跑起来照样跟马一样快。马林娜悄悄地取了一杯酒，想找个清净角落，坐等派对结束。女友房间里，两对男女毫无顾忌地搂抱在一起，马林娜感到害臊，便来到女友父母的卧室，里面有个蓄着教授一样的大胡子的吉他手正在弹唱。吉他手独自坐在床沿上，其余听众则若有所思地贴墙而立，仿佛一群被吉他手用魔法圈子隔开的邪魔。吉他手身穿高领毛衣，吟唱着山峰、雪崩、篝火，努力装出一副邻家男孩的样子。这个吉他手便是萨沙，戏剧学院的大学生。在一群未来的工程师、教师和其他普通从业者中间，萨沙周身洋溢着一种神秘的艺术气质，仿佛来自完全不同的宇宙，这对马林娜产生了吸引力。然而，这种吸引力没过多久便消失了——萨沙开始插科打诨，讲些只有他自己觉得好笑的段子，大谈斯坦尼斯拉夫斯基表演体系，吐槽演员工作之繁重不亚于矿工乃至淘金者，又模仿各种动物，演唱旅行歌曲：总而言之，竭力成为所有人注意力的焦点，而马林娜恰恰喜欢逃离中心的人，因为她自己就是这种人。吸引力消失了，萨沙却留下了，马林娜不知道该如何摆脱他，萨沙对她迸发的热忧完全是处子般的,马林娜甚至怀疑,他裤裆里也跟洋娃娃一样,是空的。

有人甚至悄悄把萨沙扯到一旁,说马林娜配不上他,说她有点笨,是个乡下妞,但这反而更激发了他的高尚热忱,尽管这极有可能也是在演戏,扮演一个高尚青年,目的仍在于吸引观众的注意力。

萨沙无时无刻不忘博人眼球的举动令马林娜苦恼不已。他俩散步时,萨沙会为她朗诵叶夫图申科、沃兹涅先斯基、阿萨多夫和阿赫马杜林娜等苏联当代诗人的作品,引得路人频频回首,向他致以赞许的微笑。他是闪耀的,却如同一块塑料(当时塑料极其流行,无处不在,连家具都有塑料的),只会反光,不会发光。他已经制订了对于两人共同未来的规划,却从不敢对马林娜动手动脚,甚至连亲吻都下不了决心。在宿舍门廊分手时,或者在某个偏僻巷子的路灯下,马林娜时常满怀期待地伫立,但这充满诱惑的举动引向的不是热烈的拥吻,而是新一轮的激情独白(萨沙的)和尴尬沉默(马林娜的)。尽管如此,萨沙还是带马林娜见了自己的父母。会晤几乎全程静默,当萨沙父母得知马林娜来自边远地区时,便想当然地认定她是个外来打工妹。马林娜真恨不得让整个省城陷入地狱,再无所谓中心与边缘,只剩下一个个小村落。马林娜如此想念家乡,她宁肯付出一切,只要能够摆脱这个学院和这些同学,她甚至打算转学到下塔吉尔去(她舅舅在那儿),在她想来,下塔吉尔的一切应该会更容易些。她只需要找到一个正当的由头,好让母亲断绝了将她送上英语之路的念想,可她却找不到。

马林娜还考虑过另一种方案。她试探着问萨沙，愿不愿意毕业之后跟她一起回涅维扬斯克，他可以在那儿搞一个剧团，但萨沙对未来的家庭生活另有打算。"难道咱们要和你父母住在一块儿？"马林娜直截了当地问，"那样你妈肯定会吃了我的。可要是你来我家，一定能享受国王的待遇，因为你是个演员，还烟酒不沾。""那是你不了解我老妈，"萨沙反驳道，"她是个最最善良的好人。你们俩一定会和睦相处的。"马林娜对此深表怀疑。跟马林娜的母亲一样，萨沙的母亲也认为马林娜对生活一窍不通，只有她自己知道该怎样生活。如果说对自己的亲妈马林娜好歹还能忍受，别的女人这样她可受不了。她期待从零开始组建自己的家庭，不愿意任何人对她耳提面命，教导她如何侍奉丈夫，如何照顾孩子，给孩子吃什么，怎样教育他；为此她情愿付出一切，甚至准备彻底从亲戚朋友们的视野中消失，只需偶尔给母亲汇些钱，以免除良心上的不安。马林娜想象不出在苏联如何能做到这一点，上哪儿去找这样一个未婚夫——年纪轻轻却拥有属于自己的一栋房子，或者哪怕一间宿舍，亲戚又远在天边。她希望自己的亲戚也远在天边，顶多只能知道她的存在。亲戚中间她只爱弟弟一个，而弟弟似乎是永远摆脱不掉的，哪怕她在自己的幻想中跑到了邻近的共和国，弟弟依旧可以知晓她的一切，仿佛就住在邻市。

由于马林娜的母亲只是一名女清洁工，弟弟念完九年级就去了职业技术学校。"我可没那么多钱供两个大学生。"母亲不容置喙地说。总的来说，马林娜的母亲是个令人惊讶的女人，她在邻居们面前将自己塑造成了马林娜上大学的牺牲品，描述自己如何吃不饱饭，如何在市苏维埃和住宅公用事业部两头跑，一个人打两份工，好让身在省城的女儿能够吃穿不愁。可事实上，马林娜几乎全靠助学金维持，直到不久前才意外地得了这样一笔扮演雪姑娘的外快。此外她还找了一份家教的差事，给本市的一位中学生、弟弟的同龄人辅导英语。

这份家教对马林娜而言几乎是从地底下钻出来的，无论她如何盘问伊戈尔（就是那个中学生），谁给他的她宿舍的电话号码，谁介绍他找到自己的，伊戈尔都像被俘的红军战士那样守口如瓶，只是笑。他笑起来痴痴的，却很好看，跟他整个人很搭。若非家教挣来的钱，马林娜只能吃些素油通心粉或者面包配茶水，现在却能犒劳自己一点儿香肠，甚至还能给家里寄去几卢布。

大约从十月份开始，每周一次，马林娜需要坐车到市郊，在有轨电车的终点站下车；伊戈尔就住在那儿的一栋丑陋的、旧得发黑的二层楼的一套公寓里。马林娜感觉伊戈尔是一个人住，因为她从来没有碰见过他的父母，对她夸奖儿子的刻苦努力和勤奋好学。马林娜大概并不会感到惊讶——假如她发现伊戈尔当真一个人住，因为伊戈尔看上去那么的自给自足，似乎他并不需要任何人的资助便能独自生活在这个明亮的、充斥着糨糊味的小房间里。房间有扇正方形窗户，窗外是一片怪石嶙峋的荒野。马林娜感觉伊戈尔并不在这里常住，因为他从不去公用厨房，也不睡在那张折叠沙发床上——它已经那么陈旧了，连收都收不起来了；伊戈尔身处这个房间如同置身于电影片场，而这个房间则像是临时搭建的摄影棚。每次补习,马林娜总有种幻觉,即第四堵墙连同门洞一起消失了,她仿佛坐在观众大厅或者电视机前面,看见了自己和伊戈尔。顺带一提,马林娜家并没有电视机,只有一台收音机,家里连黑白电视机都买不起,更别提当时已经出现的彩色电视机了(不过据说后者时常引发火灾)。伊戈尔家也没有电视机,也只有一台收音机,里面不知为何总放着安静、忧伤的音乐,从来不会插播来自农场、养牛场的新闻或者由文学名著改编的广播剧。

就连补习英语伊戈尔也像是在演戏,假装自己英语很差的样子,因为听马林娜讲解时,他总会露出怪异的表情,像在努力憋笑似的。

起先马林娜根本不相信伊戈尔只有十七岁,他看上去那么成熟,几乎像个中年男人,脸上甚至还有刮胡子时留下的青印。伊戈尔解释说是遗传,加之他又是黑头发。马林娜几乎相信了这个解释,因为学院的那位举重运动员也长着一副成熟面孔,后者说他十五岁就开始刮胡子了,否则就会长成土匪那样了。其实也由不得马林娜不信,否则她就没办法跟自己解释,她跟这个假扮中学生的陌生男人在一起干什么,为何每周都大老远跑过来找他。一天晚上,当伊戈尔坐在桌前,只有一盏台灯照在他脸上时,马林娜如此真切地证实了自己的隐忧——伊戈尔的脸如此酷似四十岁男人成熟而严肃的面孔,以致她差点儿没夺门而出,逃之夭夭。

也正是这种猜测——即伊戈尔根本不是中学生,而是一个中年男人在演戏，才让马林娜为自己跟他上床找到了合理解释，毕竟，她是绝不会引诱一个中学生上床的，她还没有疯癫到跟自己弟弟的同龄人做爱的地步。她心里正是这样想的，当沙发床剧烈摇动，当她紧张地望着门板和印花布窗帘，竭力为自己申辩时。两人对此似乎都心存愧疚。马林娜越来越深地卷入了伊戈尔的演出——在一间木屋里的生活，伴随着走廊里邻居们沉重的脚步声、厨房里水龙头的流水声和锅碗瓢盆的叮当声。只不过，伊戈尔是假装自己在木屋里生活，马林娜则假装什么事都没发生，自己还跟从前一样，只是一名家教。

马林娜从没问过伊戈尔想做什么工作，为什么学英语。假如伊戈尔当真不止十七岁，倒的确不失为她理想中的丈夫，但她又不想因为和自己结婚毁掉他的这种生活。如果说对于萨沙，抛开其种种乖戾，马林娜还能勉强将其接纳为未婚夫的话，那么对于伊戈尔，马林娜则完全不敢想象将来面对他母亲时的情形。

与此同时，结婚的由头却呼之欲出。马林娜的月经停了。不知为何，她如释重负地接受了这个事实，因为她不喜欢往内裤里塞那些粗糙的破布条和烂棉花，如今终于可以轻轻松松地生活了。她没有将这当成怀孕的前兆，而只将其视作大自然母亲送给她的新年礼物。马林娜不喜欢孩子，打算不动声色地去做人流，谁也不告诉，不过，医院的消息多半会传到学院，她很有可能会因此受到处分，女生们会把她当成随便跟野男人上床的骚货，学院还会召开全员大会，不点名地劝诫男女学生自珍自爱，远离都市诱惑。她甚至做好了背负着失足女的骂名，灰头土脸返回老家的惨淡设想。在老家，此事必将引发轩然大波，母亲一定会逼问出孩子的父亲，好亲手毁掉这只公狗的生活；一定会召开七大姑八大姨家族会议，亲戚们一定会热切地探听各种细节聊作消遣；母亲的堂姐一定会以自己女儿戒除酒瘾、逆袭厨师的励志故事为榜样，劝慰她说："没关系，人各有命，不一定非要当知识分子，他们就知道教人看不起亲戚。"就算只是为了看上这样一出精彩绝伦的好戏，马林娜宁肯再跟伊戈尔睡上一次——假如是假怀孕的话。（当然也不仅仅为了这个：每次跟萨沙约会，马林娜都会在脑子里把他扒光，但即便在想象中萨沙也显得那么可怜——他那双连棉裤都掩饰不住的罗圈腿，只穿黑色齐膝短裤时会是何种光景，光是想想都令她作呕。那个举重运动员倒是不错。）

萨沙唯一的好处在于他那群朋友。每次去举办新年枞树联欢会的俱乐部排练，马林娜都感觉自己像换了一个人，每次都遗憾不能总和这群人待在一起。她的戏份只是出场说两句台词，鼓舞孩子们请求枞树亮起来，但她每次彩排都会到场，每次都从头看到尾，而且越看越爱看。她甚至希望演员们可以不用穿那些演出服装，希望孩子们看到的不是正式演出，而是排练过程，因为在她看来，排练可比正式演出有趣得多了。尤其好玩的是，演员们不得不适应一些假定性。扮演雪人的演员格拉一直等不到自己的演出服，老妖婆的木屋则不敢贸然搬上舞台，因为除了他们的剧之外还有几个节目在彩排，所以格拉只得说："假装我是个雪人，假装这儿有个木屋，然后是树桩，这边假装是森林。"这场面有种莫名的滑稽，马林娜忍不住哈哈大笑，台上的演员们精神倍增，纷纷卖力地争夺起她这位现场唯一的观众来。彩排过后，他们带马林娜去了一间冷飕飕的大储藏室，里面堆放着各种舞台布景，给她看了老妖婆的木屋和树桩，木屋旁堆放着很多枝形烛台、一座木制的克里姆林宫模型、一幅三人高的列宁画像、一枚硕大无朋的十月儿童徽章[01]和一堆其他的破烂玩意儿——在演出以外的时间，它们就只是一堆破烂儿而已。从道具间出来时，马林娜还被贴面板制成的篝火绊了一下。

萨沙并非这群演员中间的领导者。领导者是扮演男少先队员的莉达，整部剧都是她一手导演的。但萨沙在剧组的地位举足轻重，正是凭借他和俱乐部经理的亲戚关系，剧组才得到了演出机会。在反复的彩排过程中马林娜意识到，萨沙虽然相貌平平，演技却相当出色。他饰演的严寒老人如此逼真，马林娜简直不敢相信严寒老人和萨沙是同一个人。一穿上严寒老人的服装，萨沙立刻就变得成熟稳重了，连嗓音都认不出来了，真不知道萨沙的细鸡脖里怎么会发出如此低沉的音调。马林娜第一次见证这种变化时，几乎吓了一跳。马林娜很遗憾自己没有演员天赋，她太喜欢这群人了，虽然他们有些疯疯癫癫，还有些小自私和小自恋，但她想永远和他们一起共事，而不仅仅是这次偶然的客串。

第一次登台表演时，马林娜比入学考试还要紧张，她感觉自己太不像雪姑娘了，孩子们肯定一眼就能拆穿她，然后开始呼唤真正的雪姑娘。然而，第一场联欢会结束之后，演员们都跑过来

---

[01] 苏联一到三年级的小学生，在加入少先队之前首先要加入十月儿童队，以佩戴十月儿童徽章为标志。徽章为金属或塑料质地，呈红五角星形，中间镶嵌着儿时的列宁头像。

跟她拥抱，为她的存在而开心，纷纷表示没想到她演得那么好。他们的兴奋或许同样是演出来的，但即便如此也令马林娜十分受用。

十二月是多事之秋，这些事后来在马林娜的记忆里搅成了一团。她考完了试，以生病为由推掉了新一轮的滑雪比赛，答应当地的体育负责人提交疾病诊断证明，但每次都推说忘了去找医生。因为逃避比赛和私下挣外快，马林娜在共青团员大会上受到了严厉指责，这等于帮她又彩排了一次回老家之后的闹剧。月经停了没啥不好，可随之而来的还有频频发作的恶心呕吐，这就不大好受了，而且也很难跟舍友解释为啥老跑厕所。舍友似乎已经有所怀疑，但还什么都没说；不过也有可能尚未察觉，因为舍友是个书呆子。马林娜喜欢这种状态，仿佛一个新的生命阶段的开始，好比她正站在悬崖边上，旁边围着一群人，都在劝她不要往下跳，说生活并没有那么糟糕。

第二场演出恰巧赶在星期天。早晨一睁眼，上面想吐，下面尿急，搞得马林娜顾头不顾腚。她在宿舍楼浴室的淋浴喷头下面站了许久许久。这是整个省城她唯一真正喜欢的地方，因为老家没有淋浴，只有澡堂（镇上的或者自己家的），先得生火，把炉子烧暖，洗澡时还得留神，免得在墙上蹭一身黑。马林娜一边洗着淋浴，一边暗自跟其他女生做了对比，对自己很满意：有些女生的体毛跟男生一样浓密，另外一些则明显发育不良，一副吃不饱饭的样子，身板平平的，可怜兮兮的。

早饭马林娜没吃，担心去俱乐部的路上会吐。虽然俱乐部离宿舍只有两站地，但谁知道呢，假如坐摇摇晃晃的电车，那也够她受的。可她又饿得要命，她唯一的慰藉是萨沙多半会从他的严寒老人的口袋里分发糖果——如果说黄油通心粉令她感到恶心的话，那么糖果，特别是巧克力糖果则令她心生向往。

萨沙已经是个资深的严寒老人了，还没上大学他就开始扮演了。当时俱乐部经理、他的姑妈让他顶替了原来那个专职的严寒老人，因为后者染上了酗酒的恶习。萨沙说，扮演严寒老人其实一点儿都不难，诀窍就在于，跟孩子们讲话时要做出一副打算将他们吃掉的样子，再有就是在孩子堆里要小心自己的拐杖，以免打破谁的鼻子或者敲掉谁的门牙。

为了打消饥饿，马林娜在路上抽了一支烟，随后在工作人员入口处的门廊上又抽了一根。正抽着，雪人格拉和坏少先队员莉达来了，也加入了进来。认识这群演员之后，马林娜抽烟就随便得多了，因为学院里的女学生们莫名其妙地将吸烟当成了男人的特权，每次看见女生抽烟都不忘讥诮一番，说亲吻吸烟的女生无异于亲吻烟灰缸（她们指的是楼梯转角处那个烟灰缸——一个空油漆罐，少说也是宿舍楼动工时就有了）。格拉和莉达慢条斯理地聊起了自己的事儿，聊到哪位老师的课上得最好，聊到他们最近共同看过（马林娜没看过）的某场话剧，讨论演员们的表演是否到位。莉达说等她毕业了，打算以前所未有的方式排演《海鸥》。她有一个疯狂的设想——将一道纱帘挂在黑暗里，用很多盏底灯打亮。令莉达痛心疾首的是她没办法一个人演出整部剧，否则那将是真正意义上的梦幻之作，因为只有她自己知道该怎样做。不知道格拉有没有被这些话伤到，至少面上没有表露。他只是说，没有人会一上来就让她想排什么就排什么，很可能得先排些《炼钢工人》之类的。莉达对此表示同意，又说要是真排《炼钢工人》可就完蛋了。莉达开玩笑说："要是排《洛丽塔》就好玩了，找个五年级的模范女少先队员来演女主角，告诉她要演什么。"格拉笑得上气不接下气，一面又担忧地向莉达使眼色，提醒她有马林娜在场。马林娜本可以不动声色地将一团烟雾喷在格拉脸上，说她读过《洛丽塔》的英文原版，但她更喜欢纳博科夫用俄文写的《天赋》和《防守》，但她忍住了。学院里流传着大量此类地下出版物，所有人都像特务接头似的神秘兮兮地相互传阅；然而，文学作品并不会单纯因为被禁而变得杰出，马林娜觉得，若非被禁，某些作品或许根本不会引起任何人的兴趣。在所有被禁的作家中间，令马林娜印象深刻的只有纳博科夫和多甫拉托夫。马林娜欣赏纳博科夫独创性的写作风格，对多甫拉托夫则是毫无保留地喜欢，她甚至为后者感到不平，想不通他的作品究竟令谁如此不爽，居然会遭到封杀。

萨沙悄无声息地出现了，就在马林娜神情恍惚的那一瞬。某种不确定的思绪用棉花堵住了她的耳朵，格拉和莉达的谈话声悄然隐退，藏到她落雪般窸窣纷乱的思绪后面去了。等她回过神来，萨沙已经站在了她的身旁，也在抽烟，脸上带着开心的微笑，道："俱乐部已经挤满了孩子，离开场还有一个小时呢。"

他们走进屋内，沿着昏暗的楼梯上到二楼，来到化妆间。萨沙有个单独的化妆间，姑妈让他全权负责严寒老人的糖果口袋。

萨沙必须提防糖果袋落入其他演员，特别是伴舞团手里。伴舞团扮演的与其说是暴风雪，不如说是小雪花，五朵。五个小女孩全部十岁左右，正是嗜糖如命的年纪。另一个与之年纪相仿的小女孩扮演模范少先队员（优等生），作为雪人、老妖婆和坏少先队员（差等生）的对立面，她也是一吃糖就停不下来，好像要把今后几年的都吃出来一样。老妖婆和动物们所幸都是成年人，他们需要糖果只是为演出结束之后下酒用的。

优等生是唯一一个无需更换演出服的人物。小女孩走进化妆间，脱掉大衣，里面就是演出时需要穿的校服。她安静地坐在墙角，一会儿拽拽白围裙的裙边，一会儿正正头上的蝴蝶结。马林娜想不通，优等生和差等生为何都要穿着校服——两个孩子大冬天的在森林里穿着校服不是很奇怪吗？当她道出自己的这一疑问时，熊对她说，孩子们还跟动物们说话呢，你不觉得奇怪？小女孩跟一群大人在一起感到无聊，想去找小雪花们大人们又不让，怕她一个人跑丢了。直到临近开场小女孩才欢实起来，因为要给她上妆了。上妆之前，先往她脸上涂了一层凡士林，这样卸妆时用棉花一擦就掉了。小女孩兴致勃勃地看着自己的脸如何改变模样，虽然只是抹了两个红脸蛋，稍微涂了涂红嘴唇。充当化妆师的是莉达，嘴角还叼着一根烟。她本来还想请马林娜帮忙的，但马林娜对孩子极度排斥，连碰一碰都觉得恶心。当孩子们跳圈舞抓住她的手时，她心里的鸡皮疙瘩忍不住抖落了一层又一层。

化妆间里的烟雾聚成了一道烟柱——难怪给小女孩化了红脸蛋，否则等到她上台时，脸肯定已经被烟熏绿了。也正因如此，雪姑娘的服装才被单独存放在一楼柜子里：动物们、优等生、差等生、老妖婆、雪人都是在舞台上表演，就算身上有烟味，台下的小观众们也不易察觉，而雪姑娘和严寒老人则是要跟孩子们亲密接触的，一身烟味就不好了，退一步说，严寒老人身上有烟味或许尚可原谅，雪姑娘则万万不可。存放雪姑娘服装的房间里装着电话，马林娜隐约萌生了往老家打通电话的愿望，只是花别人的钱打长途有些过意不去，再说马林娜家里也没装电话，只有母亲擦地板的两家单位有，但马林娜不确定收发室肯不肯帮忙通知，更不知道大周末的，母亲有没有上班。她打这通电话主要是求个心安，给自己一个交代，新年前毕竟给家里打了电话，至于打没打通倒无关紧要。

马林娜敲开萨沙化妆间的门，暗自希望他会拒绝自己打电话的请求，可萨沙却努着眼说，当然得给妈妈打个电话啦，怎么能不打呢，尽管打，姑妈那边他来想办法应付。

马林娜在俱乐部里随便逛了逛，离她出场还早着呢，还得等观众聚齐，等前面的剧情演完。马林娜逃离了从休息室直达二楼的喧闹，在四楼的楼道平台站了一会儿，沿着四楼的走廊转了转，走进一个铺着花岗岩地板的大厅。正对大厅门口是一扇巨大的落地窗，窗前交替摆放着落满灰尘的棕榈树和红色沙发椅。大厅两侧是一间间办公室，门口挂着姓名牌。在一株棕榈树后面挂着一张时间表，马林娜意外地发现，俱乐部里居然有个航模小组，负责人姓梅什科夫，还有个旅游小组，负责人有两个，一男一女。

马林娜的滑雪天赋并非与生俱来，相反，上小学时她的体育成绩一直在及格线徘徊，而滑雪尤其令她头疼。她当时参加了绳编小组和绘画小组。绘画自然是司空见惯，毫无新奇可言：干在画刷上的洗不掉的颜料，总在关键时刻折断的铅笔，老师叫画什么就画什么，树枝啦，苹果鸭梨啦。相比之下，绳编则有趣得多了。马林娜像着了魔似的，很快就在家里编出了一切能编的东西：一大堆花盆、枕头，还用花布编了好几条毛毯，以及一块蛛网状的茶几布，甚至已经开始创作一些花艺作品了，可突然之间就兴味索然了，绘画和绳编都扔掉了，除了帮妈妈照看弟弟、分担家务之外，整天就跟女伴们在街上闲逛，要么就蹲在家里看书。马林娜自己也搞不懂，她儿时的那股子创作热忱从何而来，又为何会平白无故地消失。母亲后来也总怪她放弃了绘画和绳编，骂她"跟你爸一个尿样"。仿佛有股无形的力量猝然抹除了马林娜原来的一切爱好，将她推向了另一个轨道，似乎这股力量已经预知了马林娜的未来。

马林娜的弟弟也是如此。他五岁就自己学会了认字，母亲逢人就夸耀儿子，像夸耀一头聪明伶俐、能够完成一切指令的德国牧羊犬。可等弟弟再大些了，母亲就咬牙切齿地絮叨开了："你就知道读那些破书！"弟弟读的多是些闲书、杂书，非但无益，甚至有害，连马林娜也不喜欢，因为它们将弟弟变成了老家那种故作聪明的家伙。恐怕什么都无法让弟弟摆脱涅维扬斯克这样的大农村了。无论他去哪儿工作，永远会是个脑袋里装着一堆无用知识的怪胎。马林娜有时会惊悚地发现，自己竟然有这样的想法——弟弟还不如刚认字就夭折的好，因为从小学开始，弟弟对读书的热爱便只招来排斥乃至耻笑，无论是同学还是老师。在连语文老师都不得不劈柴烧火、跟当地人对骂的地方，阅读绝非必要的技能，而只是负累。

马林娜从四楼下到二楼化妆间，从自己的大衣口袋里掏出一楼房间的钥匙（钥匙上贴着房间号），下到一楼，打开房门。钥匙在锁眼里转动的声音清晰地沿着空荡荡的走廊扩散开去，与从休息室方向传来的嘈杂声汇合。

马林娜坐到吱呀作响的椅子上，将电话挪到跟前，又坐了许久，迟迟下不了决心去拨动转盘，预定长途电话。母亲会说些什么呢？她永远只会抱怨。母亲永远是可怜的，不幸的，所有人都在欺侮她，无论是马林娜，还是亲戚或者上司。不管马林娜的处境多么糟糕，母亲永远比她糟糕十倍。马林娜上五年级时，有一次因为阑尾炎住了院，母亲来到医院，一见面就开始抱怨，说她在单位挨了骂，就因为喝了点酒，说她累了，有权利放松放松（来医院之前她显然也喝了酒），发泄完了，给了马林娜一个苹果就拍拍屁股走了，连问都没问一句女儿感觉如何。

抱着母亲不在市苏维埃的隐秘希望，马林娜拨通了接线员的电话。女接线员的声音急促而焦躁，好像屁股底下坐着个锥子似的。说来奇怪，所有这些女职员——女医生、女售货员、女接线员、女清洁工——永远怒气冲冲的，马林娜每次都觉得，她们肯定有别的什么要紧的事被她给搅了，她们的办公室里也许放着一架钢琴，她们需要完成一部奏鸣曲，这才是她们的本职工作，而卖东西接电话扫地等等只是作曲家协会交代的繁琐差事罢了。女接线员让马林娜等电话,马林娜就开始等。她望向窗外,窗外是一大片田地,田地外围圈了一道木头栅栏,像一连串彼此紧挨着的字母H。雪地下面露出去年的荒草梗,被风吹得东倒西歪。

母亲居然在,而且市苏维埃那个周日也有很多人,因为那里也在搞新年联欢会。母亲被安排了补班,说过后再找日子调休。母亲一上来就抱怨,说过后肯定不会让她调休的,他们会说,这是你应尽的社会义务——跟在人们屁股后头收拾垃圾,先是在联欢会的筹备环节,接着是联欢会结束之后。"你都不知道他们搞了多少礼花筒和彩带,完事之后得一桶一桶地往外扫!再说大冬天的,鞋底下咋那么脏呢?真是邪门!"马林娜试着解释道:"也许是黑烟子啥的落在雪地上了,然后就被带进来了呗。"马林娜不在家的这段时间里,母亲又跟一个男人好上了,马林娜对此十分气愤,可她自己不也跟一个男人好上了吗——假如萨沙可以被称作男人的话;何况还不止一个男人——假如将伊戈尔也视作男人的话;因此,她对母亲的愤怒也就没那么强烈了,她更多的是心疼留在老家的弟弟,不得不终日忍受母亲和她的新酒友的狂欢滥饮。

马林娜问弟弟怎么样,母亲便又数落起来,说弟弟对她和她男人都不尊重,说上回她头疼犯了,让他去药店给自己买安乃近,结果他一下子买了整整六卢布的阿司匹林,她说她想不通,哪个王八蛋卖给未成年人这么一大堆药,怎么也没人管管,万一未成年人想要服药自杀呢?再者说了,六卢布可不是小数目,能买多少有用的东西呢?当母亲兀自抱怨时,有人走进了房间,在马林娜身后站定。马林娜想一定是萨沙来了,过来看她的电话粥是否煲得太久了。马林娜决定故意不回头看他,如果有必要,萨沙一定会示意她的,他会唉声叹气,就像上次她让他跟自己回涅维扬斯克时那样。

"是吗?"马林娜笑道,试图将弟弟的愚蠢行为说成一桩趣事。"整整买了六卢布的?那倒也好,这辈子都够用了。"

母亲就哭着喊着说当然够用了,有他们这样的孩子,她也没几年好活了。她哭哭啼啼,说她再也受不了了,只求赶紧把儿子送到部队去,因为他现在动不动就犟嘴,饭量又大,还说当完兵想考大学,学物理或者数学,可他上学这么多年,物理数学一直考三分。"你说,他读那么多破书有什么用?屁用没有,光是装了一脑袋糨糊。他还想当工程师,他能当个屁工程师?"

母亲的哭诉令马林娜心生窃喜。她幸灾乐祸地得知,弟弟并没有让母亲安安生生做个酒鬼,而是给她排演了这么一出青春期反叛大戏。"别着急,我还给你准备了惊喜哪!"马林娜心里暗想,嘴上却安慰母亲,说没事,弟弟应该不会去当工程师,他多半会去搞文学,顺便还能捞个女朋友,文学系女生那么多。母亲怒道:"搞文学算哪门子正经老爷们工作!"对于"正经老爷们工作",母亲有她自己的独到见解,在她看来,老爷们就该去开拖拉机,抡锤打铁,搬货扛包,要么就当头头叱骂下属,假如一个男人成天舞文弄墨,在她看来简直不可理喻,这样的男人指定是废物,因为只有废物男人才不喜欢开拖拉机,不喜欢打铁,不喜欢扛包,不喜欢当头头骂人,按照母亲的理想,男人下班回到家就该从头到脚一身泥,否则他干的就不是正经工作,而只是空洞的、无意义地消磨时间。

接着母亲又开始抱怨邻居,说眼下连人都没得吃,他们还养了好几条狗("还不如从孤儿院领养个孩子呢!"),说那些狗影响她睡觉,可她还得早起上班,她男人也得早起上班,她儿子还得早起上学,可那群狗成天到晚,不是在墙根叫,就是在篱笆后面叫。母亲的男人是个有家室的,母亲便又埋怨起男人的妻子,说后者到处跑去告她跟她男人的状,还在邻居们面前说她的坏话,有好几次还跑到她们家里来闹,最后她男人忍无可忍,一顿胖揍把那个臭婆娘赶了出去。"他可真厉害呦!"母亲用这声"呦!"表达出她对男人的最原始的崇拜。这也正是母亲以及马林娜自身的问题所在——她们都需要粗犷的男人,而并不在乎他顾不顾家。这是某种生物学讯息,来自只管挥舞大棒的远古时代。马林娜从母亲冗长的诉苦中得知,这个男人企图以一记脖儿拐教训弟弟不得犟嘴,结果被弟弟一酒瓶干脑门上了,弟弟还放出狠话,下次他再敢动手,就叫几个职校的哥们儿来伺候他。男人还嘴硬,说几个小屁孩能把他咋着,但暴脾气却收敛多了。

说完家里的纠纷,母亲又将矛头转向了上司,说上司总嫌她打扫得不干净,还威胁说要开除她——他们怎么能开除一位单身母亲呢?上司还三番五次提醒她,不仅要搞好环境卫生,也要搞好个人卫生("环境卫生我都搞不过来,哪儿有工夫搞自己?啊?")。

这时,在母亲的悲哭声中插入了女接线员冷冰冰的声音,询问是否需要延时。马林娜说不必,她已经基本打完了。

马林娜疲惫地放下话筒，这才察觉话筒有股怪味儿，是俱乐部员工无数次对着听筒出气积攒下来的。想到自己刚才手脸都贴着话筒，马林娜顿觉一阵恶心，但结束通话的如释重负立刻让她忽略了这点不快，心满意足地伸了个懒腰。身下的座椅随着她的扭动吱呀作响，好像她比自己的实际重量要重许多，至少要重个五十公斤。马林娜想，萨沙一定会为此打趣她的。她的思绪也跟她的身体一样，向四面八方伸着懒腰，寻思着该如何回应萨沙的玩笑，又想到自己很快就真的要变重了。她带着未及舒展的微笑转向门口，准备感谢萨沙让她打了长途，然而她第一眼看见的，却是一个小男孩充满责备的严厉目光。

小男孩跟伊戈尔长得太像了：同样的严肃，同样的阴沉，连发型都一模一样，也是短头帘向左梳，下巴尖同样稍向前突。马林娜猜，肯定是伊戈尔的母亲终于现身了，带着另一个儿子找她算账来了。意外（来人竟不是萨沙）和恐慌（肯定要大闹一场了）让马林娜噌地跳了起来。她只是觉得讶异：这女人看着比自己大不了几岁，绝不可能是伊戈尔的母亲，除非她十岁就生下了伊戈尔。那其实是个好看、丰满的女人，身穿带亮闪片的浅蓝色连衣裙，头戴皮草帽（皮草类一般不放存衣处），空着的那只手里抓着一只钱包。这大概是伊戈尔的姐姐，过来警告她离自己的弟弟远点儿：他还太小，受不了她这头乡下母马的折腾。

马林娜注意到，房间里不知为何混杂着香水和凉拌菜的味道。凉拌菜的气味令马林娜心里舒坦，香水味却令她莫名地燥热、恶心。

小男孩被打扮成了一位小冰球运动员，红毛衣，下摆处有道白，只是没见着头盔。马林娜心想，肯定是小男孩的爸爸戴着头盔在走廊里乱逛呢，男人嘛，女人总是搞不懂的。因为小男孩穿着化装服，所以马林娜就更加讶异，女人为何一上来就问化装服的事，而非伊戈尔。马林娜有些慌乱，半响才想到，女人也许还有个孩子需要化装服，同时却暗自松了口气，原来女人跟伊戈尔毫无干系，小男孩和伊戈尔的相像只是偶然。但女人索要化装服的强硬仍令马林娜无所适从，她像只无助的小羊羔似的咩咩地支吾着，没太听清女人具体骂了些什么。马林娜好不容易才像送瘟神一样送走了凶恶的大嫂和她的宝贝儿子；女人将儿子拽出屋门，示威似的把门摔得山响。

"真是个蠢女人。"马林娜心想，既是指女人，也是指自己。

马林娜又坐了一会儿，从这场小小的闹剧中平复了心情，四下张望了一番，看着四周装有卷宗的柜子，又走到窗前坐下，期待着萨沙上场之前能来看她一眼，她好跟他讲讲，俱乐部的某些观众何等暴躁，萨沙没准儿也会跟她分享几桩严寒老人遭遇的怪事。萨沙到了也没来，想必又在"深入体会角色"——这自然是他自己的说法，事实上，还不知道他一个人躲在化妆间里干啥呢。

马林娜上到二楼的化妆间，想跟莉达要根烟抽，可莉达、格拉、优等生一个都不在，只有谁的半盒烟放在桌上。马林娜从中抽出一根，拿上火柴，没穿大衣就走到了工作人员入口外的门廊上，压抑着对恶女人的香水味的回忆带来的阵阵恶心，抽完了那根烟。随后她又站了许久,预先为年后即将面临的风波做着心理建设。她在门廊上站了那么久,直到手指脚趾都冻麻了,萨沙才急匆匆跑来:"原来你在这儿啊,快点吧,剧快演完了,该咱们上场了。"

跳环舞时,恶女人的宝贝儿子恰巧挨着马林娜的几率原本是极小的,可一群穿白裙子的小女孩似乎是故意把他推到了马林娜身边。马林娜左边是只性别不明的小兔子,手掌冰冰凉凉的,而恶女人的宝贝儿子刚一抓住她的右手,马林娜就差点儿没叫出声来——他的手那么烫,马林娜恍惚觉得那并非一只小孩儿的手,而是烧热了的铁锅柄。等新年歌曲唱完,所有人又手牵手绕着枞树转了几圈,马林娜终于如释重负地松开了小男孩滚烫的小手,而小男孩在此期间一直盯着她看,似乎在确认她有没有被自己烫伤。不仅如此,他的手还黏唧唧的。

演出一结束,马林娜便迫不及待地冲进了厕所,呕吐了老半天,接着又拼命地搓洗小男孩的手留在她手上的黏黏唧唧。"得把孩子做掉,"她想,"去他妈的,一定得做掉。"她感觉自己的右手上仍然残留着那个小男孩的气息;可她越使劲儿搓洗,那股令人无限惆怅的孩子气息就越浓烈。